Contos de Fadas dos Irmãos Grimm

Contos de Fadas dos Irmãos Grimm

Tradução
Thalita Uba

Principis

Esta é uma publicação Principis, selo exclusivo da Ciranda Cultural

Título original
The brothers Grimm fairy tales

Texto
Irmãos Grimm

Tradução
Thalita Uba

Revisão
Edson Nakashima

Produção editorial e projeto gráfico
Ciranda Cultural

Imagens:
Amili/Shutterstock.com;
Gvais/Shutterstock.com;
Vector Tradition/Shutterstock.com

Dados Internacionais de Catalogação na Publicação (CIP) de acordo com ISBD

G864c Grimm, Jacob
Contos de fadas dos Irmãos Grimm / Irmãos Grimm ; traduzido por Thalita Uba. - Jandira, SP: Principis, 2019.
304 p.; 15,50cm x 22,60cm.

Tradução de: The brothers Grimm fairy tales

ISBN: 978-85-943-1890-9

1. Literatura infantojuvenil. 2. Contos de fadas. 3. Irmãos Grimm. I. Grimm, Wilhelm. II. Uba, Thalita. III. Título.

CDD 028.5
2019-1615 CDU 82-93

Elaborado por Vagner Rodolfo da Silva - CRB-8/9410

Índice para catálogo sistemático:
1. Literatura infantojuvenil 028.5
2. Literatura infantojuvenil 82-93

1ª edição revista em 2021
www.cirandacultural.com.br

Sumário

O pássaro dourado 7
João, o felizardo 13
Jorinda e Joringel 20
Os músicos viajantes 23
O velho sultão 27
A palha, o carvão e o feijão 30
A bela adormecida 32
O cachorro e o pardal 36
As doze princesas dançarinas 40
O pescador e sua esposa 44
O urso e a carriça 51
O príncipe-sapo 54
Gato e rato em companhia 58
A pastorinha de gansos 61
As aventuras do galo Chantecler e da galinha Partlet 67
Rapunzel 73
O pássaro achado 77
O pequeno alfaiate valente 80
João e Maria 89
O rato, o pássaro e a salsicha 97
A senhora Holle 99
Chapeuzinho Vermelho 103
A noiva do ladrão 107
O pequeno polegar 111
Rumpelstichen 119
Margarida, a espertalhona 123
O velho e seu neto 126
O camponesinho no céu 127
Frederico e Catarina 134

O querido Rolando 140
Branca de Neve 144
O Cravo 151
Elsie, a Sensata 156
O avarento no arbusto 160
Cinderela 164
A serpente branca 171
O lobo e os sete cabritinhos 176
A abelha rainha 180
O sapateiro e os duendes 183
O junípero 185
O nabo 194
João, o sensato 198
As três linguagens 203
A raposa e o gato 206
Os quatro irmãos habilidosos 207
A dama e o leão 212
A raposa e o cavalo 218
A luz azul 220
O corvo 225
O ganso de ouro 232
A água da vida 236
Os doze caçadores 243
O rei da montanha dourada 246
Doutor Sabe-Tudo 253
Os sete corvos 256
O casamento da dona raposa 259
A salada 262
A história do jovem que saiu de casa para aprender o que era o medo 268
O rei barba horrenda 279
João de ferro 284
Pele de bicho 292
Branca de Neve e Rosa Vermelha 298

O pássaro dourado

Certo rei tinha um belo jardim, no qual havia uma árvore que dava maçãs douradas. As maçãs sempre eram contadas e, quando chegou a época em que começaram a madurar, notou-se que, a cada noite, uma desaparecia. O rei ficou muito zangado e ordenou que o jardineiro passasse a noite em vigília debaixo da macieira. Este mandou o filho mais velho cumprir a função; mas, por volta das doze horas, o rapaz pegou no sono e, pela manhã, outra maçã havia sumido. Então o segundo filho foi enviado para vigiar; e, à meia-noite, ele também adormeceu e, pela manhã, outra maçã havia sido levada. O terceiro filho se ofereceu para ficar de guarda; mas, a princípio, o jardineiro não quis permitir, por medo de que algo de mal lhe acontecesse. Depois, finalmente cedeu e o garoto se deitou debaixo da árvore para observar.

Quando o relógio marcou doze horas, ele ouviu um farfalhar e um pássaro de ouro puro surgiu voando; quando o bicho estava bicando uma das maçãs, o filho do jardineiro levantou-se prontamente e atirou uma flecha em sua direção. Porém, a flecha não feriu o pássaro; apenas arrancou uma pena de ouro de seu rabo. Então, o animal voou para longe. A pena de ouro foi levada ao rei pela manhã e todo o conselho foi convocado. Todos concordaram que ela valia mais que toda a riqueza do reino, mas o rei disse:

– Uma única pena não tem serventia alguma, preciso ter o pássaro todo.

Então, o filho mais velho do jardineiro partiu, achando que seria bastante fácil encontrar o pássaro dourado; e quando ainda havia caminhado bem pouco, chegou a um bosque, onde avistou uma raposa sentada. Ele sacou uma flecha e se preparou para atirá-la. Então, a raposa disse:

– Não atire em mim, pois lhe darei um bom conselho. Sei qual é sua missão: você quer encontrar o pássaro dourado. Você chegará a um vilarejo pela noite e verá duas hospedarias, uma diante da outra; uma delas é de aparência agradável e bela: não entre nela, passe a noite na outra, embora possa parecer bastante humilde e devastada.

Mas o jovem pensou consigo mesmo: "Como um animal como este pode saber disso?". Então, ele atirou a flecha na raposa, mas errou, e o animal eriçou o rabo para o alto e correu bosque adentro. O rapaz seguiu seu caminho e, pela noite, chegou ao vilarejo onde ficavam as duas hospedarias; em uma delas, havia pessoas cantando, dançando e banqueteando, mas a outra parecia muito suja e pobre.

– Eu seria extremamente tolo – disse ele –, se ficasse naquela pocilga em vez de neste lugar adorável.

Então, ele entrou na hospedaria charmosa, comeu e bebeu à vontade, esquecendo-se do pássaro e também de seu país.

O tempo passou e, como o filho mais velho não retornou e não houve notícias de seu paradeiro, o segundo filho do jardineiro partiu e o mesmo lhe aconteceu. Ele encontrou a raposa, que lhe deu o bom conselho, mas quando chegou às duas hospedarias, seu irmão mais velho estava postado à janela onde as festividades corriam e o chamou para entrar. O rapaz não conseguiu resistir à tentação e entrou, esquecendo-se, da mesma forma, do pássaro dourado e de seu país.

O tempo passou novamente e o filho mais novo também desejou partir pelo mundo selvagem para procurar o pássaro dourado; mas seu pai não lhe deu ouvidos por um bom tempo, pois era muito afeiçoado ao filho e receava que algo de mau também lhe acontecesse e impedisse seu retorno. No entanto, finalmente concordou que ele deveria ir, pois não conseguia se aquietar em casa. Quando chegou ao bosque, encontrou a raposa e ouviu o mesmo bom conselho. Ele, contudo, foi grato à raposa e não tentou lhe tirar a vida, como os irmãos tinham feito. Então, a raposa disse:

– Sente-se sobre meu rabo e viajará mais rápido.

Então, ele se sentou e a raposa começou a correr, e adiante eles seguiram mundo afora tão rápido que seus cabelos assoviavam ao vento.

Quando chegaram ao vilarejo, o garoto seguiu o conselho da raposa e, sem olhar em volta, seguiu para a hospedaria miserável e lá repousou a noite toda tranquilamente. Pela manhã, a raposa retornou, encontrou-o quando estava iniciando sua jornada, e disse:

– Siga em frente até chegar a um castelo, diante do qual encontrará uma tropa inteira de soldados profundamente adormecidos; não se preocupe com eles, apenas entre no castelo e siga adiante até chegar a um salão, onde o pássaro dourado está preso em uma gaiola de madeira. Próxima a ela, você verá uma bela gaiola dourada; mas não tente libertar o pássaro da surrada gaiola e colocá-lo na bonita; caso contrário, você vai se arrepender.

Então, a raposa eriçou o rabo novamente, o jovem se sentou e os dois partiram mundo afora até seus cabelos assoviarem ao vento.

Diante do portão do castelo, tudo estava como a raposa havia dito; então o rapaz entrou e encontrou o salão, onde o pássaro dourado estava dependurado em uma gaiola de madeira e, abaixo dela, encontrava-se a gaiola dourada. As três maçãs de ouro que haviam sido roubadas também estavam por ali. Então, o garoto pensou consigo mesmo: "Seria muito cômico levar um pássaro tão belo nesta gaiola surrada"; então ele abriu a portinhola, pegou o animal e o colocou na gaiola dourada. Mas o pássaro grasniu tão alto que todos os soldados despertaram, prenderam-no e o levaram ao rei. Na manhã seguinte, a corte se reuniu para julgá-lo e, depois que tudo foi ouvido, sentenciou-o à morte, a menos que ele levasse ao rei o cavalo dourado que podia cavalgar tão rápido quanto o vento. Se o fizesse, o pássaro dourado lhe seria dado.

Então, ele partiu novamente em sua jornada, suspirando e em uma imensa desesperança, quando, subitamente, sua amiga raposa apareceu e disse:

– Agora você sabe o que acontece quando não dá ouvidos aos meus conselhos. Eu ainda lhe direi, no entanto, como encontrar o cavalo dourado, se fizer como eu mandar. Deve seguir em frente até chegar ao castelo onde o cavalo está em seu estábulo; ao lado dele, o cavalariço estará deitado em sono profundo e roncando; leve o cavalo silenciosamente, mas não se esqueça de colocar a sela de couro gasta em cima dele e não a dourada, que também estará por ali.

Então, o rapaz sentou-se no rabo da raposa e eles partiram mundo afora até seus cabelos assoviarem ao vento.

Tudo correu bem e o cavalariço estava deitado roncando com a mão sobre a sela dourada. Mas quando o jovem olhou para o cavalo, pensou que seria uma lástima colocar a sela de couro sobre ele.

– Eu lhe darei a sela boa – disse ele –, tenho certeza de que ele merece.

Quando ele pegou a sela dourada, o cavalariço despertou e berrou tão alto que todos os guardas apareceram e o aprisionaram, e, pela manhã, ele estava novamente diante da corte para ser julgado e foi condenado à morte. Mas foi acordado que, se ele conseguisse levar certa princesa até lá, não seria morto e o cavalo e o pássaro lhe seriam dados.

Então, ele seguiu seu caminho muito entristecido, mas a velha raposa apareceu e disse:

– Por que você não me ouviu? Se tivesse ouvido, teria ido embora tanto com o pássaro quanto com o cavalo. Entretanto, eu o aconselharei mais uma vez. Siga em frente e, pela noite, chegará a um castelo. À meia-noite, a princesa vai para a casa de banhos; vá até ela e a beije, e ela permitirá que você a leve embora; mas tome cuidado para não se apiedar dela e permitir que se despeça dos pais.

Então, a raposa eriçou o rabo e eles partiram mundo afora até seus cabelos assoviarem novamente.

Quando chegaram ao castelo, tudo estava como a raposa havia dito e, à meia-noite, o jovem encontrou a princesa a caminho da casa de banhos e a beijou. Ela concordou em fugir com ele, mas implorou, com muitas lágrimas, que permitisse que ela se despedisse do pai. Em um primeiro momento, ele recusou, mas ela chorou mais e mais, e caiu a seus pés até, por fim, ele ceder. Mas assim que ela chegou à casa do pai, os guardas acordaram e ele foi preso novamente.

Então, ele foi levado ao rei, que disse:

– Jamais terá minha filha, a menos que, em oito dias, escave o morro que obstrui a visão da minha janela.

O morro era tão grande que nem o mundo inteiro conseguiria escavá-lo; e após ele trabalhar por sete dias e ter tido pouquíssimo progresso, a raposa apareceu e disse:

– Vá deitar e dormir; eu trabalharei para você.

E, pela manhã, o rapaz acordou e o morro não estava mais lá; então ele foi alegremente até o rei e contou que não havia mais morro, e deveria lhe entregar a princesa.

O rei, então, foi obrigado a honrar sua palavra, e lá se foram o jovem e a princesa. Então a raposa apareceu e disse:

– Nós teremos os três: a princesa, o cavalo e o pássaro.

– Ah! – exclamou o jovem. – Isso seria ótimo, mas como conseguirá fazer isso?

– Se me ouvir – instruiu a raposa –, é possível. Quando chegar ao rei e ele perguntar pela bela princesa, deve dizer: "Aqui está ela!". Ele ficará radiante e você montará no cavalo dourado que eles lhe darão e estenderá a mão para se despedir deles, mas aperte a mão da princesa por último. Então, coloque-a rapidamente no cavalo atrás de você, bata os esporões no animal e galope o mais rápido que conseguir.

Tudo correu bem, então, a raposa disse:

– Quando chegar ao castelo onde está o pássaro, eu ficarei com a princesa à porta, você entrará e conversará com o rei; quando ele vir que é o cavalo certo, lhe trará o pássaro; mas você precisa permanecer montado e dizer que quer vê-lo, para garantir que é o pássaro dourado verdadeiro; e quando o tiver na mão, galope para longe.

Isso também correu como a raposa havia informado; eles pegaram o pássaro, a princesa, montaram novamente no cavalo e galoparam para dentro de um grande bosque. Então, a raposa apareceu e disse:

– Agora me mate, corte minha cabeça e meus pés.

Mas o jovem se recusou a fazê-lo, então a raposa disse:

– Eu lhe darei um bom conselho mesmo assim. Tome cuidado com duas coisas: não resgate ninguém da forca e não se sente à beira de qualquer rio.

Então, o jovem partiu. "Bem", pensou ele, "não será difícil seguir esses conselhos".

Ele galopou adiante com a princesa, até finalmente chegar ao vilarejo onde havia deixado seus dois irmãos. Lá ouviu um grande tumulto e alvoroço e, quando perguntou qual era o problema, as pessoas contaram:

– Dois homens serão enforcados.

Quando se aproximou, o jovem viu que os dois homens eram seus irmãos, que haviam se tornado ladrões; então ele perguntou:

– Não há maneira alguma de salvá-los?

Mas as pessoas disseram que não, a menos que ele entregasse todo o seu dinheiro para comprar a liberdade dos criminosos. O jovem não parou para pensar no assunto, apenas pagou o que foi pedido, assim seus irmãos foram libertados e seguiram com ele na direção de casa.

Quando chegaram ao bosque onde haviam encontrado a raposa pela primeira vez, estava tão fresco e agradável que os dois irmãos disseram:

– Vamos nos sentar à beira do rio e descansar um pouco para comer e beber algo.

O mais jovem concordou, esquecendo-se do conselho da raposa, e sentou-se à beira do rio. Sem que ele suspeitasse, seus irmãos vieram por trás e o empurraram para a água levando a princesa, o cavalo e o pássaro, e foram para casa, até seu rei e senhor, e disseram:

– Conquistamos tudo isso com nosso trabalho.

Houve grande regozijo, mas o cavalo se recusou a comer, o pássaro se negou a cantar e a princesa não parava de chorar.

O filho mais novo atingiu a base do leito do rio; por sorte, estava quase seco, mas seus ossos estavam quase quebrados e a ribanceira era tão íngreme que ele não conseguiu encontrar uma forma de escapar. Então, a velha raposa apareceu mais uma vez e o reprimiu por não seguir seus conselhos; de outro modo, nada de mal lhe teria acontecido.

– Mesmo assim – ponderou a raposa –, não posso deixar você aqui, então agarre meu rabo e segure com firmeza.

Então, o bicho o tirou de dentro do rio e disse a ele quando já estavam na margem:

– Seus irmãos estão fazendo uma vigília para matar você se o encontrarem no reino.

O jovem se vestiu como um homem pobre e entrou secretamente na corte do rei, e mal tinha passado pelas portas quando o cavalo começou a comer, o pássaro principiou a cantar e a princesa parou de chorar. Então, ele foi até o rei e contou tudo sobre a trapaça de seus irmãos, que foram capturados e punidos; a princesa foi-lhe entregue novamente; e depois da morte do rei, ele herdou o reino.

Após muito tempo, ele foi caminhar pelo bosque e a velha raposa o encontrou e implorou, com os olhos cheios de lágrimas, que ele a matasse e lhe cortasse a cabeça e os pés. Finalmente ele o fez e, em um instante, a raposa se transformou em um homem, que era, no fim das contas, o irmão da princesa que havia desaparecido há muitos e muitos anos.

João, o felizardo

Alguns homens nascem com sorte: tudo que fazem ou tentam fazer dá certo; tudo que aparece em seu caminho é fortuna; todos os seus gansos são cisnes; todas as suas cartas são trunfos; pode empurrá-los do precipício que for que eles sempre cairão delicadamente sobre as pernas como gatos, apenas para se moverem ainda mais rápido. O mundo pode, muito provavelmente, nem sempre enxergá-los como eles se enxergam, mas por que eles se importariam com o mundo? O que o mundo sabe dessas coisas?

Um desses seres felizardos era nosso vizinho João. Durante sete longos anos, ele trabalhou duro para seu amo. Um dia, finalmente, ele disse:

– Amo, deu minha hora, preciso ir para casa e visitar minha pobre mãe mais uma vez; então, por favor, pague minha remuneração e me deixe ir.

E o amo respondeu:

– Você foi um criado bom e fiel, João, portanto, sua remuneração será abastada.

Então, o homem lhe deu uma pepita de prata tão grande quanto sua cabeça.

João pegou seu lenço, enrolou a pepita de prata nele, jogou por cima do ombro e partiu pela estrada a caminho de casa. Enquanto caminhava preguiçosamente, arrastando um pé após o outro, um homem apareceu trotando alegremente em um cavalo majestoso.

– Ah! – exclamou João. – Que maravilha é andar a cavalo! Ali está ele sentado, confortável e feliz como se estivesse em casa, em sua poltrona ao lado da lareira; não tropeça em pedras, preserva o couro dos sapatos e segue adiante sem sequer se dar conta.

João não falou tão baixinho, o homem ouviu tudo e disse:

– Ora, meu amigo, por que anda a pé então?

– Ah! – respondeu ele. – Tenho este peso para carregar; é, de fato, prata, mas é tão pesada que não consigo manter a cabeça erguida e devo admitir que muito me machuca o ombro.

– O que me diz de fazermos uma troca? – propôs o cavaleiro. – Eu lhe dou meu cavalo e você me dá a prata, o que o poupará do imenso transtorno de ter de carregar tamanho peso.

– Com toda certeza – concordou João. – Mas como está sendo muito gentil comigo, preciso lhe alertar de algo: você terá uma dura tarefa ao carregar essa prata.

Entretanto, o homem desceu do cavalo, pegou a prata, ajudou João a montar o animal, entregou-lhe a rédea em uma mão e o chicote na outra, e disse:

– Quando quiser ir bem rápido, estala os lábios bem alto e grita "upa!".

João sentia-se radiante sobre o cavalo; endireitou-se, ajeitou os ombros, virou os pés para fora, estalou o chicote e partiu animadamente, assoviando uma alegre canção, e em pouco tempo cantando:

– Não há tristeza nem dor,
Só fortuna ao dispor!
Em meio a riso e alegria,
Segue esta cantoria!

Após um tempo, pensou que gostaria de ir um pouco mais rápido, então estalou os lábios e gritou "upa!". O cavalo disparou em um galope desenfreado e, antes que João pudesse perceber, foi arremessado para longe e caiu de costas à beira da estrada. O animal teria fugido se um pastor que estava passando por ali, puxando uma vaca, não o tivesse detido. João logo recobrou-se e levantou-se, miseravelmente exasperado, e disse ao pastor:

– Que maravilha poder andar a cavalo, quando um homem tem a sorte de encontrar um animal como este, que tropica e o arremessa pelos ares, quase o fazendo quebrar o pescoço. No entanto, nunca mais voltarei a montá-lo; estimo muito mais a sua vaca do que esta besta que me pregou tal peça e, vê, arruinou meu melhor casaco nesta poça cujo cheiro, aliás, não apetece muito ao olfato. Pode-se caminhar tranquilamente ao lado desta vaca, tendo companhia e, de quebra, leite, manteiga e queijo todos os dias. O que eu não daria por um prêmio como esse!

– Bem – disse o pastor –, se aprecia tanto, eu a trocarei pelo seu cavalo; gosto de fazer o bem a meus próximos, mesmo perdendo na barganha.

– Feito! – exclamou João alegremente.

"Que coração nobre tem esse homem", pensou ele. Então, o pastor montou o cavalo, desejou uma boa manhã a João e à vaca, e seguiu seu caminho.

João bateu a poeira do casaco, limpou o rosto e as mãos, descansou por um tempo e, então, partiu em silêncio com sua vaca, pensando ter feito um excelente negócio.

– Se eu tiver apenas um pedaço de pão, o que certamente sempre conseguirei, poderei, sempre que quiser, comer minha manteiga e meu queijo com ele; e, quando estiver com sede, poderei ordenhar minha vaca e beber o leite. O que mais eu poderia querer?

Quando chegou a uma hospedaria, João parou, comeu todo o pão que tinha e gastou seu último centavo em um caneco de cerveja. Depois de ter descansado, ele partiu novamente, arrastando a vaca na direção do vilarejo de sua mãe. Porém, o calor aumentou assim que bateram doze horas, até que, por fim, quando se viu em uma charneca que levaria mais de uma hora para atravessar, ele começou a sentir tanto calor e tanta sede que sua língua grudou no céu da boca. "Posso encontrar uma cura para isso", pensou ele. "Agora vou ordenhar minha vaca e matar minha sede." Então, ele a amarrou ao toco de uma árvore e preparou seu cantil de couro para enchê-lo, mas nem uma única gota caiu. Quem imaginaria que aquela vaca, que deveria lhe prover leite, manteiga e queijo, estava totalmente seca todo aquele tempo? João não havia pensado nessa possibilidade.

Enquanto estava tentando ordenhá-la, e de maneira extremamente atrapalhada, o inquieto animal começou a achá-lo muito inoportuno e acabou por acertar-lhe um coice na cabeça que o desacordou. E lá ele permaneceu por um bom tempo, desfalecido. Por sorte, um carniceiro logo passou por ali, levando um porco em um carrinho de mão.

– O que passa, meu rapaz? –, perguntou o carniceiro, enquanto ajudava-o a se levantar.

João contou a ele o que tinha acontecido, como estava desidratado e queria ordenhar a vaca, mas descobriu que a vaca também estava seca. Então, o carniceiro lhe deu um cantil de cerveja, dizendo:

– Aqui, beba e se refresque; sua vaca não dará leite, não vê que é um animal velho, que não serve para nada além do abate?

– Que lástima! – lamentou-se João. – Quem diria? E que vergonha tomar meu cavalo em troca de uma vaca seca! Se eu a matasse, de que serviria? Não gosto de carne de vaca; não é macia o suficiente para mim. Agora, se fosse um porco, como esse gorducho que estás levando, seria possível fazer algo dele; no mínimo, umas salsichas!

– Bem – disse o carniceiro –, não gosto de dizer "não" quando se pede para fazer algo gentil e amistoso. Para agradar você, eu trocarei, e lhe darei meu belo e gordo porco em troca da vaca.

– Que os céus o recompensem por sua bondade e generosidade! – agradeceu João, enquanto entregava a vaca ao carniceiro, e, tirando o porco do carrinho dc mão, guiou-o adiante, segurando-o pela corda que estava amarrada em sua perna.

Assim prosseguiu e tudo parecia estar correndo bem para ele: tinha se deparado com alguns reveses, certamente, mas agora havia sido recompensado por tudo. Como poderia ser diferente com um companheiro de viagem como o que ele tinha agora?

O homem seguinte que encontrou era um camponês que carregava um belo ganso branco. O camponês parou para lhe perguntar as horas, o que levou a uma prosa mais longa, pois João contou a ele sobre sua sorte, sobre como havia conseguido tantas boas barganhas, sobre como todo mundo estava contente e sorrindo para ele. O camponês, então, começou a contar sua própria história, e disse que estava levando o ganso para um batismo.

– Vê – disse ele –, como é pesado, embora ainda tenha apenas oito semanas de vida. Quem quer que o asse e coma encontrará muita gordura, visto que teve uma bela vida!

– Tem razão – concordou João, pesando-o com a mão –, mas se fala de gordura, meu porco não fica para trás.

Mas o camponês trazia uma expressão grave no rosto e meneou a cabeça.

– Ouça! – disse ele. – Meu nobre amigo, parece ser um homem do bem, então não posso deixar de lhe fazer este favor, pois seu porco pode lhe causar problemas. No vilarejo do qual acabo de vir, o fazendeiro acaba de ter o porco roubado do chiqueiro. Fiquei tremendamente receoso, ao ver você, que estivesse com o porco do fazendeiro. Se for e eles o pegarem, não será nada bom para você. O mínimo que farão é arremessar-lhe no tanque d'água dos cavalos. Sabe nadar?

O pobre João ficou miseravelmente assustado.

– Bom homem – suplicou ele –, ajude-me a escapar dessa enrascada. Desconheço a origem deste animal, mas pode se tratar do porco do fazendeiro, até onde sei. Você conhece esta região melhor que eu, então leve meu porco e me dê o ganso.

– Há de me haver algum benefício nessa troca – respondeu o camponês –, trocar um ganso gordo por um porco, ora! Nem todos fariam tanto por você. Contudo, não serei implacável, visto que está em apuros.

Então, segurou a corda presa ao porco com ele e partiu por uma trilha lateral, enquanto João seguiu seu caminho livre de preocupações. "Afinal de contas", pensou ele, "aquele rapaz não acabou no prejuízo. Não importa de quem é o porco, mas qualquer que seja sua origem, foi um ótimo amigo para mim. Eu fiquei em maior vantagem na barganha. Primeiro porque a carne é de primeira; também terei gordura de ganso por uns seis meses; e há, ainda, todas essas lindas penas brancas. Eu as colocarei em meu travesseiro e, então, certamente dormirei profundamente, sem precisar me embalar. Minha mãe ficará tão contente!".

Quando chegou ao vilarejo seguinte, avistou um amolador com sua ferramenta, trabalhando e cantando:

– Nas montanhas e nos vales;
Contente a vaguear!
O trabalho é pouco e a vida, sem males;
O mundo todo é o meu lar!
Quem é que se diz; assim tão feliz?

João ficou parado observando por um tempo e, por fim, disse:

– Deve estar muito bem, senhor amolador! Parece tão contente em seu trabalho!

– Sim – respondeu ele –, meu negócio é estupendo; um bom amolador nunca coloca a mão no bolso sem encontrar dinheiro nele. Mas onde você comprou um ganso tão belo?

– Não o comprei, troquei um porco por ele.

– E onde conseguiu o porco?

– Troquei uma vaca por ele.

– E a vaca?

– Troquei um cavalo por ela.

– E o cavalo?

– Dei uma pepita de prata do tamanho de minha cabeça por ele.

– E a prata?

– Oh! Trabalhei duro por sete longos anos.

– Você tem prosperado neste mundo – comentou o amolador. – Agora, se pudesse encontrar dinheiro em seu bolso sempre que colocasse a mão nele, sua fortuna estaria feita.

– É bem verdade, mas como poderia conseguir tal façanha?

– Como? Ora, deve se tornar um amolador como eu – respondeu o homem. – Basta ter um rebolo e o resto virá depois. Cá tenho um que está um pouco gasto, mas eu não pediria mais por ele do que o valor de seu ganso. Você o compraria?

– Como pode sequer perguntar? – respondeu João. – Seria o homem mais feliz do mundo, se pudesse ter dinheiro toda vez que colocasse a mão no bolso, o que mais poderia querer? Aqui está o ganso.

– Agora – disse o amolador, entregando a ele uma pedra bruta comum que estava ao seu lado –, esta é uma pedra extraordinária; trabalhe bem nela e conseguirá fazer um cortador de unhas.

João pegou a pedra e seguiu seu caminho com o coração leve; seus olhos brilhavam de alegria e ele disse a si mesmo:

– Certamente devo ter nascido em um horário afortunado; tudo o que eu poderia querer ou desejar se realiza. As pessoas são tão gentis; elas realmente parecem pensar que eu as favoreço ao permitir que me enriqueçam e me oferecendo boas barganhas.

João começou a se sentir cansado e faminto, pois havia gastado seu último centavo em sua comemoração à aquisição da vaca.

Ele finalmente não conseguia seguir adiante, pois a pedra o exauria terrivelmente, e se arrastou até a margem de um rio, pensando em tomar um gole d'água e descansar um pouco. Então, colocou a pedra com cuidado ao seu lado na margem e, assim que se abaixou para beber, esqueceu-se dela, empurrou-a de leve e a pedra rolou ribanceira abaixo, mergulhando no riacho.

Por um tempo, ele ficou observando-a afundar na profunda água cristalina; então se levantou e dançou de alegria, depois caiu de joelhos novamente e agradeceu aos céus, com lágrimas nos olhos, por sua bondade em tê-lo livrado de seu único fardo, aquela pedra pesada e feia.

– Como estou feliz! – exclamou ele. – Ninguém nunca teve a sorte que tenho!

Então, ele se levantou, com o coração leve, livre de todos os seus problemas, caminhou adiante até chegar à casa de sua mãe, e contou a ela como era fácil o caminho para a fortuna.

Jorinda e Joringel

Era uma vez um velho castelo, que ficava no meio de um bosque fechado e sombrio, e nesse castelo vivia uma velha fada, que podia assumir o formato que desejasse. Passava o dia todo voando por aí na forma de uma coruja, ou espreitava pelo país como um gato, porém, à noite, sempre se transformava em uma velha novamente. Quando algum jovem homem chegasse a cem passos do castelo, ficava entorpecido e não conseguia se mover nem mais um passo até que ela aparecesse e o libertasse, o que só faria se ele prometesse nunca mais aparecer por ali novamente; no entanto, quando qualquer bela donzela entrava naquele domínio, era transformada em um pássaro e a fada o colocava em uma gaiola e a pendurava em um cômodo do castelo. Havia setecentas gaiolas dessas penduradas no palácio, todas com lindos pássaros.

Havia uma donzela chamada Jorinda. Ela era mais bela que todas as belas jovens que já haviam sido vistas antes e um pastor chamado Joringel era muito afeiçoado a ela, e eles iriam se casar em breve. Um dia, eles foram passear pelo bosque, para poderem ficar sozinhos, e Joringel disse:

– Precisamos tomar cuidado para não nos aproximarmos demais do castelo da fada.

Era uma noite linda; os últimos raios do sol poente brilhavam por entre os longos caules das árvores acima da vegetação rasteira verdejante, e as rolinhas cantavam do topo dos galhos altos.

Jorinda sentou-se para observar o sol; Joringel sentou-se ao seu lado, e ambos se sentiram tristes. Não sabiam o porquê, mas era como se estivessem prestes a ser separados um do outro pelo resto da vida. Eles caminharam um bocado e, quando se viraram para ver qual caminho deveriam tomar para ir para casa, perceberam-se perdidos, sem saber qual trajeto tomar.

O sol estava se pondo rapidamente, e metade de seu círculo já estava atrás do morro. Joringel subitamente olhou para trás e percebeu, por entre os arbustos, que eles haviam, sem notar, sentado perto dos velhos paredões do castelo. Então, ele se encolheu de medo, empalideceu e estremeceu. Jorinda apenas cantava:

– A pombinha canta dos ramos do salgueiro;
Ai de mim, ai de mim!
Ela chora o destino de seu companheiro;
Ai de mim!

Quando ela parou de cantar repentinamente, Joringel virou-se para ver o motivo e viu que sua amada Jorinda havia sido transformada em um rouxinol, de modo que sua canção terminou com um "piu, piu" pesaroso. Uma coruja com olhos impetuosos voou três vezes em círculos sobre eles, e três vezes gritou:

– Uuu-uh! Uuu-uh! Uuu-uh!

Joringel não conseguia se mover; ficou parado como uma rocha, também não conseguia chorar, nem falar, nem mover mão ou pé. E agora o sol já estava bem baixo; a noite sombria chegou; a coruja voou para o meio de um arbusto e, um instante depois, a velha fada apareceu, pálida e franzina, com olhos pungentes, o nariz e o queixo quase se encontravam.

Ela resmungou algo para si mesma, pegou o rouxinol e se afastou. O pobre Joringel viu que o rouxinol fora levado embora, mas o que podia fazer? Não conseguia falar, não conseguia sair do local onde estava. Por fim, a fada retornou e cantou, com sua voz rouca:

– Até que presa a menina,
E se cumpra a sina;
Aí permanece! Permanece!
Quando o encanto abater,
E o feitiço envolver;
Desaparece! Desaparece!

Subitamente, Joringel se viu livre. Então, ele caiu de joelhos diante da fada e implorou que ela lhe devolvesse sua amada Jorinda, mas ela riu dele e disse que ele jamais a veria novamente, e, então, partiu em seu caminho.

Ele suplicou, chorou, lamentou, mas tudo em vão.

– Que lástima! – exclamou ele. – O que será de mim?

Ele não podia retornar para sua própria casa, então foi para um vilarejo diferente e arrumou um emprego pastoreando ovelhas. Muitas vezes, caminhou em círculos até chegar o mais próximo que ousava do odiado castelo, mas não ouviu nem viu nada de Jorinda.

Uma noite, ele sonhou que encontrara uma linda flor roxa e, no meio dela havia uma valiosa pérola, depois ele arrancava a flor, ia com ela em mãos até o castelo e tudo que tocava era libertado do feitiço, e até reencontrou Jorinda.

Pela manhã, quando acordou, Joringel começou a procurar, pelas montanhas e pelos vales, por aquela bela flor; e por oito longos dias ele buscou em vão, mas, na manhã do nono dia, encontrou a linda flor roxa e, no meio dela, havia uma enorme gota de orvalho, grande como uma pérola valiosa. Então, ele arrancou a flor e partiu, viajando noite e dia, até chegar novamente ao castelo.

Ele se aproximou mais que cem passos da construção, mas não ficou paralisado como antes, descobriu, na verdade, que conseguia chegar bem perto da porta. Joringel ficou realmente muito feliz ao perceber isso. Então, quando tocou a porta com a flor, ela se abriu; e assim ele entrou na corte e ouviu quando incontáveis pássaros começaram a cantar. Por fim, chegou ao recinto onde a fada aguardava sentada, com os setecentos pássaros cantando nas setecentas gaiolas. Quando o viu, ela ficou muito zangada e berrou de fúria, mas não podia se aproximar mais que alguns metros dele, pois a flor que ele segurava era seu escudo.

Joringel olhou para os pássaros, mas, que lástima! Havia muitos rouxinóis, e como ele descobriria qual era sua Jorinda? Enquanto pensava no que fazer, ele viu que a fada tinha pegado uma das gaiolas e estava tentando fugir pela porta. Ele correu e voou em cima dela, tocou na gaiola com a flor e Jorinda surgiu à sua frente, jogando os braços em torno de seu pescoço e linda como sempre, tão linda quanto quando costumavam caminhar juntos pelo bosque.

Então, ele tocou em todos os outros pássaros com a flor, de modo que recuperaram sua antiga forma, e levou Jorinda para casa, onde se casaram e viveram juntos e felizes por muitos anos; assim como muitos outros rapazes cujas donzelas haviam sido forçadas a cantar solitárias nas gaiolas da velha fada, por muito mais tempo do que gostariam.

Os músicos viajantes

Havia um fazendeiro que tinha um burro que lhe fora um criado fiel por muitos anos, mas estava ficando velho e, a cada dia que passava, menos apto para o trabalho. Seu amo, portanto, estava cansado de cuidar dele e começou a pensar em abatê-lo, mas o burro, que percebeu que algo suspeito pairava no ar, escapuliu de mansinho e começou uma jornada rumo à cidade grande. "Pois lá", pensou ele, "posso me tornar músico".

Depois de ter viajado por pouco tempo, ele avistou um cachorro deitado na beira da estrada, ofegando como se estivesse cansado.

– O que o faz ofegar assim, meu amigo? – quis saber o burro.

– Ai de mim! – exclamou o cachorro. – Meu amo ia me esmurrar a cabeça, porque estou velho e fraco e não tenho mais utilidade para ele na caça; então fugi, mas o que posso fazer para sobreviver?

– Ouça! – respondeu o burro. – Estou indo para a cidade grande para me tornar músico, acha que pode vir comigo e tentar fazer o mesmo?

O cachorro disse que estava disposto e eles seguiram adiante juntos.

Eles não haviam andado muito quando viram uma gata sentada no meio da estrada com uma expressão tremendamente pesarosa.

– Conte, minha boa dama – disse o burro –, que mal a aflige? Parece sem ânimo algum!

– Eu? Oh! – respondeu a gata. – Como é possível ter ânimo quando sua vida corre perigo? Como estou começando a envelhecer e prefiro repousar tranquilamente diante da lareira a vasculhar a casa atrás dos ratos, minha ama me capturou e ia me afogar. E embora eu tenha tido a sorte de conseguir escapar dela, não sei como vou sobreviver.

– Ah – disse o burro –, então venha conosco para a cidade grande; dará uma boa cantora da noite e poderá ganhar uma boa fortuna como artista.

A gata ficou contente com a ideia e se juntou à trupe.

Logo depois, quando estavam passando por uma fazenda, avistaram um galo empoleirado em um portão, cantando com todas as suas forças.

– Bravo! – exclamou o burro. – Minha nossa, você tem um gogó e tanto. Diga-me, por que tudo isso?

– Ora – respondeu o galo –, eu estava agora mesmo comentando que provavelmente teremos tempo bom no dia da limpeza, mas minha ama e a cozinheira não reconhecem meu trabalho e ameaçaram cortar minha cabeça amanhã para fazer canja para os convidados que chegarão no domingo!

– Deus o livre! – exclamou o burro. – Venha conosco, Mestre Crista-Vermelha; de toda forma, será melhor do que ficar aqui para ter a cabeça decepada! Além disso, se conseguirmos cantar juntos, talvez possamos organizar uma espécie de concerto.

– De bom grado! – respondeu o galo e os quatro partiram juntos na maior alegria.

Eles não conseguiram, no entanto, chegar à cidade no primeiro dia, então, quando a noite caiu, entraram em um bosque para dormir. O burro e o cachorro se deitaram debaixo de uma grande árvore, a gata subiu nos galhos, enquanto o galo, pensando que quanto mais no alto ficasse, mais seguro estaria, voou para o topo da árvore e, então, seguindo seu costume, antes de dormir, olhou para todos os lados para garantir que tudo estava bem. Ao fazê-lo, ele avistou ao longe algo brilhante e cintilante e, gritando para seus companheiros, avisou:

– Deve haver uma casa não muito longe daqui, pois vejo uma luz.

– Se for esse o caso – ponderou o burro –, melhor sairmos daqui, pois nossa acomodação não é das melhores!

– Além disso – complementou o cachorro –, eu não me importaria com um ou dois ossos para roer ou um pouco de carne.

Então, eles caminharam juntos na direção do local onde Crista-Vermelha tinha visto a luz, que, à medida que se aproximavam, ficava cada vez maior e mais forte, até finalmente chegarem perto de uma casa onde vivia uma gangue de ladrões.

O burro, por ser o mais alto da trupe, marchou até a janela e espiou.

– E então, Burro – disse Crista-Vermelha. – O que você está vendo?

– O que estou vendo? – repetiu o burro. – Ora, vejo uma mesa farta com diversas iguarias deliciosas e ladrões sentados ao seu redor, a se esbaldarem.

– Seria uma bela acomodação para nós – comentou o galo.

– Sim – concordou o burro. – Quem dera conseguíssemos entrar.

Então eles confabularam para tramar como forçariam os ladrões a sair da casa e, por fim, traçaram um plano. O burro se apoiou sobre as patas traseiras, com a testa pressionada contra a janela; o cachorro subiu em suas costas; a gata se acomodou sobre os ombros do cachorro; e o galo se empoleirou na cabeça da gata. Quando tudo estava pronto, um sinal foi dado, e eles começaram sua música. O burro zurrou, o cachorro latiu, a gata miou e o galo cacarejou; e então todos quebraram a janela juntos e caíram no meio da sala, em meio ao vidro estilhaçado, na maior algazarra! Os ladrões, que haviam ficado apavorados com o concerto de abertura, não tiveram dúvidas de que algum duende macabro tinha invadido a casa e fugiram o mais rápido que conseguiram.

Assim que tudo se acalmou, nossos viajantes se sentaram e se esbaldaram no que os ladrões haviam deixado para trás com tamanha avidez que parecia que não esperavam comer novamente por um mês. Assim que estavam satisfeitos, eles apagaram as luzes e cada um procurou um lugar para repousar que fosse de seu agrado. O burro se deitou sobre um monte de palha no quintal, o cachorro se esparramou em um tapete atrás da porta, a gata se encolheu diante das cinzas quentes da lareira, e o galo se empoleirou em uma viga no topo da casa e, como estavam todos bastante cansados da viagem, logo pegaram no sono.

Por volta da meia-noite, quando os ladrões viram que as luzes estavam apagadas e que tudo parecia quieto, começaram a pensar que haviam debandado depressa demais, e um deles, que era mais ousado que os demais, foi até lá ver o que estava acontecendo. Ao encontrar tudo em silêncio, ele entrou na cozinha e apalpou ao redor até encontrar um fósforo para acender uma vela e, então, ao se deparar com os olhos brilhantes e impetuosos da gata, confundiu-os com carvão em brasa, e aproximou o fósforo para acendê-lo. Mas a gata, sem entender o que estava acontecendo, atracou-se no rosto dele e o arranhou. Aquilo o assustou terrivelmente, e o homem correu para a porta dos fundos; mas lá o cachorro saltou e mordeu sua perna; e quando ele estava atravessando o quintal, o burro o pontapeou; e o galo, que tinha sido despertado pelo barulho, cantou com todas as suas forças.

Com isso, o ladrão voltou o mais rápido possível para seus companheiros e contou ao chefe como uma bruxa terrível tinha entrado na casa, cuspido e arranhado seu rosto com os dedos longos e ossudos; como um homem com uma faca na mão tinha se escondido atrás da porta e acertado sua perna; como havia um monstro preto no quintal, que o atingiu com uma clava; e como o próprio diabo estava sentado no topo da casa, gritando: "Joga o velhaco aqui em cima!". Depois disso, os ladrões nunca mais ousaram retornar à casa; mas os músicos ficaram tão satisfeitos com sua acomodação que se instalaram por lá e lá permanecem, ouso dizer, até os dias de hoje.

O velho Sultão

Um pastor tinha um cachorro fiel, chamado Sultão, que já estava bem velhinho e tinha perdido todos os dentes. Um dia, quando o pastor e sua esposa estavam parados diante da casa, o pastor disse:

– Darei um tiro no velho Sultão amanhã pela manhã, pois ele não tem mais utilidade alguma.

Mas a mulher retrucou:

– Deixe a pobre criatura viver; ele nos serviu fielmente por muitos anos, e nós devemos cuidar dele até o fim de seus dias.

– Mas o que podemos fazer com ele? – indagou o pastor. – Ele não tem um único dente na boca e os ladrões não se assustam nem um pouco com ele. É verdade que nos serviu, mas também o fez para garantir sua sobrevivência. Amanhã será seu último dia, está decidido.

O pobre Sultão, que estava deitado próximo a eles, ouviu o que o pastor e sua esposa disseram um ao outro e ficou muito assustado ao pensar que o dia seguinte seria o seu último; então, aquela noite, foi visitar seu bom amigo lobo, que vivia na floresta, e compartilhou com ele suas angústias e o fato de que seu amo pretendia matá-lo pela manhã.

– Fique tranquilo – disse o lobo –, eu lhe darei um bom conselho. Seu amo, como você sabe, vai todos os dias cedo pela manhã com a esposa para o campo e levam a criança com eles, e a deixam deitada atrás da cerca, na sombra, enquanto trabalham. Você vai se deitar perto dela e fingir que está vigiando-a e eu aparecerei da floresta e fugirei com ela.

Você deve correr atrás de mim o mais rápido que conseguir, e eu a largarei. Então, você pode levá-la de volta, eles pensarão que você salvou a criança e ficarão tão gratos que cuidarão de você pelo resto da tua vida.

O cachorro gostou muito daquele plano e assim se procedeu. O lobo fugiu com a criança; o pastor e sua esposa gritaram; mas Sultão logo a pegou e levou a pobrezinha de volta para seu amo e sua ama. Então, o pastor acariciou sua cabeça e disse:

– O velho Sultão salvou nossa criança do lobo, portanto, viverá, e será bem cuidado e terá comida em fartura. Mulher, vá para casa e prepare para ele um belo jantar, e dê a ele o meu velho travesseiro para dormir pelo tempo que ainda viver.

Daquele dia em diante, Sultão teve tudo que poderia desejar.

Pouco tempo depois, o lobo apareceu, desejou-lhe felicidades e disse:

– Agora, meu caro amigo, você não deve me dedurar, apenas vire a cabeça para o outro lado quando eu quiser saborear uma das belas e gordas ovelhas do pastor.

– Não – respondeu Sultão. – Serei fiel a meu amo.

Contudo, o lobo achou que ele estava brincando e apareceu uma noite para abocanhar uma iguaria. Porém, Sultão contou a seu amo o que o lobo pretendia fazer, então o pastor esperou atrás da porta do celeiro e, quando o lobo estava ocupado procurando por uma ovelha suculenta, acertou-lhe umas boas bordoadas nas costas com um grande porrete.

O lobo ficou muito zangado, chamou Sultão de "velhaco" e jurou se vingar. Na manhã seguinte, o lobo mandou o javali para desafiar Sultão a ir até a floresta para acertarem as contas. Sultão, no entanto, não tinha ninguém que pudesse ser seu escudeiro, além da velha gata de três patas do pastor que ele a levou consigo, e enquanto a pobre criatura cambaleava com certa dificuldade pela floresta, eriçava seu rabo alto no ar.

O lobo e o javali foram os primeiros a chegar e, quando avistaram seus inimigos a caminho e viram o rabo eriçado da gata, pensaram que ela estava carregando uma espada para Sultão lutar, e toda vez que ela mancava, pensaram que ela estava catando pedras para jogar neles. Então eles disseram que não apreciavam aquele estilo de duelo; o javali se deitou atrás de um arbusto e o lobo saltou para cima de uma árvore.

Sultão e a gata logo apareceram e olharam em volta, perguntando-se onde estariam todos. O javali, contudo, não havia se escondido direito, pois suas orelhas apareciam em meio ao arbusto e, quando ele sacudiu uma delas de leve, a gata, ao ver algo se mover e pensando se tratar de um rato, saltou sobre ele, mordeu-o e arranhou-o, de modo que o javali se levantou de supetão, grunhiu e fugiu às pressas, gritando.

– Olha lá em cima, na árvore, lá está o culpado.

Então, eles olharam para cima e avistaram o lobo, sentado em meio aos galhos, chamaram-no de "velhaco covarde" e só permitiram que ele descesse quando estava verdadeiramente envergonhado de seu comportamento e prometeu ser novamente amigo do velho Sultão.

A palha, o carvão e o feijão

Em um vilarejo, vivia uma mulher velha e pobre, que havia juntado alguns feijões e queria cozinhá-los. Então, ela preparou a lareira e, para que queimasse mais rápido, a acendeu com um punhado de palha. Quando estava despejando os feijões na panela, um caiu sem que ela percebesse, pousando no chão ao lado de uma haste de palha. Pouco tempo depois, um pedaço de carvão em brasa saltou da lareira e se juntou a eles. A palha disse:

– Caros amigos, como vieram parar aqui?

O carvão respondeu:

– Por sorte, escapuli do fogo e se eu não tivesse conseguido escapar, minha morte seria certa; eu teria queimado até virar cinza.

O feijão disse:

– Eu também escapei com a pele intacta, mas se a velha tivesse me colocado na panela, eu teria sido transformado em sopa sem qualquer misericórdia, como meus companheiros.

– Vocês acham que o destino de meu povo seria muito melhor? – disse a palha. – A velha destruiu meus irmãos no fogo e na fumaça; pegou sessenta deles de uma vez só e tirou-lhes a vida. Por sorte, escapuli por entre os dedos dela.

– Mas o que faremos agora? – indagou o carvão.

– Penso – respondeu o feijão –, que somos tão afortunados por termos escapado da morte que deveríamos nos manter juntos, como bons companheiros, e, para evitar que outro infortúnio nos aconteça por aqui, devemos partir juntos rumo a um país estrangeiro.

A proposta agradou os outros dois e eles zarparam em sua jornada juntos. Pouco tempo depois, chegaram a um pequeno córrego e, como não havia ponte ou passarela, eles não sabiam como atravessar. A palha teve uma boa ideia e disse:

– Eu me deitarei de atravessado sobre o córrego e então vocês podem caminhar sobre mim como uma ponte.

A palha, então, esticou-se de uma margem à outra, e o carvão, que tinha um ânimo impetuoso, marchou sagazmente pela ponte recém-construída. Porém, quando chegou ao meio e ouviu a água correndo por debaixo dela, ficou com medo e paralisou, sem seguir adiante. A palha, no entanto, começou a queimar, partiu-se ao meio e caiu no riacho. O carvão caiu logo em seguida, sibilou quando atingiu a água e deu seu último suspiro.

O feijão, que, prudentemente, havia aguardado na margem, não pôde evitar rir da situação, não conseguiu parar, e riu com tanto vigor que explodiu. O mesmo infortúnio teria lhe acontecido se, por sorte, um alfaiate que estava viajando em busca de trabalho não tivesse se sentado para descansar à beira do córrego. Como tinha um coração piedoso, o alfaiate sacou de linha e agulha e costurou o feijão de volta. O feijão o agradeceu acaloradamente, mas como o alfaiate usou linha preta, todos os feijões, desde então, têm veias pretas.

A bela adormecida

Era uma vez um rei e uma rainha que reinavam em um país muito distante, onde, naquela época, havia fadas. Esse rei e essa rainha tinham muito dinheiro, muitas roupas finas para usar, muitas coisas boas para comer e beber e uma carruagem para passear todos os dias. Embora fossem casados há muitos anos, não tinham filhos, e esse fato os entristeciam tremendamente. Mas um dia, quando a rainha estava caminhando à beira do rio, nos fundos do jardim, ela viu um pobre peixinho que havia saltado para fora da água, estava arfando e quase morto na ribanceira. A rainha se apiedou do peixinho e o jogou de volta ao rio, e antes de nadar para longe, o animalzinho ergueu a cabeça da água e disse:

– Sei qual é o seu desejo e ele será realizado, em retribuição por sua bondade comigo. Logo, terá uma filha.

As palavras do peixe logo se concretizaram e a rainha teve uma menininha tão linda que o rei não conseguia parar de olhar para ela, todo alegre. Disse que daria um grandioso banquete e uma festa para mostrar a criança para todo o reino. Então, ele convidou seus familiares, nobres, amigos e vizinhos. E a rainha disse:

– Também convidarei as fadas, pois elas podem ser bondosas e gentis com nossa pequena.

Havia treze fadas no reino, porém, o rei e a rainha tinham apenas doze pratos de ouro para lhes servir o banquete, então eles foram forçados a desconsiderar uma das fadas sem nem sequer convidá-la. As doze fadas compareceram, cada uma com um chapéu vermelho pontudo na cabeça, sapatos vermelhos de salto alto nos pés e uma longa varinha branca na mão; e depois que o banquete havia terminado, elas se reuniram em um círculo e deram seus melhores presentes à princesa. Uma lhe deu a bondade; outra, a beleza; outra, a riqueza; e assim por diante, até a menina ter tudo que havia de bom no mundo.

Quando a décima primeira tinha acabado de abençoá-la, um grande estrondo foi ouvido no pátio e chegou a notícia de que a décima terceira fada havia aparecido, com um chapéu preto na cabeça, sapatos pretos nos pés e uma vassoura na mão; e logo em seguida, ela entrou no salão. Como não tinha sido convidada para o banquete, estava muito zangada e reprimiu o rei e a rainha severamente, e procedeu com sua vingança. Ela gritou:

– A filha do rei será, em seu décimo quinto ano de vida, ferida em uma roca e morrerá.

Então a décima segunda das fadas amistosas, que ainda não havia concedido sua dádiva, manifestou-se e disse que aquele desejo perverso deveria ser realizado, mas que ela poderia abrandar sua maldade; então seu presente foi que a filha do rei não morresse quando se ferisse na roca, apenas adormecesse por cem anos.

O rei, no entanto, ainda esperava salvar sua querida filha da crueldade eminente, então ordenou que todas as rocas do reino fossem levadas até o castelo e queimadas. E todas as dádivas concedidas pelas primeiras onze fadas foram concretizadas durante esse tempo, pois a princesa era tão bela, educada, bondosa e sábia que todos que a conheciam a amavam.

Aconteceu que, no exato dia em que ela completou quinze anos de vida, o rei e a rainha não estavam em casa e a jovem ficou sozinha no palácio. Ela ficou perambulando pelo castelo, bisbilhotando todos os cômodos e recintos, até finalmente chegar a uma torre antiga, para a qual havia uma escadaria estreita, que terminava em uma portinhola. Na portinhola, havia uma chave dourada e quando a princesa a girou, a porta se abriu, e lá dentro havia uma velha senhora, trabalhando avidamente em sua roda de fiar.

– Minha nossa, – disse a princesa –, o que é que a senhora está fazendo aqui?

– Fiando – respondeu a velha, sacudindo a cabeça e cantarolando uma canção enquanto a roda entoava *nhec, nhec*!

– Como é linda a maneira como essa pecinha gira! – exclamou a princesa, pegando a roca e tentando manuseá-la.

Mas ela mal tinha tocado na ferramenta quando a profecia da fada se cumpriu; o fuso a feriu e ela desabou inanimada no chão.

Contudo, ela não estava morta, apenas tinha entrado em um estado de sono profundo. O rei e a rainha, que tinham acabado de chegar em casa, bem como toda a sua corte, também adormeceram; os cavalos nos estábulos, os cachorros no pátio, as pombas no telhado, e até mesmo as moscas adormeceram nas paredes. O fogo na lareira parou de queimar e dormiu; o espeto parou de girar, o ganso que nele estava fincado para o jantar do rei ficou imóvel; e a cozinheira, que estava, naquele momento, puxando seu ajudante pelos cabelos para lhe dar uma bronca por algo que ele havia feito de errado, soltou-o e ambos caíram no sono; o mordomo, que estava disfarçadamente provando a cerveja, adormeceu com a jarra nos lábios. E assim tudo foi paralisado e adormeceu profundamente.

Uma grande cerca de espinhos logo se ergueu ao redor do palácio, e a cada ano que passava, ficava cada vez mais alta e espessa, até que, por fim, o velho palácio estava cercado e escondido, de modo que nem mesmo o telhado ou as chaminés podiam ser avistados. Mas correram notícias por toda a região da bela e adormecida Rosicler (pois assim se chamava a filha do rei), de modo que, de tempos em tempos, os filhos de vários reis foram até lá e tentaram penetrar o matagal para chegar ao castelo. Esse feito, contudo, nenhum deles conseguiu cumprir, pois os espinhos e os arbustos os detinham, como se tivessem garras e os rapazes ficavam presos e morriam de forma lamentável.

Após muitos e muitos anos, o filho de um rei apareceu por aquela região. Um velho contou a ele a história do matagal de espinhos e do lindo palácio que ficava atrás dele, e como uma princesa maravilhosa, chamada Rosicler, lá jazia adormecida, juntamente com toda a sua corte. Ele também contou como havia ouvido do avô histórias de muitos, muitos príncipes que tinham ido até lá e tentado vencer o matagal, mas que todos haviam ficado presos e morrido. Então, o jovem príncipe disse:

– Nada disso me afugentará; irei e encontrarei essa Rosicler.

O velho tentou dissuadi-lo, mas ele estava determinado a ir.

Naquele exato dia, os cem anos da maldição se encerraram, e quando o príncipe chegou ao matagal, não viu coisa alguma além de arbustos florescendo, pelos quais ele passou com facilidade, e depois se fecharam após sua passagem, densos como nunca. Então, ele finalmente chegou ao palácio e na corte estavam os cachorros adormecidos, os cavalos estavam parados nos estábulos e, no telhado, as pombas empoleiradas dormiam profundamente, com as cabeças escondidas debaixo das asas. E quando ele entrou no palácio, as moscas estavam dormindo nas paredes, o espeto continuava imóvel, o mordomo segurava a jarra de cerveja junto aos lábios, prestes a tomar um gole, a criada estava sentada com uma galinha no colo, pronta para ser depenada, e a cozinheira ainda estava com a mão erguida, como se fosse bater no garoto.

O jovem continuou em frente e tudo estava tão silencioso que ele podia ouvir a própria respiração. Até que, finalmente, ele chegou à antiga torre e abriu a porta do pequeno cômodo no qual jazia Rosicler; e lá estava ela, dormindo profundamente em um sofá perto da janela. Ela era tão linda que o príncipe não conseguia tirar os olhos dela, então ele se abaixou e a beijou. No momento em que ele a beijou, ela abriu os olhos e despertou, sorrindo para ele. Eles saíram juntos, logo o rei e a rainha também estavam acordados e toda a corte, e todos se entreolhavam admirados. E os cavalos se sacudiram; os cachorros saltitaram e latiram; as pombas tiraram a cabeça de debaixo das asas, olharam em volta e voaram para os campos; as moscas nas paredes zumbiram novamente; o fogo na cozinha flamejou; o espeto tornou a girar, com o ganso do jantar do rei cravado nele; o mordomo terminou seu gole de cerveja; a criada começou a depenar a galinha; e a cozinheira deu a bronca no garoto.

E então o príncipe e Rosicler se casaram, e um banquete de casamento foi dado. Eles viveram juntos e felizes por toda a vida.

O cachorro e o pardal

O cachorro de um pastor não era bem cuidado pelo seu dono e muitas vezes o fazia passar uma fome tremenda. Um dia, o cachorro não aguentou mais e resolveu ir embora, partiu correndo, sentindo-se muito triste e desanimado. Na estrada, ele encontrou um pardal, que disse:

– Por que estás tão triste, meu amigo?

– Porque – respondeu o cachorro –, estou com muita, muita fome, e não tenho nada para comer.

– Se isso é tudo – disse o pardal –, venha comigo até a próxima cidade e eu encontrarei montanhas de comida para você.

Então, eles seguiram juntos até a cidade e, ao passarem por uma casa de carnes, o pardal disse ao cachorro:

– Aguarde aqui um instante até que eu pegue um pedaço de carne para você.

Então, o pardal se empoleirou na prateleira e, após olhar em volta atentamente, para garantir que ninguém o estava observando, bicou e empurrou um pedaço de carne que estava na beirada da prateleira até finalmente cair. O cachorro o abocanhou e correu com ele para um canto, onde logo o comeu inteirinho.

– Bem – disse o pardal –, terá mais, se quiser, venha comigo até a próxima venda e eu conseguirei mais um bife.

Depois que o cachorro comeu seu segundo pedaço, o pardal lhe disse:

– Bem, meu bom amigo, está satisfeito?

– Comi bastante carne – respondeu ele –, mas agora gostaria de um pedaço de pão.

– Então venha comigo – instruiu o pardal –, e também o terá.

O pardal o levou até uma padaria e bicou dois pãezinhos que estavam à mostra até caírem e como o cachorro ainda queria mais, o pardal o levou a outra venda e conseguiu mais comida para ele. Depois que o cachorro havia comido tudo, o pardal lhe perguntou se ele estava satisfeito.

– Sim – respondeu ele –, e agora vamos sair da cidade.

Então, ambos pegaram a estrada, porém, estava muito quente, não haviam caminhado muito quando o cachorro disse:

– Estou muito cansado, gostaria de tirar um cochilo.

– Está bem – respondeu o pardal –, pode dormir. Enquanto isso, ficarei empoleirado naquele arbusto.

Então, o cachorro se esparramou na estrada e adormeceu profundamente. Enquanto ele dormia, apareceu um carroceiro com uma carroça puxada por três cavalos e carregada com dois barris de vinho. O pardal, vendo que o carroceiro não se desviou de seu caminho e iria seguir adiante na estrada onde o cachorro estava deitado, passando por cima dele, gritou:

– Pare! Pare, senhor carroceiro, ou será pior para o senhor!

Mas o carroceiro disse resmungando para si mesmo:

– Vai me castigar? Ora! O que pode fazer? – retrucou, estalando o chicote e passando com a carroça por cima do pobre cachorro, de modo que as rodas o esmagaram e o mataram.

– Vilão cruel – gritou o pardal –, você matou meu amigo cachorro. Agora ouça o que digo, essa sua façanha custará tudo o que tem de precioso.

– Venha e dê o seu melhor! – desafiou o brutamontes. – Que mal pode me causar?

E seguiu em frente. Mas o pardal voou para debaixo do toldo da carroça e bicou a tampa de um dos barris até soltá-la, então todo o vinho escorreu sem que o carroceiro percebesse. Quando ele finalmente olhou para trás e viu que a carroça estava pingando, o barril estava quase vazio.

– Que pobre azarado eu sou! – exclamou ele.

– Ainda não o bastante! – retrucou o pardal, enquanto se acomodava na cabeça de um dos cavalos e o bicava até o animal se erguer e pontapear.

Quando o carroceiro percebeu, sacou o machado e mirou um golpe no pardal, pretendendo matá-lo, mas o pássaro voou para longe e o golpe atingiu a cabeça do cavalo com tanta força que ele desabou no chão, morto.

– Que pobre azarado eu sou! – exclamou o carroceiro.

– Ainda não o bastante! – repetiu o pardal.

E enquanto o carroceiro seguia adiante com os outros dois cavalos, ele voou novamente para baixo do toldo da carroça e bicou a tampa do segundo barril, de modo que todo o vinho vazou. Quando o carroceiro percebeu, novamente exclamou:

– Que pobre azarado eu sou!

Mas o pardal respondeu:

– Ainda não o bastante!

E se empoleirou na cabeça do segundo cavalo, bicando-o também. O carroceiro correu até lá e novamente tentou golpeá-lo com seu machado, mas ele voou para longe e o golpe atingiu o segundo cavalo, matando-o imediatamente.

– Que pobre azarado eu sou! – exclamou ele.

– Ainda não o bastante! – disse o pardal e, pousando sobre o terceiro cavalo, começou a bicá-lo também.

O carroceiro estava louco de raiva e, sem pensar em mais nada, avançou contra o pardal novamente, mas trucidou o terceiro cavalo como havia feito com os outros dois.

– Ai de mim! Que pobre azarado eu sou! – exclamou ele.

– Ainda não o bastante! – respondeu o pardal enquanto voava para longe. – Agora eu o castigarei e o punirei na sua própria casa.

O carroceiro foi forçado a deixar a carroça para trás e ir para casa, explodindo de raiva e desgosto.

– Ai de mim! – disse ele para sua esposa. – O azar recaiu sobre mim! Meu vinho foi todo derramado e os meus três cavalos estão mortos.

– Que lástima, marido! – respondeu ela. – E um pássaro perverso entrou na casa e trouxe consigo todos os pássaros do mundo, tenho certeza, e eles atacaram nosso milho no sótão e estão comendo tudo com uma rapidez tremenda!

Lá foi o homem escada acima, e viu milhares de pássaros sentados no chão comendo seu milho, com o pardal no meio deles.

– Que pobre azarado eu sou! – exclamou o carroceiro, pois viu que quase todo o milho já tinha sido devorado.

– Ainda não o bastante! – respondeu o pardal. – Sua crueldade ainda lhe custará a vida!

E para longe ele voou.

O carroceiro, ao ver que tinha perdido tudo que tinha, desceu para a cozinha, mas ainda não se sentia arrependido pelo que tinha feito, e sentou-se, raivoso e emburrado, no canto da chaminé. Mas o pardal estava sentado do lado de fora da janela, e gritou:

– Carroceiro! Sua crueldade lhe custará a vida!

Ao ouvir isso, o homem saltou irado, pegou o machado e o arremessou no pardal, mas errou e apenas quebrou a janela. O pardal entrou na casa, empoleirou-se na poltrona junto à janela, e gritou:

– Carroceiro! Custará a sua vida!

O homem enlouqueceu e ficou cego de raiva, e acertou a poltrona com tanta força que a partiu em duas. À medida que o pardal voava de um lugar para outro, o carroceiro e sua mulher ficaram tão furiosos que quebraram todos os móveis, vidros, cadeiras, bancos, a mesa e, por fim, as paredes, sem nunca conseguir tocar o pássaro. Finalmente, eles o pegaram, e a mulher perguntou:

– Devo matá-lo de uma vez?

– Não – respondeu ele. – Seria brando demais. Ele merece morrer uma morte muito mais cruel. Eu o comerei.

Mas o pardal começou a se debater, esticar o pescoço e gritar:

– Carroceiro! Ainda lhe custará a vida!

Com isso, o homem não podia mais esperar, então deu à mulher o machado e gritou:

– Mulher, acerte o pássaro e mate-o na minha mão.

E a mulher golpeou, mas errou a mira e atingiu o marido na cabeça, de modo que ele caiu morto e o pardal voou tranquilamente de volta para seu ninho.

As doze princesas dançarinas

Havia um rei que tinha doze lindas filhas. Elas dormiam em doze camas, todas em um único quarto, e quando iam para a cama, as portas eram fechadas e trancadas, mas todas as manhãs, seus sapatos eram encontrados gastos, como se elas tivessem dançado a noite toda. Ninguém conseguia, no entanto, descobrir como isso acontecia, ou por onde elas tinham andado.

Então, o rei mandou avisar em todo o reino que se alguma pessoa descobrisse o segredo e desvendasse onde as princesas dançavam à noite, tal pessoa poderia escolher a que mais gostasse e tomá-la como esposa, além de ser rei após sua morte; porém, qualquer um que tentasse e não tivesse sucesso, após três dias e três noites, seria condenado à morte.

O filho de um rei logo se apresentou. Ele foi bem recebido e, à noite, foi levado ao cômodo ao lado do quarto onde as princesas estavam deitadas, em suas doze camas. Ele deveria ficar lá para ver onde as jovens iam dançar, e para que nada passasse despercebido por ele, a porta de seu quarto foi deixada aberta. Mas o filho do rei logo pegou no sono e quando acordou, pela manhã, descobriu que todas as princesas tinham dançado, pois as solas de seus sapatos estavam cheias de furos. O mesmo aconteceu na segunda e na terceira noites, então o rei ordenou que lhe cortassem a cabeça. Depois dele, vieram vários outros, mas todos tiveram a mesma sorte e perderam a vida da mesma forma.

Aconteceu que um dia um velho soldado, que havia sido ferido em combate e não podia mais lutar, estava passando pelo país onde esse rei reinava e enquanto estava atravessando um bosque, encontrou uma velha senhora, que lhe perguntou onde ele estava indo.

– Não sei ao certo aonde estou indo nem o que deveria fazer – respondeu o soldado –, mas acho que gostaria muito de descobrir onde as princesas dançam e talvez possa até me tornar rei.

– Bem – disse a velha senhora –, essa não é uma tarefa muito difícil, basta não beber do vinho que uma das princesas lhe trará à noite e assim que ela for embora, finja estar dormindo profundamente.

Então, ela deu a ele uma capa e disse:

– Assim que colocar essa capa, você ficará invisível e então poderá seguir as princesas aonde quer que elas forem.

Quando o soldado ouviu todos esses bons conselhos, ficou determinado a tentar a sorte e, então, foi até o rei e disse que estava disposto a assumir a missão.

Ele foi bem recebido, assim como todos os outros, e o rei mandou que lhe fosse entregue um manto real e, quando a noite caiu, ele foi levado ao cômodo secundário. Quando estava prestes a se deitar, a princesa mais velha lhe trouxe uma taça de vinho, mas o soldado o jogou fora discretamente, tomando o cuidado de não tomar nem uma gota sequer. Então, ele se deitou na cama e em pouco tempo começou a roncar alto, como se estivesse dormindo profundamente. Quando as doze princesas o ouviram, riram acaloradamente, e a mais velha disse:

– Esse rapaz também poderia ter feito algo mais inteligente que perder a vida dessa forma!

Então, elas se levantaram, abriram suas gavetas e caixas, pegaram suas melhores roupas, vestiram-se diante do espelho e saltitaram pelo cômodo como se estivessem ansiosas para começar a dançar. Mas a mais jovem disse:

– Não sei o que é, vocês estão muito contentes, mas eu me sinto inquieta. Tenho certeza de que algum infortúnio acontecerá conosco.

– Sua tola – disse a mais velha. – Você sempre tem medo. Já esqueceu quantos filhos de rei já montaram vigília em vão? E quanto a este soldado, mesmo que eu não tivesse lhe dado umas gotas para dormir, estaria em um sono profundo o bastante de toda forma.

Quando todas estavam prontas, foram observar o soldado, mas ele continuava roncando e não moveu pé nem mão, então elas acharam que estavam bem seguras. A mais velha foi até sua própria cama, bateu palmas, a cama afundou no chão e um alçapão se abriu. O soldado viu que desceram uma após a outra pelo alçapão, com a mais velha guiando o caminho. Pensando que não tinha tempo a perder, o soldado levantou-se em um pulo, colocou a capa que a velha senhora havia lhe dado e as seguiu, mas, no meio da escadaria, ele pisou no vestido da princesa mais jovem, e ela gritou para as irmãs:

– Algo não está certo; alguém segurou meu vestido.

– Criatura tola! – reprimiu a mais velha. – Não passa de um prego na parede.

No entanto, elas continuaram descendo e, ao chegarem ao final das escadas, encontraram-se em um arvoredo maravilhoso; todas as folhas eram de prata, brilhavam e cintilavam lindamente. O soldado quis levar alguma lembrança do lugar, então arrancou um galhinho e a árvore fez um barulho estrondoso. A princesa mais nova repetiu:

– Tenho certeza de que há algo errado, não ouviram esse barulho? Isso nunca aconteceu antes.

Mas a princesa mais velha disse:

– São os nossos príncipes, que estão gritando de alegria pela nossa chegada.

Elas chegaram a outro arvoredo, onde todas as folhas eram de ouro, e depois a um terceiro, onde as folhas eram de diamantes cintilantes. O soldado pegou um galho de cada, todas as vezes provocando um ruído alto, o que fazia a irmã mais nova estremecer de medo, porém, a mais velha continuava insistindo que eram apenas os príncipes, que estavam gritando de alegria. Assim, elas continuaram adiante até chegarem a um grande lago, onde havia doze barcos, com doze belos príncipes, que pareciam estar esperando pelas princesas.

Cada uma das princesas entrou em um barco e o soldado entrou no mesmo barco que a mais jovem. Enquanto estavam remando pelo lago, o príncipe, que estava no mesmo barco que a princesa mais nova e o soldado, disse:

– Não sei o que é, mas, embora eu esteja remando com todo afinco, não estamos avançando com a mesma velocidade de costume e estou bastante cansado. O barco parece muito pesado hoje.

– É apenas o calor – garantiu a princesa. – Também estou me sentindo quente.

Do outro lado do lago, havia um belo castelo iluminado, do qual emanava a música alegre de cornetas e trompetes. Lá, todos desembarcaram e entraram no castelo, cada príncipe dançou com sua princesa e o soldado, que estava invisível o tempo todo, também dançou com eles. Quando qualquer uma das princesas largava a taça de vinho, ele tomava tudo, de modo que, quando a moça voltava a levar a taça à boca, estava vazia. Isso, também, apavorou tremendamente a princesa mais nova, mas a mais velha sempre a silenciava. Eles dançaram até três da manhã e os sapatos ficaram todos gastos, de forma que eles foram obrigados a ir embora. Os príncipes remaram novamente pelo lago, mas dessa vez o soldado entrou no mesmo barco da princesa mais velha e, na margem oposta, eles se despediram, e as princesas prometeram retornar na noite seguinte.

Quando chegaram às escadas, o soldado correu diante das princesas e se deitou e, quando as doze irmãs foram lentamente aparecendo, muito cansadas, ouviram-no roncando em sua cama. Então disseram:

– Agora tudo está seguro.

Então, elas se despiram, guardaram os trajes finos, tiraram os sapatos e foram para a cama. Pela manhã, o soldado nada disse sobre o que acontecera, pois estava decidido a ver mais daquela estranha aventura, e as seguiu novamente na segunda e na terceira noites. Tudo correu exatamente como na primeira noite, as princesas dançaram todas as vezes até seus sapatos estarem em frangalhos, e depois retornaram para casa. Na terceira noite, contudo, o soltado levou consigo uma das taças de ouro como lembrança do local onde havia estado.

Assim que chegou a hora de revelar o segredo, ele foi levado até o rei com os três galhos e a taça de ouro, as doze princesas se posicionaram atrás da porta, para ver o que ele iria dizer. E quando o rei lhe perguntou:

– Onde minhas doze filhas dançam durante a noite?

Ele respondeu:

– Com doze príncipes em um castelo no subterrâneo.

Então o soldado contou ao rei o que aconteceu e mostrou a ele os três galhos e a taça de ouro que tinha levado consigo. O rei chamou as princesas e perguntou a elas se o que o soldado contara era verdade e, quando elas perceberam que haviam sido descobertas e que não havia sentido em negar, confessaram tudo. Então, o rei perguntou ao soldado qual delas ele queria como sua esposa e ele respondeu:

– Não sou muito jovem, então ficarei com a mais velha.

Eles se casaram naquele mesmo dia e o soldado foi escolhido para ser o herdeiro do rei.

O pescador e sua esposa

Era uma vez um pescador que vivia com sua esposa em uma pocilga perto do mar. O pescador costumava passar o dia todo fora, pescando. Um dia, enquanto estava sentado em alto-mar com sua vara, olhando para as ondas cintilantes e observando a linha, subitamente sua boia foi puxada para o fundo do oceano. Ao puxar a linha, ele se deparou com um belo peixe, que disse:

– Deixe-me viver, eu imploro! Não sou um peixe de verdade, sou um príncipe encantado, coloque-me de volta na água e deixe-me ir!

– Ah, não! – respondeu o homem. – Não precisa gastar sua saliva com explicações, não quero nem saber de um peixe que fala, portanto nade para longe, senhor, o mais rápido possível!

Então, ele colocou o bicho de volta na água, e o peixe disparou direto até o fundo, deixando um longo rastro de sangue para trás.

Quando o pescador voltou para casa, contou à esposa que tinha pegado um belo peixe, que lhe contara que era um príncipe encantado, e ao ouvi-lo falar, resolveu devolvê-lo ao mar.

– Não pediu nada a ele? – quis saber a mulher. – Vivemos uma vida miserável aqui, nesta pocilga imunda. Volte lá e diga ao peixe que queremos um chalezinho confortável.

O pescador não gostou muito daquela história, mas voltou para a orla, e quando chegou lá, a água estava toda amarela e verde. E ele parou na beirada da água e recitou:

– Oh, nobre homem do mar!

Ouvidos hás de me dar!
Minha amada esposa Isabel
Reclama que eu seja fiel,
E mandou-me cá retornar para um obséquio implorar!

Então, o peixe veio nadando até ele e perguntou:

– Bem, qual é o anseio dela? O que sua mulher deseja?

– Ah! – exclamou o pescador. – Ela diz que quando o capturei, deveria ter pedido algo antes de soltar você; ela não gostaria mais de viver naquela pocilga e quer um chalezinho confortável.

– Vá para casa, então – instruiu o peixe. – Ela já está no chalé!

O homem foi para casa e avistou sua esposa parada à porta de um belo chalezinho.

– Entre, entre! – disse ela. – Isto não é muito melhor que aquela pocilga imunda que tínhamos?

Havia uma sala de estar, um quarto e uma cozinha; e atrás do chalé, havia um pequeno jardim, com variadas espécies de flores e frutas e um quintal cheio de patos e galinhas.

– Ah! – exclamou o pescador. – Como seremos felizes de agora em diante!

– Tentaremos ser, ao menos – disse a esposa.

Tudo correu bem por uma ou duas semanas, então a senhora Isabel disse:

– Marido, não há espaço suficiente para nós neste chalé; o quintal e o jardim também são muito pequenos; eu gostaria de viver em um grande castelo de pedras. Vá até o peixe novamente e diga a ele para nos dar um castelo.

– Esposa – disse o pescador –, não gosto da ideia de procurá-lo novamente, pois talvez ele se zangue; deveríamos estar bem com este belo chalezinho onde moramos.

– Besteira! – respondeu a mulher. – Ele o fará com toda boa vontade, eu sei. Vá e tente!

O pescador foi, mas seu coração estava muito pesado e quando ele chegou ao mar, o mesmo estava azul e sombrio, embora estivesse muito calmo. Ele se aproximou da beirada das ondas e disse:

– Oh, nobre homem do mar!
Ouvidos hás de me dar!

Minha amada esposa Isabel
Reclama que eu seja fiel,
E mandou-me cá retornar
Para um obséquio implorar!

– Bem, o que ela deseja agora? – perguntou o peixe.

– Ah! – exclamou o homem tristemente. – Minha esposa quer viver em um castelo de pedras.

– Vá para casa, então – disse o peixe. – Ela já está diante do portão.

E lá foi o homem e encontrou sua esposa parada em frente de um grande castelo.

– Vê? – disse ela. – Não é grandioso?

Eles entraram juntos no castelo e encontraram inúmeros criados. Os cômodos estavam muito bem mobiliados, todos cheios de mesas e cadeiras douradas; e atrás do castelo havia um jardim e, ao redor dele, um parque de quase um quilômetro de extensão, repleto de ovelhas, cabras, lebres e cervos; e no quintal, havia estábulos de cavalos e vacas.

– Bem – disse o homem –, agora viveremos alegres e contentes neste lindo castelo pelo resto de nossas vidas.

– Talvez – respondeu a mulher –, mas vamos dormir nele antes de nos decidirmos.

Então eles foram para a cama.

Na manhã seguinte, quando a senhora Isabel acordou, o sol já estava brilhando forte e ela cutucou o pescador com o cotovelo e disse:

– Levanta, marido e te apressa, pois precisamos ser reis de toda a região.

– Esposa, esposa – disse o homem –, por que deveríamos querer ser reis? Eu não serei rei.

– Então eu serei – retrucou ela.

– Mas, esposa – ponderou o pescador –, como você pode ser rei? O peixe não pode lhe transformar em rei.

– Marido – respondeu ela –, não fale mais uma palavra, apenas vá e tente! Eu serei rei.

Então lá foi o homem, bastante pesaroso ao pensar que sua esposa quisesse ser rei. Desta vez, o mar exibia um tom cinza-escuro e estava transbordando com ondas agitadas e cristas de espuma, quando ele gritou:

– Oh, nobre homem do mar!

Ouvidos hás de me dar!
Minha amada esposa Isabel
Reclama que eu seja fiel,
E mandou-me cá retornar
Para um obséquio implorar!

– Bem, o que ela quer agora? – perguntou o peixe.

– Ai de mim! – lamentou o pobre homem. – Minha esposa quer ser rei.

– Vá para casa – disse o peixe. – Ela já é rei.

Então, o pescador foi para casa e, quando se aproximou do palácio, viu uma tropa de soldados e ouviu o barulho de tambores e trompetes. Quando entrou, viu sua esposa sentada em um trono de ouro e diamantes com uma coroa dourada na cabeça, de cada lado dela havia seis belas donzelas, cada uma delas com uma cabeça mais alta que a outra.

– Bem, esposa – disse o pescador –, você é rei?

– Sim – respondeu ela. – Sou rei.

Depois de olhar para ela por um longo tempo, ele disse:

– Ah, esposa! Como é bom ser rei! Agora não haverá mais nada que possamos desejar pelo resto de nossas vidas.

– Não sei como será – respondeu ela. – O resto de nossas vidas é um longo tempo. Sou rei, é verdade, mas comecei a me cansar disso e acho que deveria ser imperador.

– Ora essa, esposa! Por que iria querer ser imperador? – indagou o pescador.

– Marido – disse ela –, vá até o peixe. Estou dizendo que serei imperador.

– Ah, esposa! – respondeu ele. – O peixe não pode lhe tornar imperador, tenho certeza, e eu não deveria ir pedir isso a ele.

– Sou rei – retrucou Isabel –, e você é meu escravo, então vá de uma vez!

Então o pescador foi forçado a ir e ficou resmungando, enquanto caminhava:

– Isto não resultará em nada, é muito a se pedir; o peixe finalmente estará farto e, então, nos arrependeremos de termos ido tão longe.

Logo ele chegou à orla e a água estava bastante preta e enlameada, e uma ventania soprava sobre as ondas e as remoinhava, mas ele seguiu adiante até a beirada da água e disse:

– Oh, nobre homem do mar!
Ouvidos hás de me dar!
Minha amada esposa Isabel
Reclama que eu seja fiel,
E mandou-me cá retornar
Para um obséquio implorar!

– O que ela deseja agora? – questionou o peixe.

– Ah! – exclamou o pescador. – Ela quer ser imperador.

– Vá para casa – disse o peixe. – Ela já é imperador.

Então ele foi para casa e assim que chegou perto do castelo, avistou sua esposa Isabel sentada em um trono muito grandioso feito de ouro puro, com uma enorme coroa na cabeça de quase dois metros de altura e a cada lado dela estavam seus guardas e seus criados em uma fila, cada um mais baixo que o outro, do gigante mais crescido ao anão não mais alto que meu dedo. E diante dela havia príncipes, duques, condes e o pescador foi até ela e disse:

– Esposa, és imperador?

– Sim – disse ela. – Sou imperador.

– Ah! – exclamou o homem, enquanto a fitava. – Como é bom ser imperador!

– Marido – retrucou ela –, por que deveríamos parar em ser imperador? Serei papa na sequência.

– Oh, esposa, esposa – lamentou ele. – Como poderia ser papa? Só existe um papa no cristianismo.

– Marido – respondeu ela. – Serei papa neste mesmo dia.

– Mas – alertou o marido –, o peixe não pode lhe tornar papa.

– Que besteira! – exclamou ela. – Se ele pode me tornar imperador, pode me tornar papa. Vá até ele e tente.

E lá foi o pescador. Mas quando chegou à orla, o vento estava enfurecido e o mar estava revolto em ondas coléricas, e os navios estavam em apuros e reviravam assustadoramente no topo das oscilações. Em meio aos céus, havia um pedacinho azul, mas na direção sul, tudo estava vermelho, como se uma tempestade terrível estivesse se formando. Ao ver aquilo, o pescador ficou terrivelmente assustado e tremia tanto que seus joelhos batiam um no outro. Mesmo assim, ele desceu até a água e disse:

– Oh, nobre homem do mar!

Ouvidos hás de me dar!
Minha amada esposa Isabel
Reclama que eu seja fiel,
E mandou-me cá retornar
Para um obséquio implorar!

– O que ela quer agora? – indagou o peixe.

– Ah! – exclamou o pescador. – Minha esposa quer ser papa.

– Vá para casa – disse o peixe. – Ela já é papa.

Então, o pescador foi para casa e encontrou Isabel sentada em um trono de mais de três quilômetros de altura. E ela trazia três grandes coroas na cabeça e ao seu redor se encontravam toda a pompa e todo o poder da Igreja. E de cada lado dela havia duas fileiras de velas acesas, de todos os tamanhos; a maior do tamanho da maior e mais alta torre do mundo, e a menor não passava de um pingo de cera.

– Esposa – disse o pescador enquanto observava toda aquela magnificência –, você é papa?

– Sim – respondeu ela. – Sou papa.

– Bem, esposa – continuou ele –, ser papa é algo grandioso, e agora deve estar serena, pois não pode ser nada mais grandioso.

– Pensarei a respeito – disse a mulher.

Então, eles foram para a cama, mas a senhora Isabel não conseguiu dormir a noite inteira, pensando no que deveria ser em seguida. Por fim, quando estava pegando no sono, amanheceu e o Sol nasceu. "Ah!", pensou ela, quando acordou e olhou para ele pela janela. "Não posso, afinal de contas, impedir que o Sol nasça." Ao pensar nisso, Isabel ficou muito zangada, despertou o marido e disse:

– Marido, vá até o peixe e diga a ele que devo ser senhor do Sol e da Lua.

O pescador ainda não estava bem acordado, mas aquela ideia o apavorou tanto que ele se sobressaltou e caiu da cama.

– Minha nossa, esposa! – exclamou ele. – Não pode se contentar em ser papa?

– Não – respondeu ela. – Eu me sentirei muito incomodada enquanto o Sol e a Lua puderem surgir sem meu consentimento. Vá ver o peixe imediatamente!

Então, tremendo de medo, homem foi e enquanto estava descendo até a orla, uma tempestade terrível irrompeu, de modo que as árvores e até mesmo as rochas tiritavam. E os céus ficaram carregados com nuvens tempestuosas, os raios golfavam e os trovões reverberavam. Era possível ver no mar enormes ondas negras, erguendo-se como montanhas com coroas de espuma branca em suas cabeças. E o pescador se arrastou na direção do mar, e gritou, o mais alto que pôde:

– Oh, nobre homem do mar!
Ouvidos hás de me dar!
Minha amada esposa Isabel
Reclama que eu seja fiel,
E mandou-me cá retornar descer
Para um obséquio implorar!

– O que ela quer agora? – indagou o peixe.

– Ah! – exclamou o homem. – Ela quer ser senhor do Sol e da Lua.

– Vá para casa – disse o peixe –, de volta para sua pocilga.

E lá eles vivem até os dias de hoje.

O urso e a carriça

Uma vez, durante o verão, o urso e o lobo estavam caminhando na floresta e o urso ouviu um pássaro cantando tão lindamente que perguntou:

– Irmão lobo, que pássaro é esse que canta tão bem?

– É o rei dos pássaros – respondeu o lobo –, que devemos reverenciar.

Na realidade, o pássaro era uma carriça.

– Se esse for o caso – disse o urso –, eu gostaria muito de ver seu palácio real; venha, leve-me até lá.

– Isso não pode ser feito da maneira que você pensa – alegou o lobo. – Precisa aguardar a chegada da rainha.

Pouco tempo depois, a rainha chegou com um pouco de comida no bico e o senhor rei também apareceu. Eles começaram a alimentar os pequenos. O urso gostaria de ter ido imediatamente, mas o lobo o segurou pela manga e disse:

– Não, deve aguardar até que o senhor rei e a senhora rainha partam novamente.

Então, eles marcaram o buraco onde o ninho ficava e se afastaram. O urso, contudo, não conseguiria sossegar até ver o palácio real e, pouco tempo depois, voltou lá. O rei e a rainha tinham acabado de sair, então eles espiaram dentro do buraco e viram cinco ou seis passarinhos deitados ali.

– Este é o palácio real? – exclamou o urso. – É um lugar deplorável e vocês não são filhos do rei, são filhotes ignóbeis!

Quando as jovens carriças ouviram aquilo, ficaram tremendamente zangadas e gritaram:

– Não somos, não! Nossos pais são criaturas honestas! Urso, terá de pagar por isso!

O urso e o lobo ficaram inquietos e retornaram a suas tocas. As pequenas carriças, no entanto, continuaram chorando e gritando e, quando seus pais retornaram com comida, afirmaram:

– Nem sequer tocaremos em uma única pata de mosca, nem que estejamos morrendo de fome, até que esclareçam se somos nobres ou não; o urso esteve aqui e nos insultou!

Então, o velho rei disse:

– Acalmem-se, ele será punido.

E, imediatamente, voou com a rainha até a caverna do urso e o chamou:

– Velho rugidor, por que insultou meus filhos? Vai pagar por isso, nós te puniremos com uma guerra sangrenta.

Assim, a guerra contra o urso foi anunciada e todos os animais de quatro patas foram convocados para participar: bois, burros, vacas, cervos e todos os outros animais que habitavam a Terra. E a carriça convocou tudo que voava pelos ares, não apenas pássaros grandes e pequenos, mas mosquitos, vespas, abelhas e moscas também tiveram que comparecer.

Quando chegou o momento de iniciar a guerra, a carriça enviou espiões para descobrir quem era o comandante-chefe do inimigo. O mosquito, que era o mais esperto, voou até a floresta onde o inimigo estava reunido e se escondeu atrás de uma folha da árvore onde o sinal seria anunciado. Lá estava o urso, e ele pediu que a raposa se apresentasse e disse:

– A raposa é a mais astuta de todos os animais, será general e nos liderará.

– Ótimo – disse a raposa –, mas qual será nosso sinal?

Ninguém sabia, então a raposa disse:

– Tenho um rabo longo e peludo, que quase se parece com uma plumagem de penas vermelhas. Quando eu erguer meu rabo bem alto, é porque tudo está nos conformes e devemos atacar; mas se eu o deixar abaixado, corram o mais rápido que conseguirem.

Quando o mosquito ouviu aquilo, voou de volta e contou tudo, nos mínimos detalhes, para a carriça. Quando amanheceu e a batalha estava prestes a começar, todos os quadrúpedes vieram correndo com tanta algazarra que a terra tremia. A carriça também veio voando com seu exército com tantas entoadas, zunidos e enxames que todos ficaram inquietos e amedrontados, e de ambos os lados, os exércitos avançavam um contra o outro. Mas a carriça enviou a vespa lá para baixo, com ordens de se posicionar debaixo do rabo da raposa e picá-la com toda a sua força. Quando a raposa sentiu a primeira picada, sobressaltou-se de tal forma que ergueu uma perna, por causa da dor, mas aguentou, e continuou com o rabo eriçado no ar; na segunda picada, ela foi forçada a abaixá-lo por um instante; na terceira, não conseguiu mais aguentar, gritou e colocou o rabo entre as pernas. Quando os animais viram aquilo, pensaram que tudo estava perdido, começaram a debandar, cada um para sua toca e os pássaros venceram a batalha.

Então, o rei e a rainha voaram para casa, para seus filhotes, e exclamaram:

– Crianças, alegrem-se, comam e bebam o quanto quiserem, nós vencemos a batalha!

Mas as jovens carriças responderam:

– Não comeremos ainda, o urso precisa vir até o ninho e implorar por perdão e dizer que somos filhotes nobres; só então o faremos.

Então, a carriça voou até a caverna do urso e gritou:

– Rugidor, deve ir até meu ninho, até meus filhotes, e implorar por seu perdão, caso contrário, cada costela de seu corpo será quebrada.

Então, o urso foi até lá morrendo de medo e implorou pelo perdão deles. E afinal as jovens carriças ficaram satisfeitas, sentaram-se juntas, e comeram, beberam e festejaram até bem tarde da noite.

O PRÍNCIPE-SAPO

Em uma bela noite, uma jovem princesa colocou a boina e os tamancos e saiu para caminhar sozinha em um bosque, quando chegou a uma nascente que brotava no meio da floresta e sentou-se para descansar um pouco. Ela estava com uma bola dourada na mão, que era seu brinquedo preferido, vivia jogando-a para cima e pegando-a quando caía. Depois de um tempo, ela a jogou tão alto que não conseguiu pegá-la quando caiu e a bola quicou para longe e rolou pelo chão até, por fim, cair na água. A princesa procurou a bola na nascente, mas era tão, tão profunda que ela não conseguia ver o fundo. Então, a garota começou a lamentar sua perda e disse:

– Ai de mim! Se eu conseguisse recuperar minha bola, doaria todas as minhas roupas finas, joias e tudo o que tenho no mundo.

Enquanto ela estava falando, um sapo colocou a cabeça para fora da água e disse:

– Princesa, por que chora tão amarguradamente?

– Ai de mim! – repetiu ela. – O que pode fazer por mim, sapo nojento? Minha bola dourada caiu na nascente.

O sapo disse:

– Não quero suas pérolas, joias e roupas finas; mas se me amar, me permitir viver com você, comer no seu prato de ouro e dormir na sua cama, eu trarei sua bola de volta.

"Que besteira este sapo está dizendo", pensou a princesa. "Ele jamais poderia sequer sair da nascente para me visitar, embora talvez consiga pegar minha bola para mim e, portanto, direi a ele que terá o que pede". Então, ela disse ao sapo:

– Bem, se me trouxeres minha bola, farei o que me pede.

Então, o sapo colocou a cabeça novamente dentro da água, mergulhou fundo e, após um tempo, retornou com a bola na boca e a jogou na margem da nascente. Assim que a jovem princesa viu a bola, correu para pegá-la e estava tão entusiasmada por tê-la de volta que nem pensou no sapo, apenas correu o mais rápido que podia de volta para casa. O sapo gritou:

– Fique, princesa, e me leve com você, como prometeu.

Mas ela não parou para ouvir uma palavra sequer.

No dia seguinte, assim que a princesa se sentou para jantar, ouviu um barulho estranho "*tap, tap, splash, splash*", como se algo estivesse subindo pela escadaria de mármore e, logo em seguida, houve uma batida delicada à porta, e uma vozinha gritou:

– Abra a porta, minha cara princesa,
Não trate seu verdadeiro amor com frieza,
E lembre-se das palavras por nós proferidas
Junto à nascente, na mata florida.

A princesa correu até a porta e a abriu e lá estava o sapo, de quem ela já tinha se esquecido. Ao vê-lo, ela ficou miseravelmente assustada, e fechou a porta o mais rápido possível para poder retornar ao seu lugar à mesa. O rei, seu pai, ao ver que algo a havia assustado, perguntou qual era o problema.

– Há um sapo nojento à porta – contou ela –, que recuperou minha bola do fundo da nascente ontem pela manhã. Eu lhe disse que ele poderia viver aqui comigo, pensando que ele nunca poderia sair da nascente, mas ele está aqui à nossa porta e quer entrar.

Enquanto ela estava falando, o sapo bateu novamente à porta e entoou:

– Abra a porta, minha cara princesa,
Não trate seu verdadeiro amor com frieza,
E lembre-se das palavras por nós proferidas
Junto à nascente, na mata florida.

Então, o rei disse à jovem princesa:

– Como você deu sua palavra, deve honrá-la. Então, deixe-o entrar.

Ela obedeceu e o sapo entrou saltitando no salão e seguiu adiante sem parar, "*tap, tap, splash, splash*", atravessando a sala, até chegar perto da mesa em que a princesa estava sentada.

– Por favor, coloque-me na cadeira – pediu ele à princesa –, e me deixe sentar ao seu lado.

Assim que ela o tinha feito, o sapo disse:

– Coloque seu prato mais perto de mim, para que eu possa comer dele.

Ela o fez e quando ele tinha comido o máximo que conseguia, disse:

– Agora estou muito cansado, carregue-me para o andar de cima e coloque-me na sua cama.

E a princesa, embora muito contra sua vontade, levou-o em sua mão para o andar superior e colocou-o sobre o travesseiro de sua própria cama, onde ele dormiu a noite toda. Assim que estava claro, ele se levantou, desceu as escadas saltitando e saiu da casa. "Bem", pensou a princesa, "finalmente ele se foi e não precisarei mais me incomodar com ele".

Mas ela estava enganada, pois quando a noite caiu, ela ouviu a mesma batida à porta e o sapo estava lá novamente, entoando:

– Abra a porta, minha cara princesa,
Não trate seu verdadeiro amor com frieza,
E lembre-se das palavras por nós proferidas
Junto à nascente, na mata florida.

E quando a princesa abriu a porta, o sapo entrou e dormiu em seu travesseiro como na noite anterior até amanhecer. E na terceira noite, ele fez o mesmo. Mas quando a princesa acordou na manhã seguinte, ficou estupefata ao ver, em vez do sapo, um belo príncipe, fitando-a com os mais lindos olhos que ela já vira, parado ao pé da cama.

Ele lhe contou que havia sido enfeitiçado por uma fada malvada, que o havia transformado em um sapo e que ele fora condenado a assim permanecer até alguma princesa tirá-lo da nascente e permitir que ele comesse em seu prato e dormisse em sua cama por três noites.

– Você – disse o príncipe –, quebrou esse feitiço cruel e agora tudo o que desejo é que vá comigo até o reino de meu pai, onde me casarei com você e a amarei pelo resto da sua vida.

A jovem princesa não se demorou em dizer "sim" a tudo isso e, enquanto eles conversavam, uma bela carruagem apareceu com oito lindos cavalos, adereçados com plumas e arreios dourados, e atrás da carruagem vinha o criado do príncipe, o fiel Heinrich, que havia lamentado a desgraça de seu querido amo durante o feitiço por tanto tempo e tão profundamente que seu coração quase explodira.

Então, eles se despediram do rei, entraram na carruagem puxada pelos oito cavalos e partiram, cheios de contentamento e alegria, para o reino do príncipe, ao qual chegaram em segurança; e lá viveram felizes por muitos e muitos anos.

Gato e rato em companhia

Certo gato conheceu um rato e falou tanto do imenso carinho e da amizade que sentia por ele que, afinal de contas, o rato concordou que eles deveriam viver juntos.

– Mas precisamos fazer uma provisão para o inverno; caso contrário, passaremos fome – alertou o gato. – E você, pequeno rato, não pode se aventurar por aí, ou acabará pego em uma armadilha um dia desses.

O bom conselho foi seguido e um pote de banha foi comprado, mas eles não sabiam onde colocá-lo. No fim das contas, após muita reflexão, o gato disse:

– Não sei de lugar melhor para guardá-lo do que na igreja, pois ninguém se atreve a tirar qualquer coisa de lá. Nós o colocaremos debaixo do altar e não tocaremos nele até estarmos realmente precisando.

A banha foi guardada, mas não demorou muito até o gato sentir um forte anseio por ela e dizer ao rato:

– Quero lhe contar algo, pequeno rato, minha prima acaba de colocar um filho no mundo e me chamou para ser padrinho; ele é branco com manchas marrons e eu o segurarei em cima da pia no batismo. Vou sair hoje, então, você cuida sozinho da casa.

– Claro, claro – respondeu o rato. – Vai sim e, se conseguir algo bom para comer, pense em mim. Eu adoraria um golinho daquele vinho tinto doce de batismo.

Nada disso, no entanto, era verdade; o gato não tinha prima alguma, e não havia sido chamado para ser padrinho. Ele foi direto para a igreja, pegou o pote de banha e começou a lambê-lo, lambendo toda a parte de cima. Então, ele aproveitou a oportunidade para fazer uma caminhada pelos telhados da cidade e se estirou debaixo do sol. Lambia os lábios toda vez que pensava no pote de banha e só à noite retornou para casa.

– Ora, ora, cá está novamente – disse o rato. – Certamente teve um ótimo dia.

– Tudo correu bem – respondeu o gato.

– Que nome deram à criança?

– Falta um pouco! – respondeu o gato com bastante tranquilidade.

– "Falta um pouco"? – repetiu o rato. – Esse é um nome bem estranho e atípico. É comum na sua família?

– De que importa? – retrucou o gato. – Não é pior que "Ladrão de migalhas", como se chamam os seus afilhados.

Pouco tempo depois, o gato foi consumido por outra crise de desejo. Ele disse ao rato:

– Você precisa me fazer um favor e, mais uma vez, cuidar da casa sozinho por um dia. Novamente fui chamado para ser padrinho e, como a criança tem um anel branco em torno do pescoço, não posso recusar.

O bom rato consentiu, mas o gato se esgueirou por trás das paredes da cidade até a igreja e devorou metade do pote de banha.

– Nada nunca parece tão bom quanto aquilo que se guarda para si mesmo – disse, sentindo-se bastante satisfeito com o trabalho do dia.

Quando foi para casa, o rato questionou:

– E qual é o nome da criança batizada?

– Pela metade – respondeu o gato.

– "Pela metade"! O que estás dizendo? Nunca ouvi esse nome na minha vida, aposto qualquer coisa que não está nos registros!

A boca do gato logo começou a salivar novamente.

– Todas as boas coisas vêm em três parcelas – comentou ele. – Fui chamado novamente para ser padrinho. A criança é toda preta, apenas com as patas brancas, mas, com essa exceção, não existe um único pelo branco em todo o seu corpo; isso só acontece uma vez a cada alguns anos. Você permitirá que eu vá, não é?

– Falta um pouco! Pela metade! – lembrou o rato. – São nomes tão estranhos que me deixam muito pensativo.

– Você fica em casa – disse o gato –, com seu casaco de pelos cinza, seu longo rabo e cheio de pensamentos. Isso acontece porque não sai durante o dia.

Durante a ausência do gato, o rato limpou a casa e colocou tudo em ordem, enquanto o gato voraz esvaziou o pote de banha.

– Quando tudo foi devorado, sente-se certa paz – disse ele para si mesmo, e estando satisfeito e gorducho, não retornou para casa até a noite.

O rato prontamente perguntou que nome havia sido dado à terceira criança.

– Você também não gostará desse nome – alertou o gato. – Chama-se Acabou.

– "Acabou" – exclamou o rato. – Esse é o nome mais suspeito de todos! Nunca o vi escrito. Acabou... O que isso pode querer dizer?

E meneou a cabeça, encolheu-se todo e deitou-se para dormir.

Desde esse dia, ninguém mais convidou o gato para ser padrinho, mas quando o inverno chegou e não havia mais comida para ser encontrada fora de casa, o rato pensou em sua provisão e disse:

– Venha, gato, vamos até o pote de banha que guardamos para nós. Será um deleite.

– Sim – respondeu o gato –, você se deleitará tanto quanto se deleitaria ao botar essa sua linguinha para fora da janela.

Eles seguiram rumo à igreja e, quando chegaram, o pote de banha estava, de fato, em seu devido lugar, mas estava vazio.

– Ai de mim! – exclamou o rato. – Agora entendo o que aconteceu, agora tudo se esclarece! Que belo amigo você é! Devorou tudo quando estava batizando seus afilhados. Primeiro deixou faltando um pouco; depois, pela metade; por fim...

– Cale a boca – ordenou o gato. – Mais uma única palavra e devoro você também.

"Acabou" já estava nos lábios do pobre rato, que mal a tinha pronunciado quando o gato saltou em cima dele, pegou-o e engoliu-o. Verdade seja dita, assim funciona o mundo.

A pastorinha de gansos

O rei de um grande reino morreu e deixou a esposa sozinha para cuidar de sua única filha. A garota era realmente bonita, sua mãe a amava muito e era bastante bondosa com ela. Também havia uma fada boa, que era afeiçoada à princesa e ajudava a mãe a cuidar dela. Quando a menina cresceu, foi prometida a um príncipe que vivia muito longe, e à medida que se aproximava a data do casamento, ela começou a se preparar para partir em sua viagem até o país dele. A rainha, sua mãe, colocou muitas coisas na mala dela: joias, ouro, prata, berloques, vestidos finos, enfim, tudo de que uma noiva real precisa. E deu à filha uma aia para acompanhá-la e entregá-la nas mãos do noivo. Cada uma tinha um cavalo para a viagem. O cavalo da princesa tinha sido presente da fada e se chamava Falada e podia falar.

Quando chegou a hora de partirem, a fada foi até o quarto, pegou uma pequena faca, cortou um cacho de seus cabelos e o entregou à princesa, dizendo:

– Cuide deste cacho, minha criança, pois é um amuleto que pode ser útil na estrada.

Então, todos se despediram com muito pesar da princesa e ela colocou o cacho entre os seios, subiu no cavalo e partiu em sua jornada até o reino de seu noivo.

Um dia, enquanto passavam por um riacho, a princesa começou a sentir muita sede e pediu à aia:

– Por favor, desça e pegue um pouco de água em minha taça de ouro naquele riacho, para eu beber.

– Não – respondeu a aia –, se estás com sede, desça de teu cavalo, vá até a água e beba. Não serei mais sua aia.

A princesa estava com tanta sede que desceu, ajoelhou-se ao lado do pequeno riacho e bebeu, pois estava com medo e não ousava pegar sua taça de ouro, chorou e disse:

– Que lástima! O que será de mim?

E o cacho lhe respondeu:

– Que lástima! Que lástima! Se tua mãe soubesse,

Não se pode mensurar o quanto se entristece.

Mas a princesa era muito gentil e meiga, então nada disse do péssimo comportamento de sua aia, apenas montou novamente no cavalo.

Então, elas seguiram em sua jornada, até o dia ficar tão quente e o sol tão escaldante que a noiva começou a sentir muita sede novamente e, por fim, quando chegaram a um rio, esqueceu-se do discurso rude da aia e disse:

– Por favor, desça e pegue um pouco de água para mim em minha taça de ouro.

Mas a aia a respondeu com ainda mais aspereza que antes:

– Beba se quiser, mas não serei mais sua aia.

A princesa estava com tanta sede que desceu do cavalo, deitou-se e esticou a cabeça sobre a água corrente. Chorando, disse:

– O que será de mim?

E o cacho novamente a respondeu:

– Que lástima! Que lástima! Se tua mãe soubesse,

Não se pode mensurar o quanto se entristece.

E quando ela se abaixou para beber, o cacho caiu de seu colo e foi embora com a correnteza. A princesa estava tão assustada que não reparou, mas sua aia viu e ficou muito contente, pois sabia do amuleto e percebeu que a pobre noiva estaria à sua mercê, agora que havia perdido o cacho. Então, quando a noiva tinha acabado de beber e estava pronta para montar Falada novamente, a aia disse:

– Eu montarei Falada e você podes ficar com meu cavalo.

E a princesa foi forçada a abrir mão de seu cavalo e, logo sem seguida, de suas roupas reais, tendo que colocar as vestes surradas da aia.

Por fim, à medida que se aproximavam o final da viagem, a criada traiçoeira ameaçou matar sua ama se ela contasse a alguém o que tinha acontecido. Mas Falada viu tudo e marcou bem.

Então, a aia montou em Falada e a princesa montou no outro cavalo e elas seguiram adiante até finalmente chegarem à corte real. Houve muita alegria com sua chegada, o príncipe se apressou em encontrá-las e tirou a aia do cavalo, pensando que ela era sua futura esposa, e ela foi levada escada acima para o aposento real, mas a princesa verdadeira recebeu ordens de permanecer na corte lá embaixo.

Por acaso, o rei não tinha nada para fazer naquele momento, então se entretinha sentado à janela da cozinha, observando o que estava acontecendo e a viu no quintal. Como ela era bonita e delicada demais para uma aia, ele foi até o aposento real para perguntar à noiva quem era a moça que ela tinha levado consigo e que fora deixada na corte.

– Eu a trouxe comigo para me fazer companhia na estrada – respondeu ela. – Por favor, dê algo para a garota fazer, para que não fique ociosa.

O velho rei não conseguiu, por um tempo, pensar em nada que a garota pudesse fazer, mas, por fim, disse:

– Tenho um rapaz que cuida dos meus gansos, ela pode ajudá-lo.

O nome desse rapaz que a princesa verdadeira iria ajudar a cuidar dos gansos era Curdken.

Mas a falsa princesa disse ao príncipe:

– Querido marido, por favor, faça-me um ato de bondade.

– Eu o faço – prometeu o príncipe.

– Então peça a um de seus abatedores que corte a cabeça do cavalo que me trouxe aqui, pois foi muito desobediente e me atormentou demais na estrada.

Mas a verdade era que ela tinha muito medo de que Falada, dia ou outro, contasse tudo o que ela havia feito com a princesa. Seu desejo foi atendido e o fiel Falada foi morto, mas quando a princesa verdadeira ficou sabendo, chorou e pediu ao homem que pendurasse a cabeça de Falada em um grande e escuro portão da cidade, pelo qual ela precisava passar toda manhã e toda noite, para que ela pudesse vê-la de vez em quando. Então, o abatedor disse que atenderia seu pedido, cortou a cabeça do cavalo e o pendurou no portão escuro.

Na manhã seguinte, quando a princesa verdadeira e Curdken passaram pelo portão, ela disse pesarosamente:

– Falada, Falada, aí sua cabeça está pendurada!

E a cabeça respondeu:

– Noiva, noiva, por aí pastoreia!
Que lástima! Que lástima! Se sua mãe soubesse,
Não se pode mensurar o quanto se entristece.

Então, eles saíram da cidade, tocando os gansos. E quando chegaram a um prado, ela se sentou em uma ribanceira e soltou os cachos, que eram prata pura. Quando Curdken os viu brilhar sob o sol, ele correu até ela e teria arrancado alguns cachos, mas ela entoou:

– Soprem, brisas, soprem!
Façam o chapéu de Curdken voar!
Soprem, brisas, soprem!
Que ele corra para o chapéu alcançar!
Sobre morros, vales e riachos,
Levem-no até os tesos,
Até que os prateados cachos
Estejam penteados e presos!

Então soprou um vento tão forte que arrancou o chapéu da cabeça de Curdken, que voou para longe, por cima dos morros. O rapaz foi forçado a se virar e correr atrás dele e, quando retornou, ela tinha acabado de pentear e cachear os cabelos, e eles já estavam presos novamente. Curdken ficou muito zangado e amuado e não falou mais com a princesa, mas eles observaram os gansos até escurecer, e então os levaram para casa.

Na manhã seguinte, quando estavam passando pelo portão escuro, a pobre garota olhou para a cabeça de Falada e exclamou:

– Falada, Falada, aí sua cabeça está pendurada!

E a cabeça respondeu:

– Noiva, noiva, por aí pastoreia!
Que lástima! Que lástima! Se sua mãe soubesse,
Não se pode mensurar o quanto se entristece.

Então, ela seguiu com os gansos, e se sentou novamente no prado e começou a pentear os cabelos como no dia anterior, Curdken correu até ela e queria tocar-lhe os cachos, mas ela rapidamente entoou:

– Soprem, brisas, soprem!
Façam o chapéu de Curdken voar!
Soprem, brisas, soprem!
Que ele corra para o chapéu alcançar!
Sobre morros, vales e riachos,

Levem-no até os tesos,
Até que os prateados cachos
Estejam penteados e presos!

Então o vento soprou e arrancou o chapéu da cabeça dele, levando-o por cima dos morros e para longe, de modo que ele precisou correr atrás dele e, quando retornou, ela já tinha prendido os cabelos novamente e tudo estava seguro. E então eles observaram os gansos até escurecer.

Aquela noite, depois que chegarem em casa, Curdken foi até o velho rei e disse:

– Não quero mais que a garota estranha me ajude com os gansos.

– Por quê? – quis saber o rei.

– Porque, em vez de fazer algo de bom, ela não faz nada além de me provocar o dia todo.

Então, o rei o fez contar o que tinha acontecido. E Curdken respondeu:

– Quando, pela manhã, passamos pelo portão escuro com nosso bando de gansos, ela chora e conversa com a cabeça de um cavalo que está pendurada no portão e diz: "Falada, Falada, aí sua cabeça está pendurada!", e a cabeça responde: "Noiva, noiva, por aí pastoreia! Que lástima! Que lástima! Se tua mãe soubesse, não se pode mensurar o quanto se entristece".

E Curdken prosseguiu, contando ao rei o que tinha acontecido no prado, onde os gansos se alimentavam, como seu chapéu fora levado pelo vento, como ele fora forçado a correr atrás dele e abandonar o bando de gansos. Mas o velho rei instruiu que o garoto saísse novamente no dia seguinte e, quando amanheceu, ele se posicionou atrás do portão escuro e ouviu como ela falava com Falada e como Falada respondia. Então, foi até o campo e se escondeu em um arbusto ao lado do prado e logo viu, com os próprios olhos, como eles pastoreavam o bando de gansos e como, após pouco tempo, ela soltou os cabelos, que brilhavam sob o sol. E a ouviu entoar:

– Soprem, brisas, soprem!
Façam o chapéu de Curdken voar!
Soprem, brisas, soprem!
Que ele corra para o chapéu alcançar!
Sobre morros, vales e riachos,
Levem-no até os tesos,
Até que os prateados cachos

Estejam penteados e presos!

Logo veio a ventania e levou o chapéu de Curdken para longe, e lá se foi Curdken atrás dele, enquanto a garota continuava penteando e cacheando os cabelos. Tudo isso foi acompanhado pelo velho rei e, então, ele foi para casa sem ser visto, e quando a pastorinha dos gansos retornou, à noite, ele a chamou e perguntou por que ela fazia aquilo, mas a garota caiu no choro e disse:

– Não posso contar ao senhor ou a qualquer outro homem, senão perderei a vida.

Mas o velho rei suplicou tanto que ela não teve paz até contar toda a história a ele, do começo ao fim, palavra por palavra. E foi muito bom que ela tenha contado, pois depois que o fez, o rei ordenou que trouxessem trajes reais para ela vestir e a olhou cheio de admiração; ela era muito bonita. Então, chamou o filho e disse a ele que sua noiva era falsa, que era apenas uma aia, ao passo que a verdadeira noiva estava ali. E o jovem rei se regozijou quando viu a beleza dela e ouviu como ela tinha sido meiga e paciente, sem dizer nem uma palavra à falsa noiva. O rei mandou preparar um grande banquete para toda a corte. O noivo ficou sentado no topo, com a falsa princesa de um lado e a verdadeira do outro, mas ninguém a reconheceu, pois sua beleza era bastante impactante para os olhos, e ela não se parecia nem um pouco com a pastorinha de gansos, agora que estava usando seu lindo vestido brilhante.

Quando eles já tinham comido e bebido e estavam muito alegres, o velho rei disse que iria contar uma história. Então ele começou e contou toda a história da princesa, como se fosse um relato que ele um dia ouvira de alguém, e perguntou à aia o que ela achava que deveria ser feito com alguém que se comportava daquela forma.

– Nada melhor – disse a falsa noiva –, do que colocá-la em um barril forrado de pregos afiados, que seja amarrado a dois cavalos brancos que o arrastem de uma rua a outra até que ela esteja morta.

– Você é ela! – revelou o velho rei. – E seu próprio castigo será aplicado a você.

E o jovem rei, então, se casou com sua verdadeira noiva, e eles reinaram sobre o reino com paz e felicidade por toda a vida; e a boa fada foi visitá-los e devolveu a vida ao fiel Falada.

As aventuras do galo Chantecler e da galinha Partlet

1. Como eles foram às montanhas para comer nozes

– As nozes estão bem maduras agora – disse Chantecler para sua esposa, Partlet. – Que tal irmos às montanhas juntos e comermos o máximo que conseguirmos, antes que os esquilos levem todas?

– Com toda certeza – concordou Partlet. – Vamos aproveitar e tirar uma folga.

Então eles foram para as montanhas e, como o dia estava muito agradável, ficaram lá até anoitecer. Agora, não se sabe se foi porque eles comeram tantas nozes que não conseguiam caminhar ou se eram apenas preguiçosos, mas o fato é que decidiram que não poderiam ir para casa a pé. Então, Chantecler começou a construir uma pequena carruagem feita de cascas de nozes e, quando terminou, Partlet saltou para dentro dela, sentou-se e propôs que Chantecler a puxasse sozinho e a levasse para casa.

– Só pode estar de troça! – respondeu ele. – Não, isso jamais acontecerá, prefiro muito mais ir a pé para casa. Eu me sentarei sobre a carruagem e serei o cocheiro, se quiser, mas não a puxarei.

Enquanto isso estava se desenrolando, um pato passou grasnindo e gritou:

– Ladrões vagabundos, o que estão fazendo aqui nas minhas terras? Pagarão por essa insolência!

E, com isso, ele se lançou sobre Chantecler com a maior avidez. Mas Chantecler não era nenhum covarde e respondeu aos golpes do pato com seu esporão afiado com tanto afinco que logo o pato começou a implorar por misericórdia, que só lhe foi concedida sob a condição de que ele puxaria a carruagem para eles. O pato concordou e Chantecler subiu no veículo e o guiou, gritando:

– Agora, pato, vai o mais rápido que conseguir.

Então eles partiram, em um ritmo bastante bom.

Depois de terem cumprido uma pequena parte do trajeto, encontraram um alfinete e uma agulha, e a agulha gritou:

– Pare, pare!

E disse que estava tão escuro que eles mal conseguiam enxergar o caminho, e que havia tanta sujeira na estrada que eles não conseguiam andar. Contou que ela e seu amigo, o alfinete, estavam em uma taberna bebendo e se esqueceram do horário, e implorou, portanto, que os viajantes fizessem a gentileza de dar uma carona a eles em sua carruagem. Chantecler, observando que eram magrinhos e não ocupariam muito espaço, permitiu que os acompanhassem, mas os fez prometer não sujar as rodas da carruagem ao subirem nem pisar nos dedos de Partlet.

Tarde da noite, eles chegaram a uma hospedaria, não era nada bom viajar durante a noite e o pato parecia muito cansado, pois estava cambaleando de um lado para outro, então eles decidiram ficar por ali, mas o proprietário, em um primeiro momento, objetou, alegando que a casa estava cheia, pois pensava que eles não eram hóspedes muito respeitáveis. Contudo, eles conversaram civilizadamente com ele e lhe deram o ovo que Partlet havia botado durante o caminho, e disseram que ele poderia ficar com o pato, que tinha o hábito de botar ovos todos os dias. Então, por fim, o dono permitiu que entrassem e eles provaram um belo jantar e passaram uma noite muito divertida.

Pela manhã, antes mesmo de estar claro e quando ainda não havia ninguém acordado na hospedaria, Chantecler despertou a esposa e, pegando o ovo, fizeram um buraco nele, comeram e jogaram a casca na lareira. Então, foram até a agulha e o alfinete e, pegando-os pela cabeça, espetaram um na poltrona do proprietário da hospedaria e o outro em seu lenço e, após terem feito isso, saíram de fininho. Entretanto, o pato, que dormia a céu aberto no quintal, ouviu quando eles se aproximaram e, saltando para dentro do riacho que passava perto da hospedaria, nadou para longe do alcance deles.

Horas depois, o proprietário da hospedaria se levantou e pegou o lenço para secar o rosto, mas o alfinete o espetou. Então, ele foi até a cozinha para acender o cachimbo na lareira, mas quando a acendeu, as cascas de ovo voaram dentro de seus olhos e quase o cegaram.

– Deus me acuda! – exclamou ele. – O mundo todo parece estar tramando contra mim esta manhã.

Ao dizer isso, ele se largou, todo emburrado, na poltrona, mas, oh céus! A agulha o espetou e, dessa vez, a dor não foi na cabeça. Ele ficou extremamente zangado e, suspeitando da tropa que havia chegado na noite anterior, foi procurá-los, mas nenhum deles estava mais lá. Então, ele jurou nunca mais receber uma trupe de vagabundos como aquela, que comeram bastante, não pagaram tostão algum e não lhe retribuíram nada por seu incômodo, apenas lhe pregaram peças estúpidas.

2. Como Chantecler e Partlet foram visitar o Sr. Korbes

Outro dia, Chantecler e Partlet queriam passear juntos, então Chantecler construiu uma bela carruagem com quatro rodas vermelhas e atrelou seis ratos a ela. Então, ele e Partlet entraram na carruagem e partiram. Pouco depois, um gato os encontrou e perguntou:

– Aonde estão indo?

E Chantecler respondeu:

– Cá estamos nesta via
A fim de visitar a moradia
Do Sr. Korbes, a raposa, neste dia.

Então, o gato disse:

– Levem-me junto.

E Chantecler respondeu:

– Com muito gosto; sobe na parte de trás e segura-te para não cair.
– Desta minha bela carruagem é preciso cuidar
E estas lindas rodinhas vermelhas não sujar!
Agora estai a postos, ratinhos
E, rodas, segui firmes no caminho!
Pois estamos indo visitar a moradia
Do Sr. Korbes, a raposa, neste dia.

Pouco depois, apareceram uma mó, um ovo, um pato e um alfinete. Chantecler permitiu que todos subissem na carruagem e fossem com eles.

Quando chegaram à casa do Sr. Korbes, ele não estava; então os ratinhos levaram a carruagem até a garagem. Chantecler e Partlet se empoleiraram em um tronco, o gato sentou-se na lareira, o pato entrou na cisterna de água, o alfinete se espetou no travesseiro da cama, a mó deitou-se sobre a porta da casa e o ovo se enrolou em uma toalha.

Quando o Sr. Korbes chegou em casa, foi até a lareira para acendê-la, mas o gato jogou todas as cinzas em seus olhos; então ele correu para a cozinha para se lavar, mas lá o pato esguichou toda a água em seu rosto, e quando ele tentou se secar, o ovo se quebrou em pedacinhos em todo o seu rosto e em seus olhos. O Sr. Korbes ficou muito zangado e foi para a cama sem jantar, mas quando deitou a cabeça no travesseiro, o alfinete lhe espetou a bochecha. Com isso, ele ficou furioso e, levantando-se em um salto, teria saído correndo de casa, mas quando chegou à porta, a mó caiu em sua cabeça, matando-o instantaneamente.

3. Como Partlet morreu e foi enterrada e como Chantecler morreu de tristeza

Outro dia, Chantecler e Partlet concordaram em voltar às montanhas para comer nozes e ficou decidido que todas as nozes que encontrassem seriam divididas igualitariamente entre eles. Aconteceu que Partlet encontrou uma noz enorme, mas não contou a Chantecler e ficou com ela para si. A noz, contudo, era tão grande que ela não conseguiu engoli-la, e ficou presa em sua garganta. A galinha ficou apavorada e gritou para Chantecler:

– Por favor, corra o mais rápido que conseguir e me traga um pouco de água, senão morrerei engasgada.

Chantecler correu o mais rápido que conseguiu até o rio e disse:

– Rio, dê-me um pouco de água, pois Partlet está deitada na montanha e se engasgará com uma noz enorme.

O rio respondeu:

– Primeiro, vá correndo até a noiva e peça a ela um cordão de seda para conseguir a água.

Chantecler foi correndo até a noiva e disse:

– Noiva, você precisa me dar um cordão de seda, pois então o rio me dará a água e eu a levarei até Partlet, que está deitada na montanha e se engasgará com uma noz enorme.

Mas a noiva respondeu:

– Primeiro, vá correndo e me traga minha grinalda, que está pendurada em um salgueiro no jardim.

Então, Chantecler foi correndo até o jardim, pegou a grinalda do galho onde estava pendurada e a levou até a noiva. E então ela lhe deu o cordão de seda e ele o levou até o rio e o rio lhe deu água, finalmente ele levou a água até Partlet, mas, nesse tempo, ela foi asfixiada pela grande noz e jazia morta, e nunca mais se moveu.

Chantecler ficou muito pesaroso e chorou amarguradamente; e todos os bichos vieram e choraram com ele pela pobre Partlet. E seis ratos construíram um pequeno carro fúnebre para levá-la até seu túmulo e, quando ficou pronto, eles se atrelaram ao veículo e Chantecler os conduziu. No caminho, eles encontraram a raposa.

– Aonde você vai, Chantecler? – quis saber ela.

– Enterrar minha Partlet – respondeu ele.

– Posso ir com você? – perguntou a raposa.

– Sim, mas deve se sentar atrás ou meus cavalos não conseguirão carregá-la.

Então, a raposa subiu na parte de trás, e logo o lobo, o urso, a cabra e todos os bichos do bosque vieram e subiram no carro fúnebre.

Assim eles seguiram até chegarem a um córrego veloz.

– Como atravessaremos? – indagou Chantecler.

Uma palha, então, disse:

– Eu me deitarei de atravessado sobre o córrego e vocês podem passar por cima de mim.

Mas enquanto os ratos estavam atravessando, a palha escorregou e caiu na água, e todos os seis ratos caíram e se afogaram. O que haveria de ser feito? Então, um grande tronco de madeira se prontificou:

– Sou grande o bastante. Eu me deitarei de atravessado sobre o córrego e vocês podem passar por cima de mim.

Então, ele se deitou, mas eles foram tão atrapalhados que o tronco caiu e foi levado para longe pela correnteza. Então uma pedra, que havia visto o que acontecera, se apresentou e gentilmente se ofereceu para ajudar o pobre Chantecler ao se deitar no córrego, e dessa vez ele conseguiu atravessar para o outro lado com o carro fúnebre, conseguindo também tirar Partlet dele, mas a raposa e os outros animais, que estavam sentados atrás, eram pesados demais e caíram na água, todos foram arrastados pela correnteza e se afogaram.

Assim, Chantecler ficou sozinho com sua falecida Partlet e, após ter cavado uma cova, ele a deitou ali dentro e ergueu um outeirinho em cima dela. Então, ele se sentou ao lado do túmulo, chorou e lamentou até, por fim, também morrer, de modo que todos pereceram.

Rapunzel

Havia, certa vez, um homem e uma mulher que há muito desejavam, em vão, uma criança. Após muitos anos de tentativas, a mulher esperava que Deus estivesse prestes a conceder seu desejo. Esse casal tinha uma pequena janela nos fundos de sua casa, de onde podiam avistar um jardim esplêndido, cheio de flores maravilhosas e de ervas. Era, contudo, rodeado por uma muralha alta e ninguém ousava lá entrar porque pertencia a uma feiticeira muito poderosa que era temida por todo o mundo. Um dia, a mulher estava parada à janela olhando para o jardim quando avistou um canteiro plantado com rapôncios, que pareciam tão frescos e verdejantes que ela ansiou por comê-los. Seu desejo só aumentava e ela começou a ficar pálida e entristecida. O marido ficou assustado e perguntou:

– O que lhe aflige, querida esposa?

– Ah – respondeu ela –, se eu não puder comer os rapôncios daquele jardim da casa vizinha, eu morrerei.

O homem, que a amava, pensou: "Não posso deixar minha mulher perecer; melhor trazer alguns rapôncios para ela, custe o que custar". Ao entardecer, ele escalou a muralha e entrou no jardim da feiticeira, rapidamente arrancou um punhado de rapôncios e os levou para a esposa. Ela imediatamente preparou uma salada e a comeu com gosto. O sabor era tão bom, tão delicioso, que, no dia seguinte, ela desejava comer os rapôncios três vezes mais do que antes. Se quisesse ter algum sossego, o marido precisaria entrar mais uma vez no jardim. Na escuridão da noite, portanto, ele escalou a muralha novamente, mas quando desceu dentro do jardim, sentiu um medo terrível, pois viu a feiticeira parada diante dele.

– Como ousa – disse ela, com uma expressão zangada –, entrar em meu jardim e roubar meus rapôncios como um ladrão? Você sofrerá as consequências!

– Ah – respondeu ele –, permita que a misericórdia tome o lugar da justiça, eu apenas decidi fazê-lo por necessidade. Minha esposa viu seus rapôncios da janela e sentiu um desejo tão grande por eles que teria morrido se não tivesse comido alguns.

Então, a ira da feiticeira foi abrandada e disse:

– Se o caso é mesmo como você diz, permitirei que leve quantos rapôncios quiser, mas imponho uma única condição: deve me entregar a criança que sua mulher colocará no mundo; ela será bem tratada e eu cuidarei dela como uma mãe.

O homem, apavorado, concordou com tudo e, quando sua esposa deu à luz, a feiticeira apareceu imediatamente, batizou a menina de Rapunzel e a levou consigo.

Rapunzel se tornou a criança mais bela a brincar sob o sol. Quando completou 12 anos, a feiticeira a trancafiou em uma torre, que ficava em uma floresta e não tinha escada nem porta, mas havia uma pequena janela no topo. Quando a feiticeira queria visitá-la, posicionava-se debaixo da janela e gritava:

– Rapunzel, Rapunzel,
Jogue suas tranças para mim.

Rapunzel tinha cabelos longos magníficos, finos como fios de ouro, e quando ela ouvia a voz da feiticeira, soltava as tranças, enrolava os fios em um dos ganchos da janela e deixava as mechas caírem vinte varas até o chão e a feiticeira escalava a torre utilizando os cabelos da garota.

Após um ou dois anos, sucedeu que o filho do rei estava cavalgando pela floresta e passou pela torre. Então, ele escutou uma canção tão encantadora que ficou parado, ouvindo. Era Rapunzel, que, em sua solitude, passava o tempo cantando com sua voz doce. O filho do rei queria subir para vê-la e procurou pela porta da torre, mas não havia uma para ser encontrada. Ele retornou para casa, mas o canto tinha tocado seu coração tão profundamente que todos os dias ele ia à floresta para ouvi-lo. Certa vez, estava parado atrás de uma árvore quando viu a feiticeira chegar e a ouviu gritar:

– Rapunzel, Rapunzel,
Jogue suas tranças para mim.

Então, Rapunzel jogou as tranças e a feiticeira subiu até ela.

– Se aquela é a escada que leva até o topo, eu também tentarei a sorte – disse ele.

No dia seguinte, quando começou a escurecer, ele foi até a torre e gritou:

– Rapunzel, Rapunzel,
Jogue suas tranças para mim.

Imediatamente, os cabelos caíram e o filho do rei subiu.

Em um primeiro momento, Rapunzel ficou terrivelmente assustada quando um homem, tal qual seus olhos nunca haviam visto, entrou em seus aposentos, mas o filho do rei começou a conversar com ela bastante amigavelmente, contou que seu coração ficara tão enternecido que ele não tinha mais sossego e que fora forçado a vê-la. Então, Rapunzel perdeu o medo e quando ele lhe perguntou se o aceitaria como marido e ela viu que ele era jovem e bonito, pensou: "Ele me amará mais do que a Senhora Gothel", e aceitou, colocando a mão sobre a dele. Ela disse:

– Eu irei embora com você prontamente, mas não sei como descer. Traga uma meada de seda toda vez que vier me ver e tecerei uma escada e, quando estiver pronta, eu descerei e você me levará em seu cavalo.

Eles concordaram que, até esse momento chegar, ele a visitaria todas as noites, pois a velha senhora a visitava de dia. A feiticeira não desconfiou de nada, até o dia em que Rapunzel lhe disse:

– Conte-me, Senhora Gothel, como pode ser tão mais pesada para eu içar do que o jovem filho do rei? Ele sobe rapidinho.

– Ah, garota perversa! – esbravejou a feiticeira. – O que está dizendo? Pensei que a havia separado de todo o mundo, mas você me enganou!

Em sua raiva, ela agarrou os lindos cabelos de Rapunzel, enrolou-os duas vezes na mão esquerda, pegou uma tesoura com a direita e zip, zip, cortou-as, largando as adoráveis tranças no chão. E ela era tão má que levou Rapunzel para um deserto, onde ela deveria viver no sofrimento e na miséria.

No mesmo dia em que expulsou Rapunzel da torre, no entanto, a feiticeira prendeu as tranças que havia cortado no gancho da janela. Quando o filho do rei chegou, gritou:

– Rapunzel, Rapunzel,

Jogue suas tranças para mim.

Ela soltou as mechas. O filho do rei subiu, mas em vez de encontrar sua amada Rapunzel, deparou-se com a feiticeira, que o fitou com seu olhar perverso e venenoso.

– Aha! – exclamou ela sarcasticamente. – Você veio pegar sua amada, mas o belo passarinho não canta mais neste ninho, o gato o pegou e arrancará os seus olhos, também. Rapunzel não será sua, você nunca mais a verá!

O filho do rei ficou fora de si de tanta dor e, em seu desespero, saltou da torre. Ele escapou com vida, mas os espinhos sobre quais caiu perfuraram seus olhos. Então, ele vagueou cegamente pela floresta, comendo apenas raízes e frutinhas e não fazia nada além de lamentar e chorar a perda de sua querida esposa. Assim ele perambulou, na maior tristeza por alguns anos, até que um dia chegou ao deserto onde Rapunzel e os gêmeos que ela tinha dado à luz, um menino e uma menina, viviam na miséria. Ele ouviu uma voz e lhe pareceu tão familiar que ele caminhou na sua direção e, quando se aproximou, Rapunzel o reconheceu, caiu em seus braços e chorou. Duas de suas lágrimas umedeceram os olhos dele e o príncipe voltou a enxergar. Ele a levou ao seu reino, onde foi recebido com alegria, e eles viveram por muito tempo depois disso, felizes e contentes.

O PÁSSARO ACHADO

Havia, certa vez, um monteiro que foi à floresta para caçar e, ao entrar, ouviu um grito, como se uma criança pequena estivesse ali. Ele seguiu o barulho e, por fim, chegou a uma árvore alta na qual havia uma criança sentada no topo, pois a mãe tinha dormido debaixo da árvore com ela e uma ave de rapina a viu em seus braços, voou até lá embaixo, pegou a criança e a colocou no topo da árvore.

O monteiro subiu na árvore, trouxe a criança de volta para baixo e pensou consigo mesmo: "Você a levará para casa e a criarás junto com sua Lina". Ele a levou para casa e as duas crianças cresceram juntas. E a que ele tinha encontrado na árvore foi chamada de Fundevogel, o "pássaro achado", porque um pássaro a tinha levado. Fundevogel e Lina se amavam tanto que, quando não se viam, ficavam tristes.

O monteiro tinha uma velha cozinheira, que, uma noite, catou dois baldes e começou a pegar água da fonte, e não foi apenas uma vez, mas várias. Lina viu e perguntou:

– Escuta, velha Sanna, por que está pegando tanta água?

– Se não contar a ninguém, eu explico por quê.

Lina disse que nunca contaria a ninguém e, então, a cozinheira disse:

– Amanhã cedo, quando o monteiro tiver saído para caçar, eu aquecerei a água e, quando estiver fervendo, jogarei Fundevolgel dentro e o cozinharei.

Na manhã seguinte, o monteiro se levantou, saiu para caçar e, quando ele partiu, as crianças ainda estavam na cama. Então, Lina disse para Fundevogel:

– Se você nunca me abandonar, eu também nunca abandonarei você.

Fundevogel respondeu:

– Eu não abandonarei você nem agora nem nunca.

Então Lina disse:

– Então eu contarei. Noite passada, a velha Sanna trouxe tantos baldes d'água para casa que perguntei a ela por que estava fazendo aquilo, e ela disse que contaria se eu prometesse não contar a ninguém, ela disse que hoje cedo, quando o pai estivesse fora, caçando, ela encheria o caldeirão de água e jogaria você dentro para cozinhá-lo, então vamos levantar depressa, vestir-nos e ir embora juntos.

As duas crianças, portanto, levantaram-se, vestiram-se rapidamente e fugiram. Quando a água no caldeirão estava fervendo, a cozinheira entrou no quarto para pegar Fundevogel, mas quando entrou e foi até as camas, ambas as crianças haviam sumido. Ela ficou tremendamente apavorada e disse para si mesma:

– O que direi ao monteiro quando ele retornar para casa e vir que as crianças se foram? Elas devem ser seguidas imediatamente para serem recuperadas.

Então, a cozinheira mandou três criados atrás delas. Eles deveriam correr e capturá-las. As crianças, no entanto, estavam sentadas perto da floresta e quando viram, de longe, os três criados correndo, Lina disse para Fundevogel:

– Nunca me abandone e eu nunca abandonarei você.

Fundevogel respondeu:

– Nem agora nem nunca.

Então Lina disse:

– Transforme-se em uma roseira e eu me transformarei em uma rosa.

Quando os três criados chegaram à floresta, não havia nada ali além de uma roseira com uma rosa, mas as crianças não estavam em lugar algum. Então, eles disseram:

– Não há nada a ser feito aqui.

E retornaram à casa e contaram à velha cozinheira que não haviam visto nada na floresta além de uma roseira com uma rosa. A velha cozinheira os repreendeu e disse:

– Tolos, vocês deviam ter cortado a roseira ao meio, arrancado a rosa e ter trazido para casa. Vão e façam de uma vez.

Eles partiram e procuraram mais uma vez. As crianças, no entanto, viram-nos vindo de longe. Então, Lina disse:

– Fundevogel, nunca me abandone e eu nunca abandonarei você.

Fundevogel respondeu:

– Nem agora nem nunca.

Lina disse:

– Então se transforme em uma igreja e eu me transformarei em um candelabro dentro dela.

Quando os três criados chegaram, nada havia lá além de uma igreja, com um candelabro dentro. Eles, portanto, disseram uns aos outros.

– O que podemos fazer aqui? Vamos para casa.

Quando chegaram em casa, a cozinheira perguntou se eles não os haviam encontrado e os criados disseram que não, que não tinham encontrado nada além de uma igreja com um candelabro dentro. E a cozinheira os repreendeu e disse:

– Tolos! Por que não demoliram a igreja e trouxeram o candelabro com vocês?

Dessa vez, a velha cozinheira resolveu acompanhá-los e partiu com os três criados em busca das crianças. As crianças, contudo, viram de longe que os três criados estavam vindo com a cozinheira tropeçando logo atrás. Então, Lina disse:

– Fundevogel, nunca me abandone e eu nunca abandonarei você.

Fundevogel respondeu:

– Nem agora nem nunca.

Lina disse:

– Transforme-se em uma lagoa e eu serei um pato dentro dela.

A cozinheira, contudo, chegou até eles e, quando viu a lagoa, abaixou-se ao lado dela e estava prestes a beber toda a água. Porém, o pato nadou rapidamente até ela, puxou-a pelos cabelos com o bico e arrastou-a para a água, onde a velha bruxa se afogou. Então, as crianças foram para casa juntas e estavam alegremente satisfeitas; e se não morreram, estão vivas até hoje.

O pequeno alfaiate valente

Numa manhã de verão, um pequeno alfaiate estava sentado à sua mesa perto da janela. Ele estava de bom humor e costurava com todo o seu vigor. Então, uma camponesa veio descendo a rua, gritando:

– Geleias da boa bem baratas! Geleias da boa bem baratas!

Aquilo soou como música aos ouvidos do alfaiate; ele colocou a cabeça delicada para fora da janela e chamou:

– Venha cá, minha cara, aqui você vai se desfazer de seus produtos.

A mulher subiu os três andares até o alfaiate com sua cesta pesada e ele a fez desembrulhar todos os potes. Ele inspecionou um por um, erguendo, cheirando e, por fim, disse:

– A geleia me parece boa, então pese cem gramas para mim, minha cara, e se custar um quarto de libra, não tem problema.

A mulher, que esperava fechar uma grande venda, deu ao alfaiate o que ele pediu, mas foi embora bastante zangada e resmungando.

– Esta geleia há de ser abençoada por Deus – gritou o alfaiate –, e me trará saúde e força.

Então, ele pegou o pão do armário, cortou uma fatia para si e passou a geleia sobre ela.

– Deve estar uma delícia – comentou ele –, mas vou terminar aquele paletó antes de saboreá-la.

Ele pôs o pão de lado, continuou costurando e, em meio à sua alegria, seus pontos começaram a ficar cada vez maiores. Enquanto isso, o aroma da doce geleia alcançou o local onde as moscas estavam sentadas em grande número. Elas foram atraídas pelo cheiro e atacaram o pão em massa.

– Oi! Quem convidou vocês? – perguntou o pequeno alfaiate, afugentando as convidadas indesejadas.

As moscas, contudo, que não entendiam o que ele falava, não se deixaram abater e continuaram retornando, em bandos cada vez maiores. O pequeno alfaiate finalmente perdeu toda a paciência, pegou um pedaço de pano do buraco debaixo de sua mesa de trabalho e disse:

– Esperem e eu mostrarei com quem estão lidando!

E atirou o pano sem misericórdia sobre elas. Quando o removeu e contou os abates, havia nada menos que sete moscas mortas e com as patas estiradas.

– Você é esse tipo de homem? – exclamou ele, admirando a própria coragem. – Toda a cidade saberá desse feito!

Então, o pequeno alfaiate apressou-se em confeccionar uma cinta para si mesmo, costurou-a e nela bordou, em letras largas: "Sete com um só golpe!".

– Cidade? Ora! – continuou ele. – Todo mundo saberá desse feito!

E seu coração sacudiu de alegria como o rabo de um cordeirinho.

O alfaiate colocou a cinta e resolveu sair mundo afora, pois achava que sua alfaiataria era pequena demais para seu valor. Antes de partir, ele revirou a casa para ver se havia alguma coisa que deveria levar consigo; no entanto, não encontrou nada além de um queijo velho, que colocou no bolso. Diante da porta, ele viu um passarinho que havia ficado preso em uma moita e o colocou no bolso junto com o queijo. Então, ele valentemente pegou a estrada e como era leve e ágil, não sentiu cansaço algum. A estrada o levou até uma montanha e, quando ele chegou no ponto mais alto, lá estava sentado um poderoso gigante, olhando em volta com tranquilidade. O pequeno alfaiate caminhou corajosamente até ele e disse:

– Bom dia, companheiro. Aí está você, sentado, observando este vasto mundo! Estou justamente iniciando minha jornada mundo afora e quero tentar a sorte. Gostaria de me acompanhar?

O gigante fitou o alfaiate com desprezo e disse:

– Seu pivete! Sua criatura miserável!

– Ah, sim? – respondeu o pequeno alfaiate, desabotoando o casaco e exibindo a cinta ao gigante. – Aqui pode-se ler que tipo de homem eu sou!

O gigante leu "Sete em um só golpe!" e pensou que eram homens que o alfaiate havia matado. Então, começou a sentir um pouco de respeito pelo nanico. Mesmo assim, ele quis testá-lo primeiro. Pegou uma pedra e esmagou-a com a mão até escorrer água.

– Faça igual – desafiou o gigante –, se tiver força.

– Isso é tudo? – retrucou o alfaiate. – Isso é brincadeira de criança!

E, colocando a mão no bolso, tirou o queijo macio e o apertou até escorrer um líquido dele.

– Que tal? – disse ele. – Foi um pouquinho melhor, não foi?

O gigante não sabia o que dizer e não conseguia acreditar no que vira. Então, pegou uma pedra e a jogou tão alto que o olho mal podia acompanhar.

– Agora, projeto de homem, faça igual.

– Belo arremesso – disse o alfaiate. – Mas a pedra tornou à terra, afinal de contas. Eu arremessarei uma que jamais retornará.

E então ele colocou a mão no bolso, pegou o passarinho e o jogou para cima. O pássaro, entusiasmado com a liberdade, subiu, voou para longe e não retornou.

– O que achou desse arremesso, companheiro? – perguntou o alfaiate.

– Certamente você sabe arremessar – admitiu o gigante. – Mas agora veremos se é capaz de carregar algo bem pesado.

Ele levou o alfaiate até um grande carvalho que jazia tombado no chão e disse:

– Se é forte o suficiente, ajude-me a carregar este tronco para fora da floresta.

– Agora mesmo – respondeu o pequeno homem. – Leve o tronco em seus ombros e eu me encarrego da copa e dos galhos, que são, afinal, a parte mais pesada.

O gigante colocou o tronco sobre o ombro, mas o alfaiate sentou-se em um galho, e o gigante, que não podia olhar para trás, teve de carregar a árvore inteira e, de quebra, o pequeno alfaiate. Na parte de trás, ele seguia alegre e contente e assoviava a canção "Três alfaiates partiram a cavalo do portão", como se carregar a árvore fosse brincadeira de criança. O gigante, após ter carregado o pesado fardo parte do caminho, não conseguia mais continuar e gritou:

– Ouça-me, preciso soltar a árvore!

O alfaiate saltou para o chão com agilidade, segurou a árvore com os dois braços, como se a estivesse carregando, e disse ao gigante:

– Você é tão grande e, mesmo assim, nem sequer consegue carregar a árvore!

Eles seguiram juntos e, quando passaram por uma cerejeira, o gigante segurou a copa da árvore, onde as frutas mais maduras se encontravam, dobrou-a e entregou-a na mão do alfaiate para que comesse. Mas o pequeno alfaiate era fraco demais para segurar a árvore e, quando o gigante a soltou, ela retornou à posição original e o alfaiate foi arremessado no ar. Quando aterrissou novamente, ileso, o gigante disse:

– O que aconteceu? Não tem força o suficiente para segurar essa vareta?

– Força não me falta – respondeu o alfaiate. – Acha que isso seria um desafio para um homem que abateu sete com um só golpe? Saltei por cima da árvore porque os caçadores estão atirando ali embaixo, na moita. Salte como eu, se for capaz.

O gigante tentou, mas não conseguiu subir na árvore e ficou pendurado nos galhos, de modo que o alfaiate continuou em vantagem.

O gigante disse:

– Se é tão valente, venha comigo até nossa caverna e passe a noite conosco.

O pequeno alfaiate se dispôs a fazê-lo e o seguiu. Quando entraram na caverna, outros gigantes estavam sentados perto do fogo, cada um deles tinha uma ovelha assada na mão e a estava comendo. O pequeno alfaiate olhou em volta e pensou: "Aqui é muito mais espaçoso que minha alfaiataria". O gigante mostrou uma cama a ele e disse que deveria se deitar e dormir. A cama, contudo, era grande demais para o pequeno alfaiate, ele não se deitou nela, em vez disso, encolheu-se em um canto. Quando deu meia-noite, o gigante, que pensava que o pequeno alfaiate estava deitado dormindo profundamente, pegou uma grande barra de ferro e partiu a cama com um único golpe, pensando que havia exterminado aquele gafanhoto de vez. Assim que amanheceu, os gigantes foram para a floresta e já nem se lembravam mais do pequeno alfaiate quando, subitamente, ele surgiu entre eles, todo alegre e audaz. Os gigantes ficaram apavorados, com medo de que ele matasse todos, e fugiram apressadamente.

O pequeno alfaiate continuou em frente, sempre seguindo seu próprio nariz pontudo. Depois de ter caminhado por muito tempo, chegou ao quintal de um palácio real e, como se sentia cansado, deitou-se na grama e dormiu. Enquanto estava deitado ali, as pessoas vieram e o analisaram de todos os lados, e leram em sua cinta: "Sete com um só golpe!".

– Ah! – disseram elas –, o que esse grande guerreiro faz aqui, em terras pacíficas? Ele deve ser um lorde poderoso.

Então elas foram anunciá-lo para o rei e disseram a ele que, se houvesse uma guerra, aquele poderia ser um homem de peso e útil, que não deveria, de forma alguma, ter permissão para ir embora. O conselho agradou o rei e ele enviou um de seus cortesãos até o pequeno alfaiate para lhe oferecer uma posição militar quando ele acordasse. O embaixador permaneceu em pé ao lado do dorminhoco, esperou até ele se espreguiçar e abrir os olhos, e então lhe fez a proposta.

– Foi por esse exato motivo que vim até aqui – respondeu o alfaiate. – Estou ponto para servir ao rei.

Ele foi, portanto, recebido com honras e um alojamento especial lhe foi designado.

Os soldados, no entanto, estavam todos contra o pequeno alfaiate e desejavam que ele estivesse a mil quilômetros de distância.

– Qual será o fim disso? – perguntavam-se entre si. – Se discutirmos com ele e ele se zangar, sete de nós serão liquidados com cada golpe; nenhum de nós pode desafiá-lo.

Eles chegaram, portanto, a uma decisão, montaram uma comitiva para se apresentar ao rei e pediram dispensa.

– Não estamos preparados – disseram eles –, para um homem que liquida sete com um único golpe.

O rei lamentou perder todos os seus fiéis soldados por causa de um único homem, desejou nunca ter encontrado o alfaiate e teria, de boa vontade, se livrado dele. Mas não ousou dispensá-lo, pois tinha medo de que ele o matasse, juntamente com todo o seu povo, e tomasse o trono real. O rei refletiu por um bom tempo e, por fim, encontrou uma solução. Mandou informar o pequeno alfaiate que, como ele era um grande guerreiro, ele tinha um pedido a fazer. Na floresta de seu país, viviam dois gigantes que causavam muitos problemas com seus roubos, assassinatos, vandalismo e incêndios, e ninguém conseguia se aproximar deles sem correr risco de vida. Se o alfaiate dominasse e matasse os dois gigantes, o rei lhe daria sua única filha como esposa e metade de seu reino como dote, bem como cem cavaleiros que o acompanhariam para ajudá-lo. "Esse certamente seria um ótimo feito para um homem como eu!", pensou o pequeno alfaiate.

– Oh, sim – respondeu ele. – Aniquilarei os gigantes, e não preciso da ajuda de cem cavaleiros para fazê-lo; aquele que liquida sete com um golpe não precisa temer dois.

O pequeno alfaiate foi na frente e os cem cavaleiros o seguiram. Quando chegou nos limites da floresta, ele disse a seus seguidores:

– Esperem aqui, irei sozinho aniquilar os gigantes.

Então, ele entrou na floresta e olhou para a direita e para a esquerda. Após um tempo, avistou os dois gigantes. Estavam deitados dormindo debaixo de uma árvore e roncavam tanto que os galhos chacoalhavam para cima e para baixo. O pequeno alfaiate, sem pestanejar, encheu os bolsos de pedras e subiu na árvore. Quando estava na metade do caminho, escorregou por um galho até ficar sentado acima dos dorminhocos e depois soltou uma pedra atrás da outra no peito de um dos gigantes. Por um bom tempo, o gigante não sentiu nada, mas finalmente acordou, empurrou seu companheiro e disse:

– Por que está me batendo?

– Deve estar sonhando – respondeu o outro. – Não estou batendo em você.

Eles se deitaram novamente para dormir e o alfaiate arremessou uma pedra no segundo gigante.

– O que significa isto? – esbravejou ele. – Por que está atirando pedras em mim?

– Não estou atirando pedras em você – respondeu o primeiro, grunhindo.

Eles discutiram sobre o assunto por um tempo, mas como estavam cansados, deixaram a questão de lado e fecharam os olhos novamente.

O pequeno alfaiate recomeçou seu jogo, pegou a maior pedra e a jogou com toda a sua força no peito do primeiro gigante.

– Isso é demais! – berrou ele, levantando-se em um salto como um louco e empurrando o companheiro contra a árvore até ela tremer.

O outro retribuiu na mesma moeda e eles se engalfinharam com tanta fúria que arrancaram árvores e se estapearam por tanto tempo que ambos tombaram mortos no chão ao mesmo tempo. Então, o pequeno alfaiate desceu da árvore.

– Que sorte a minha – disse ele –, eles não terem arrancado a árvore na qual eu estava sentado; caso contrário, eu teria de subir em outra com a velocidade de um esquilo; mas nós, alfaiates, somos ágeis.

Ele sacou a espada e atingiu os dois algumas vezes no peito e então foi até os cavaleiros e disse:

– A missão está cumprida, liquidei os dois, mas não foi fácil! Eles arrancaram árvores em seu desespero e se defenderam com elas, mas nada disso tem serventia alguma quando um homem como eu, que consegue matar sete com um único golpe, aparece.

– Mas você não está ferido? – perguntaram os cavaleiros.

– Não se preocupem com isso – respondeu o alfaiate. – Eles nem sequer encostaram em um fio do meu cabelo.

Os cavaleiros não acreditaram nele e entraram na floresta. Lá eles encontraram os gigantes nadando em seu próprio sangue e ao seu redor estavam as árvores arrancadas.

O pequeno alfaiate exigiu do rei a recompensa prometida. O rei, no entanto, se arrependeu de sua promessa e novamente refletiu sobre como poderia se livrar do herói.

– Antes de receber minha filha e metade de meu reino – disse ele –, você deve realizar mais um feito heroico. Na floresta, vagueia um unicórnio que causa grandes estragos, então você deve capturá-lo primeiro.

– Temo um unicórnio ainda menos que dois gigantes. Sete com um único golpe é meu tipo de tarefa.

Ele levou uma corda e um machado consigo, entrou na floresta e, novamente, ordenou que aqueles que haviam sido enviados para acompanhá-lo esperassem do lado de fora. Ele não precisou procurar por muito tempo. O unicórnio logo veio em sua direção e arremeteu diretamente contra o alfaiate, como se fosse escorná-lo com o chifre sem muita cerimônia.

– Devagar, devagar, não pode ser rápido assim – disse ele, permanecendo imóvel e aguardando até o animal estar bem próximo, e então saltou agilmente para trás da árvore.

O unicórnio chocou-se contra a árvore violentamente e enfiou o chifre no tronco tão rápido que não tinha força o suficiente para libertá-lo, e assim foi capturado.

– Apanhei o passarinho – exclamou o alfaiate, saindo de trás da árvore e colocando a corda em torno do pescoço dele. Então, com o machado, ele arrancou o cifre da árvore, e quando tudo estava pronto, levou o animal embora e o entregou ao rei.

O rei ainda se recusava a lhe dar a recompensa merecida e fez uma terceira exigência. Antes do casamento, o alfaiate precisaria capturar um javali selvagem que causava um grande transtorno na floresta e os caçadores deveriam ajudá-lo.

– Com muito gosto – respondeu o alfaiate –, isso é brincadeira de criança!

Ele não levou os caçadores consigo para a floresta e todos ficaram muito contentes com isso, pois o javali os havia recebido de tal maneira que eles não tinham desejo algum de ficar esperando por ele. Quando o javali avistou o alfaiate, correu em sua direção com a boca espumando e arreganhando as presas, estava prestes a jogá-lo no chão, mas o herói escapou, entrou em uma capela próxima e subiu até a janela, saltando para fora novamente. O javali correu atrás dele, mas o alfaiate deu a volta na capela pelo lado de fora e fechou a porta, então o animal raivoso, que era pesado e desajeitado demais para saltar pela janela, foi pego.

O pequeno alfaiate, então, chamou os caçadores para que pudessem ver o prisioneiro com seus próprios olhos. O herói, enfim, foi até o rei, que agora seria, gostasse ou não, obrigado a cumprir sua promessa, dar-lhe sua filha e metade de seu reino. Se soubesse que aquele homem diante dele não era nenhum herói de guerra, mas um mero alfaiate, seu coração teria ficado ainda mais partido. O casamento foi realizado com grande pompa e pouca alegria, pois de um alfaiate surgiu um rei.

Após algum tempo, a jovem rainha ouviu o marido dizer em seus sonhos à noite:

– Garoto, faça o gibão e remende as calças ou lhe darei com a trena nas orelhas.

Então, ela descobriu em que situação de vida o jovem lorde havia nascido e, na manhã seguinte, reclamou de sua desgraça para o pai. Sendo assim, ela implorou que ele a ajudasse a se livrar de seu marido, que não passava de um alfaiate. O rei a reconfortou e disse:

– Deixe a porta do seu quarto aberta esta noite e meus criados ficarão do lado de fora. Quando ele tiver adormecido, eles entrarão, o amarrarão e o colocarão a bordo de um navio que o levará para muito longe.

A jovem ficou satisfeita com aquilo, mas o escudeiro do rei, que era afeiçoado ao jovem lorde, ouviu tudo e o informou de todo o conluio.

– Eu azedarei essa sopa – disse o pequeno alfaiate.

À noite, ele foi para cama com sua esposa no horário de costume e, quando ela pensou que ele tinha pegado no sono, levantou-se, abriu a porta e se deitou novamente. O pequeno alfaiate, que estava apenas fingindo estar dormindo, começou a gritar em claro e bom tom:

– Garoto, faça o gibão e remende as calças ou lhe darei com a trena nas orelhas. Liquido sete com um único golpe. Matei dois gigantes, capturei um unicórnio e apanhei um javali selvagem. Deveria, então, temer aqueles que estão parados do lado de fora do quarto?

Quando os homens ouviram o alfaiate, foram tomados por um pavor tremendo e fugiram como se um caçador enlouquecido os estivesse perseguindo e ninguém jamais se aventurou a fazer qualquer coisa contra ele novamente. E, assim, o pequeno alfaiate se tornou e permaneceu rei pelo resto de sua vida.

João e Maria

Ao lado de uma grande floresta, vivia um pobre lenhador com sua esposa e seus dois filhos. O garoto se chamava João e a menina, Maria. Ele tinha pouco com que sobreviver e, depois que uma forte escassez atingiu a região, já não conseguia mais sequer prover o pão de cada dia. Quando refletiu sobre sua situação à noite, na cama, enquanto se revirava de ansiedade, o lenhador grunhiu e disse para a esposa:

– O que será de nós? Como vamos alimentar nossas pobres crianças, sendo que não temos praticamente mais nada nem para nós mesmos?

– Vou lhe dizer uma coisa, marido – respondeu a mulher. – Amanhã cedo, levaremos as crianças para o ponto mais cerrado da floresta, nós acenderemos uma fogueira para elas e daremos a cada uma mais um pedaço de pão. Então iremos trabalhar e as deixaremos sozinhas. Elas não encontrarão o caminho de casa novamente e nós nos livraremos delas.

– Não, esposa – disse o homem. – Não farei isso, como poderia suportar deixar meus filhos sozinhos na floresta? Os animais selvagens logo apareceriam e os destroçariam.

– Ah, seu tolo! – exclamou ela. – Então morreremos os quatro de fome, pode já aplainar as tábuas para nossos caixões.

E não o deixou em paz até que concordasse.

– Mas eu lamento muito pelas pobres crianças, de toda forma – reiterou ele.

As duas crianças também não tinham conseguido dormir por causa da fome e ouviram o que a madrasta dissera a seu pai. Maria chorou lágrimas amarguradas e disse a João:

– Tudo está acabado para nós.

– Cale-se, Maria – disse João. – Não se aflija, logo encontrarei uma maneira de nos salvar.

E quando os mais velhos tinham pegado no sono, ele se levantou, colocou o casaco, abriu a porta e saiu de fininho. A lua brilhava forte e os seixos brancos da frente da casa cintilavam como moedas de prata de verdade. João se abaixou e enfiou tantas pedrinhas quanto conseguiu no pequeno bolso do casaco. Então, voltou para dentro de casa e disse a Maria:

– Fique tranquila, querida irmãzinha, e durma em paz. Deus não nos abandonará.

E se deitou novamente em sua cama. Quando amanheceu, a mulher apareceu e acordou as duas crianças, dizendo:

– Levantem, seus preguiçosos! Vamos à floresta pegar lenha.

Ela deu a cada um deles um pedaço de pão e disse:

– Aqui está algo para a janta, mas não comam tudo antes de anoitecer, pois não receberão mais nada.

Maria colocou o pão debaixo de seu avental, visto que João tinha o bolso cheio de pedras. Então, todos partiram juntos a caminho da floresta. Após terem caminhado um pouco, João parou e olhou para a casa, repetindo o gesto de novo e de novo. Seu pai disse:

– João, por que está olhando para lá e ficando para trás? Preste atenção e não se esqueça de usar as pernas.

– Ah, pai – respondeu João –, estou olhando para meu gatinho branco, que está sentado no telhado e quer se despedir de mim.

A mulher disse:

– Seu tolo, aquele não é seu gatinho, é o sol da manhã brilhando nas chaminés.

João, no entanto, não estava olhando para o gato, mas constantemente jogando pedrinhas brancas de seu bolso no chão.

Quando eles chegaram ao meio da floresta, o pai disse:

– Agora, crianças, empilhem um pouco de madeira e eu acenderei uma fogueira para que não fiquem com frio.

João e Maria juntaram alguns gravetos, fazendo uma pilha tão alta quanto um pequeno morro. Os gravetos foram acesos e quando as chamas estavam bem altas, a mulher disse:

– Agora, crianças, deitem perto do fogo e descansem, nós entraremos na floresta para cortar um pouco de lenha. Quando terminarmos, retornaremos para buscar vocês.

João e Maria se sentaram ao lado da fogueira e, ao meio-dia, cada um comeu um pedacinho de pão. Como ouviam as bordoadas do machado na madeira, pensaram que seu pai estava por perto. Não era o machado, no entanto, mas apenas um galho que ele havia amarrado a uma árvore seca e que o vento estava movimentando para trás e para frente. Como ficaram ali sentados por muito tempo, seus olhos se fecharam de fadiga e eles adormeceram. Quando finalmente despertaram, já era noite escura. Maria começou a chorar e disse:

– Como vamos sair da floresta agora?

Mas João a confortou e disse:

– Espere só um pouquinho, até que a lua apareça e encontraremos o caminho rapidamente.

Quando a lua cheia apareceu, João pegou a irmãzinha pela mão e seguiu os seixos, que brilhavam como moedas de prata recém-forjadas e indicavam o caminho.

Eles caminharam a noite toda e, quando o dia amanheceu novamente, estavam de volta à casa de seu pai. Eles bateram à porta, quando a mulher a abriu e viu que eram João e Maria, disse:

– Suas crianças levadas, por que dormiram por tanto tempo na floresta? Pensamos que nunca mais fossem voltar!

O pai, contudo, se alegrou, pois deixá-las para trás tinha lhe partido o coração.

Não muito tempo depois, houve outra grande estiagem na região e as crianças ouviram a madrasta dizer para o pai aquela noite:

– Não há mais comida novamente, temos apenas meio pão e isso é tudo. As crianças precisam ir embora, nós as levaremos para mais longe ainda na floresta, para que não encontrem o caminho novamente, pois não há outra forma de nos salvarmos!

O coração do homem estava pesado e ele pensou: "Seria melhor você repartir a última refeição com seus filhos". A mulher, no entanto, não dava ouvidos a nada do que ele tinha para dizer, apenas o reprimiu e repreendeu. Quem diz A também deve dizer B e, como ele havia cedido na primeira vez, precisou fazê-lo na segunda novamente.

As crianças, no entanto, ainda estavam acordadas e ouviram a conversa. Quando os mais velhos dormiram, João novamente se levantou e queria sair para catar seixos, como fizera na outra vez, mas a mulher tinha trancado a porta e João não pôde sair. Mesmo assim, ele reconfortou a irmã e disse:

– Não chore, Maria, vá dormir quietinha, o bom Deus nos ajudará.

Pela manhã, a mulher apareceu e tirou as crianças da cama. Um pedaço de pão lhes foi dado, mas era ainda melhor que o da vez anterior. No caminho para a floresta, João esmigalhou o pão em seu bolso e volta e meia parava e jogava um naco no chão.

– João, por que fica parando e olhando para trás? – perguntou o pai. – Siga em frente.

– Estou olhando para minha pombinha, que está sentada no telhado e quer se despedir de mim – respondeu João.

– Seu tolo! – disse a mulher. – Não é sua pombinha, é o sol da manhã brilhando na chaminé.

João, de pouquinho em pouquinho, jogou todas as migalhas no chão.

A mulher levou as crianças ainda mais longe na floresta, onde elas nunca haviam estado antes na vida. Então, uma grande fogueira foi novamente acesa e a mãe disse:

– Fiquem sentadas aqui, crianças, quando estiverem cansados, podem dormir um pouco; vamos entrar na floresta para cortar lenha e, à noite, quando terminarmos, viremos buscar vocês.

Quando chegou meio-dia, Maria dividiu seu pedaço de pão com João, que havia espalhado o seu pelo caminho. Então, eles adormeceram e a noite chegou, mas ninguém apareceu para buscar as pobres crianças. Eles só acordaram quando já estava bem escuro e João reconfortou sua irmãzinha dizendo:

– Espere, Maria, até a luz aparecer, então veremos as migalhas de pão que espalhei pelo caminho, elas nos mostrarão o caminho para casa novamente.

Quando a lua apareceu, eles partiram, mas não encontraram nenhuma migalha, pois os muitos milhares de pássaros que voam pelos bosques e pelos campos haviam pegado tudo. Eles caminharam a noite toda e todo o dia seguinte, de manhã até a noite, mas não saíram da floresta e estavam com muita fome, pois não tinham nada para comer além de umas poucas amoras que cresciam no chão. E como estavam tão cansados que suas pernas não aguentavam mais, deitaram-se debaixo de uma árvore e caíram no sono.

Já tinham se passado três manhãs desde que eles haviam deixado a casa de seu pai. Eles começaram a caminhar novamente, mas sempre se embrenhavam ainda mais na floresta e, se não encontrassem ajuda logo, morreriam de fome ou de exaustão. Quando chegou meio-dia, avistaram um lindo pássaro branco como a neve em um galho e ele cantava tão maravilhosamente que eles ficaram parados ouvindo. Quando a canção terminou, o animal abriu as asas e voou para longe diante dos olhos deles e eles o seguiram até chegar a uma pequena casa, cujo telhado o pássaro pousou; quando eles se aproximaram, viram que a casa era feita de pão, coberta de bolos e que as janelas eram de açúcar translúcido.

– Vamos pôr a mão na massa – exclamou João –, e fazer uma bela refeição. Eu comerei um pouco do telhado, e você, Maria, pode comer um pouco da janela, será docinha.

João esticou o braço e quebrou um pedacinho do telhado para prová-lo e Maria se apoiou na janela e mordiscou as vidraças. Então, uma voz suave gritou de dentro da casa:

– Morde, morde, rói, rói;
Quem é que minha casa destrói?

As crianças responderam:

– O vento, o vento;
O celestial vento.

E continuaram comendo, sem se perturbar. João, que gostara do sabor do telhado, arrancou um grande pedaço e Maria arrancou uma vidraça inteira, sentou-se e se deleitou com ela. Subitamente, a porta se abriu e uma mulher tão velha quanto as colinas, que se apoiava em muletas, surgiu. João e Maria ficaram tão terrivelmente assustados que deixaram cair o que tinham nas mãos. A velha, contudo, acenou com a cabeça e disse:

– Oh, crianças amadas, quem as trouxe aqui? Entrem e fiquem comigo. Nada de ruim acontecerá.

Ela pegou ambos pela mão e os levou para dentro da pequena casa. Então, uma comida deliciosa foi posta diante deles: leite e panquecas, com açúcar, maçãs e nozes. Depois, duas belas camas foram cobertas com lençóis de cetim branco, João e Maria se deitaram sobre elas e pensaram estar no paraíso.

Mas a velha apenas fingira ser bondosa, ela era, na verdade, uma bruxa perversa, que aguardava a chegada de crianças e só tinha construído a casinha de pão para poder atraí-las. Quando uma criança caía em suas garras, ela a matava, cozinhava e comia, e esse era um verdadeiro banquete para ela. Bruxas têm olhos vermelhos e não conseguem enxergar muito longe, mas têm um olfato apurado como o dos animais e percebem quando seres humanos estão por perto. Quando João e Maria chegaram na sua região, ela soltou uma risada cruel e disse zombeteiramente:

– Eu as comerei, elas não me escaparão de novo!

Pela manhã, antes de as crianças acordarem, ela já estava em pé e quando viu os dois dormindo, tão bonitos, com suas bochechas redondas e rosadas, murmurou para si mesma:

– Esta será uma iguaria deliciosa!

Então, ela pegou João com sua mão enrugada, arrastou-o até um pequeno estábulo e o trancafiou atrás de um gradil. Por mais que ele gritasse, aquilo não o ajudaria. Então, ela foi até Maria e chacoalhou-a até que ela acordasse e gritou:

– Levante, sua preguiçosa, vá pegar um pouco d'água e cozinhar alguma coisa pro seu irmão, ele está no estábulo, lá fora e precisa engordar. Quando estiver gorducho, eu o comerei.

Maria começou a chorar amarguradamente, mas foi tudo em vão, pois ela foi forçada a fazer o que a bruxa perversa havia mandado.

E então as melhores comidas eram preparadas para o pobre João, porém, Maria só ganhava cascas de caranguejo. Todas as manhãs, a mulher ia até o pequeno estábulo e gritava:

– João, mostre seu dedinho, para eu ver se logo ficará gordinho.

João, no entanto, estendia um pequeno osso para ela tocar, e a velha não conseguia enxergar e achava que se tratava do dedo de João, ficando pasma por não haver forma de engordá-lo. Quando quatro semanas já haviam se passado e João continuava magricelo, ela foi tomada pela impaciência e decidiu não esperar mais.

– Agora, Maria, mexa-se e traga um pouco d'água. Gordo ou magro, amanhã eu matarei o João e o comerei.

Ah, como a pobre irmãzinha lamentou quando precisou ir buscar a água e como as lágrimas escorriam por suas bochechas!

– Senhor amado, ajude-nos – choramingou ela. – Se os animais selvagens da floresta tivessem nos devorado, ao menos teríamos morrido juntos.

– Guarde seus lamentos para você – disse a velha. – Não lhe servirão de nada.

Pela manhã, Maria teve de sair, pendurar o caldeirão com a água e acender o fogo.

– Nós vamos assar o pão primeiro – explicou a velha. – Já esquentei o forno e preparei a massa.

Ela empurrou a pobre Maria até o forno, no qual flamejavam grandes labaredas.

– Entre – ordenou a bruxa –, para ver se está bem aquecido, para podemos colocar o pão.

Assim que Maria entrasse, ela pretendia fechar o forno e assá-la, então a comeria também. Porém, Maria percebeu o que ela tinha em mente e disse:

– Não sei como devo fazê-lo. Como posso entrar?

– Sua tola – respondeu a velha. – A porta é bem grande, eu mesma consigo entrar!

E aproximou-se do forno, enfiando a cabeça dentro dele. Então, Maria lhe deu um empurrão que a mandou mais para dentro ainda, fechou a porta de ferro e o trinco. Oh! Então, ela começou a uivar de um jeito bastante horroroso, mas Maria saiu correndo e a bruxa desalmada acabou morrendo queimada.

Maria, no entanto, correu como um raio até João, abriu a porta do estábulo e gritou:

– João, estamos salvos! A velha bruxa está morta!

Então, quando a porta se abriu, João saltitou como um passarinho para fora de sua gaiola. Como eles comemoraram, se abraçaram; e dançaram e se beijaram! E como não precisavam mais temer a bruxa, entraram na casa e, em todos os cantos, havia baús repletos de pérolas e joias.

– Isso é muito melhor que pedras! – exclamou João, enfiando tudo o que podia nos bolsos, e Maria disse:

– Eu também levarei algo comigo para casa.

E encheu seu avental até não caber mais.

– Mas agora precisamos ir – alertou João –, para podermos sair da floresta da bruxa.

Depois de terem andado por duas horas, eles chegaram a um enorme rio.

– Não é possível atravessar – observou João. – Não há passarela nem ponte.

– E também não há barco – comentou Maria. – Mas tem um pato nadando lá. Se eu pedir, ele nos ajudará.

Então, ela gritou:

– Patinho, patinho, volve-te aqui,
Que João e Maria esperam por ti!
Não há ponte nem barco para atravessar,
Então em tuas costas queremos montar.

O pato foi até eles e João sentou-se em suas costas e disse à irmã que sentasse ao seu lado.

– Não – respondeu Maria –, seria pesado demais para o patinho. Ele precisa nos levar para o outro lado um após o outro.

O bondoso patinho o fez. Assim que eles estavam em segurança do outro lado e, após caminharem um pouco, a floresta pareceu cada vez mais familiar, até que, finalmente, eles avistaram ao longe a casa de seu pai. Então, começaram a correr, entraram desembestadamente na sala e se atiraram no pescoço do pai. O homem não se sentira feliz nem por uma hora desde que deixou as crianças na floresta; a esposa, no entanto, estava morta. Maria esvaziou o avental até as pérolas e pedras preciosas rolarem pela sala e João acrescentou outro punhado das riquezas que pegou. Enfim, toda a ansiedade chegou ao fim e eles viveram juntos na mais perfeita felicidade.

O rato, o pássaro e a salsicha

Certa vez, um rato, um pássaro e uma salsicha formaram uma sociedade e construíram uma casa juntos. Por um bom tempo, tudo correu bem: eles viviam com conforto e prosperaram tanto a ponto de conseguirem aumentar significativamente seu patrimônio. A tarefa do pássaro era voar todos os dias até o bosque e trazer lenha; o rato pegava água; e a salsicha cuidava da cozinha.

Quando se está em uma situação muito confortável, logo se começa a ansiar por algo novo. E então aconteceu que o pássaro, em um dia que estava fora, encontrou outro pássaro, a quem se gabou sobre as maravilhas de seu acordo doméstico. Porém, o outro pássaro zombou dele por ser um tolo que fazia todo o trabalho pesado, enquanto os outros dois ficavam em casa e se divertiam, ou seja, depois de acender o fogo e pegar a água, o rato podia se recolher em seus aposentos e descansar até a hora da mesa ser colocada. A salsicha só precisava ficar de olho na panela para garantir que a comida estivesse devidamente cozida e, quando estava perto da hora da janta, ela apenas saltava para dentro do caldo, ou rolava por entre os legumes três ou quatro vezes para que ficassem engordurados, salgados e prontos para serem servidos. Então, quando o pássaro chegava em casa e sua tarefa estava cumprida, eles colocavam a mesa e, quando haviam terminado a refeição, podiam dormir até a manhã seguinte; e essa era realmente uma vida maravilhosa.

Influenciado por esses comentários, na manhã seguinte, o pássaro se recusou a pegar lenha, alegando que já tinha sido escravo dos dois por tempo suficiente, que havia sido ludibriado naquele acordo, que estava na hora de fazer uma mudança e tentar um novo arranjo dos trabalhos. Por mais que o rato e a salsicha ponderassem, não adiantou de nada, pois o pássaro continuou dono da situação e uma mudança precisou ser feita. Eles fizeram, portanto, um sorteio e coube à salsicha trazer a lenha, ao rato cozinhar e ao pássaro buscar água.

E o que aconteceu? A salsicha saiu em busca de lenha, o pássaro acendeu o fogo e o rato preparou a panela, e os dois esperaram que a salsicha retornasse com a lenha para o dia seguinte. Porém, a salsicha ficou tanto tempo fora que eles ficaram preocupados e o pássaro saiu para procurá-la. Ele não tinha ido longe, no entanto, quando se deparou com um cachorro que, ao encontrar a salsicha, encarou-a como sua recompensa legítima, a abocanhou e engoliu. O pássaro repreendeu o cachorro pelo roubo descarado, mas nada que ele disse surtiu qualquer efeito, pois o cachorro respondeu que havia encontrado a salsicha com documentos falsos e que esse era o motivo pelo qual ela perdera a vida.

O pássaro pegou a lenha, voltou para casa com muita tristeza e contou ao rato tudo que tinha visto e ouvido. Ambos ficaram muito infelizes, mas concordaram em fazer o melhor que pudessem e continuar juntos.

Então o pássaro pôs a mesa e o rato cuidou da comida e, querendo prepará-la da mesma forma que a salsicha, rolando entre os legumes para salgá-los e engordurá-los, pulou dentro da panela, mas ficou paralisado bem antes de chegar ao fundo, tendo perdido não apenas seus pelos e sua pele, mas também sua vida.

Naquele momento, o pássaro retornou e quis servir o jantar, mas não conseguiu encontrar o rato em lugar algum. Aflito e consternado, ele largou a lenha no chão, chamou e procurou, mas não havia cozinheiro algum. Então, parte da lenha que havia sido descuidadamente largada pegou fogo e começou a queimar. O pássaro correu para pegar um pouco d'água, mas seu balde caiu no poço e ele tombou logo em seguida, mas como não conseguiu escapar, afogou-se.

A senhora Holle

Era uma vez uma viúva que tinha duas filhas: uma delas era linda e trabalhadora; a outra, feia e preguiçosa. A mãe, no entanto, amava mais a feia e preguiçosa, pois era sua filha legítima, enquanto a outra, que era apenas sua enteada, era obrigada a fazer todas as tarefas domésticas e era basicamente a cinderela da família. A madrasta a mandava sair todos os dias para se sentar ao lado do poço, na estrada, e fiar até os dedos sangrarem. Um dia, esse mesmo sangue caiu no fuso e, quando a garota se debruçou sobre o poço para limpá-lo, ele saltou subitamente de sua mão e caiu no poço. Ela correu para casa aos prantos para contar seu infortúnio, mas a madrasta a tratou com crueldade e, após reprimi-la severamente, disse em um tom rude:

– Como você deixou o fuso cair no poço, pode tratar de recuperá-lo.

A garota retornou ao poço sem saber o que fazer e, por fim, em seu desespero, pulou na água atrás do fuso.

Ela perdeu os sentidos e, ao acordar, encontrou-se em um lindo prado, muito ensolarado e com incontáveis botões florescendo em todas as direções.

Ela caminhou pelo prado e, em determinado momento, chegou ao forno de um padeiro, que estava cheio de pães, que gritaram para ela:

– Tire-nos daqui, tire-nos daqui, senão, ai de nós! Queimaremos até virarmos cinza; estávamos assados há muito tempo atrás!

Então, ela pegou a pá e tirou todos de lá.

Ela continuou andando até chegar a uma árvore cheia de maçãs.

– Balance-me, balance-me, eu imploro! – suplicou a árvore. – Minhas maçãs estão maduras.

Então, ela balançou a árvore e as maçãs caíram sobre ela como chuva, mas ela continuou balançando até não haver mais nem uma única maçã na árvore. Então, as empilhou cuidadosamente e seguiu seu caminho.

Em seguida, ela chegou a uma pequena casa, onde viu uma velha senhora olhando para fora com dentes tão grandes que ela ficou apavorada e virou-se para sair correndo. Mas a velha a chamou:

– Do que tem medo, minha criança? Fique comigo, se você fizer direitinho os afazeres domésticos para mim, eu a farei muito feliz. Deve ter o cuidado, no entanto, de arrumar minha cama do jeito certo, pois quero que você sempre sacuda o acolchoado com vigor, para que as penas voem; e então eles dizem, lá embaixo, no mundo, que está nevando, pois sou a Senhora Holle.

A velha senhora falou com tanta gentileza que a garota tomou coragem e concordou em trabalhar para ela.

Ela cuidava de tudo de acordo com as ordens da velha e, toda vez que arrumava a cama, sacudia o acolchoado com toda sua força, para que as penas voassem como flocos de neve. A velha honrou sua palavra: nunca falava com ela de forma rude e lhe dava carne cozida e assada todos os dias.

Então, ela ficou com a Senhora Holle por um tempo, mas começou a se sentir infeliz. Não sabia dizer, em um primeiro momento, por que se sentia triste, mas percebeu, por fim, uma grande ânsia de voltar ao seu lar. Percebeu que estava com saudades de casa, embora estivesse mil vezes melhor com a Senhora Holle do que com a mãe e a irmã. Depois de aguardar um tempo, ela foi até a Senhora Holle e disse:

– Estou com tanta saudade de casa que não posso mais ficar com a senhora, embora seja muito feliz aqui. Preciso retornar para os meus.

E a Senhora Holle respondeu:

– Fico contente que queira retornar à sua casa e, como você me serviu tão bem e foi tão fiel, eu mesma a levarei para casa.

Assim, ela guiou a garota pela mão até um portão largo. O portão estava aberto e, quando a moça passou por ele, uma chuva dourada caiu sobre ela e o ouro grudou em seu corpo, de modo que ela ficou coberta da cabeça aos pés.

– Essa é uma recompensa pelo seu trabalho – disse a Senhora Holle, que, enquanto falava, entregou o fuso que a garota havia derrubado no poço.

O portão, então, se fechou e a menina se viu novamente no antigo mundo, perto da casa de sua mãe. Ao entrar no quintal, o galo, que estava empoleirado no poço, anunciou:

– Cocoricó! Sua filha dourada voltou para você.

Ela entrou para ver a mãe e a irmã e, como estava coberta de ouro, foi recebida calorosamente. Ela contou às duas tudo que tinha acontecido e, quando a mãe ouviu como ela conseguira tanta riqueza, pensou que gostaria que sua filha feia e preguiçosa também fosse e tentasse a sorte.

A mãe fez a irmã da moça sentar-se ao lado do poço e fiar, a garota espetou o dedo ao enfiar a mão em um espinheiro, para poder pingar um pouco de sangue no fuso da roca; então ela o jogou no poço e pulou logo atrás.

Como sua irmã, ela acordou no belo prado e caminhou por ele até chegar ao forno.

– Tire-nos daqui, tire-nos daqui, senão, ai de nós! Queimaremos até virarmos cinza, estávamos assados há muito tempo atrás! – gritaram os pães como na outra vez.

Mas a garota preguiçosa respondeu:

– Vocês acham que vou sujar minhas mãos por sua causa? – e continuou andando.

Pouco depois, ela chegou à macieira.

– Balance-me, balance-me, eu imploro! Minhas maçãs estão maduras – gritou ela.

Mas a garota apenas respondeu:

– Que ótimo pedido me fazes, uma das maçãs pode cair na minha cabeça – e seguiu adiante.

Por fim, ela chegou à casa da Senhora Holle e como já havia ouvido sobre os dentes enormes da velha, não sentiu medo e logo se engajou em trabalhar para ela.

No primeiro dia, ela foi muito obediente e laboriosa, esforçou-se para agradar a Senhora Holle, pois pensava que receberia ouro em troca. No dia seguinte, no entanto, começou a não fazer o serviço, e no terceiro, estava ainda mais abatida e começou a passar as manhãs na cama e a se recusar a levantar. Pior ainda: ela negligenciou a tarefa de arrumar a cama da velha adequadamente e se esqueceu de sacudir o acolchoado de modo que as penas voassem.

Então, a Senhora Holle logo se cansou dela e lhe disse que podia ir embora. A garota preguiçosa ficou entusiasmada com a notícia e pensou consigo mesma: "O ouro logo será meu". A Senhora Holle a levou, como tinha levado sua irmã, até o largo portão, mas quando a moça foi passar por ele, em vez de uma chuva de ouro, um grande balde de piche foi derramado em cima dela.

– Esta é a recompensa pelos seus serviços – disse a velha, fechando o portão.

Então, a garota preguiçosa voltou para casa coberta de piche e o galo empoleirado no poço anunciou quando a viu:

– Cocoricó! Sua filha imunda voltou para você.

Por mais que tentasse, nunca conseguiu se livrar do piche e teve de viver daquele jeito pelo resto da vida.

Chapeuzinho Vermelho

Era uma vez uma linda garotinha que era amada por todos que olhavam para ela, mas, em especial, por sua avó, e não havia nada que ela não daria à menina. Certa vez, a avó deu a ela um chapeuzinho de veludo vermelho, que combinou tanto com a garota, que ela não usava mais nada que não fosse aquele chapéu; por fim, acabou por ser apelidada de "Chapeuzinho Vermelho".

Um dia, sua mãe lhe disse:

– Chapeuzinho Vermelho, aqui estão um pedaço de bolo e uma garrafa de vinho. Leve-os para sua avó que está doente e fraca e isso fará bem a ela. Saia antes que fique muito quente e, quando estiver indo, caminhe direitinho e em silêncio, não saia da trilha ou pode cair e quebrar a garrafa e aí sua avó ficará sem nada. Quando entrar no quarto dela, não se esqueça de dizer bom-dia e não fique mexericando pelos cantos.

– Tomarei o maior cuidado – prometeu Chapeuzinho Vermelho à mãe.

A avó vivia na floresta, a mais de dois quilômetros do vilarejo, e, assim que Chapeuzinho Vermelho entrou na floresta, um lobo a encontrou. Chapeuzinho Vermelho não sabia que ele era uma criatura perversa e não ficou nem um pouco com medo dele.

– Tenha um bom dia, Chapeuzinho Vermelho! — Disse o lobo.

– Muito obrigada, lobo.

– Aonde vai tão cedo, Chapeuzinho Vermelho?

– À casa de minha avó.

– O que tem aí em seu avental?

– Bolo e vinho, nós assamos o bolo ontem para que minha pobre vozinha adoentada tenha algo bom para comer e ficar mais forte.

– Onde mora sua avó, Chapeuzinho Vermelho?

– Mais de um quilômetro floresta adentro; a casa dela fica debaixo de três grandes carvalhos, as nogueiras ficam logo abaixo; certamente você deve saber – respondeu Chapeuzinho Vermelho.

O lobo pensou consigo mesmo: "Que menininha mais tenra! Que boquinha mais carnuda! Ela será melhor de devorar que a velha. Preciso agir rapidamente, para conseguir abocanhar as duas". Então, ele caminhou por um tempo ao lado de Chapeuzinho Vermelho e disse:

– Você viu, Chapeuzinho Vermelho, como são bonitas as flores por aqui? Por que não dá uma olhada? Acredito, também, que você não tenha prestado atenção na doce canção que os passarinhos cantam; você caminha na maior seriedade, como se estivesse indo à escola, enquanto tudo ao seu redor na floresta é tão alegre.

Chapeuzinho Vermelho ergueu os olhos, viu os raios de sol bailando aqui e ali por entre as árvores e as belas flores crescendo por toda parte e pensou: "Acho que poderia levar um buquê de flores frescas para vovó, ela também ficaria contente. Ainda é bastante cedo, então conseguirei chegar lá em um bom horário". Então ela se afastou da trilha e correu floresta adentro para procurar por flores. E sempre que catava uma, achava ter visto outra ainda mais bonita mais adiante e corria até ela. E, assim, foi se embrenhando cada vez mais na floresta.

Enquanto isso, o lobo correu direto para a casa da avó e bateu à porta.

– Quem está aí?

– Chapeuzinho Vermelho – respondeu o lobo. – Trago bolo e vinho, abra a porta.

– Erga o trinco – gritou a avó. – Estou fraca demais e não posso me levantar.

O lobo ergueu o trinco, a porta se abriu e, sem dizer mais uma palavra, ele foi direto até a cama da avó e a devorou. Então, colocou suas roupas, vestiu sua touca, deitou-se na cama e fechou as cortinas.

Chapeuzinho Vermelho, no entanto, continuava perambulando pela floresta catando flores e, quando havia juntado tantas que mal conseguia carregá-las, lembrou-se da avó e retomou sua jornada até a casa dela.

Ela ficou surpresa ao encontrar a porta do chalé aberta e, quando entrou na sala, sentiu uma sensação tão estranha que disse a si mesma: "Minha nossa! Como me sinto inquieta hoje. Em outras ocasiões, gosto tanto de estar com a vovó". Ela gritou:

– Bom dia!

Mas não obteve resposta, então ela foi até a cama e abriu as cortinas. Lá estava sua avó, com a toca encobrindo quase todo o seu rosto e parecendo muito estranha.

– Oh! Vovó – disse ela –, que orelhas grandes a senhora tem!

– É para lhe ouvir melhor, minha criança – foi a resposta.

– Mas, vovó, que olhos grandes a senhora tem! – exclamou ela.

– É para lhe ver melhor, minha querida.

– Mas, vovó, que mãos grandes a senhora tem!

– É para lhe abraçar melhor.

– Oh! Mas, vovó, que boca terrivelmente grande a senhora tem!

– É para comê-la melhor!

O lobo mal tinha dito aquilo quando, com um único pulo, saltou da cama e engoliu Chapeuzinho Vermelho.

Depois de satisfazer seu apetite, ele se deitou novamente na cama, adormeceu e começou a roncar muito alto. O caçador estava passando pela casa naquele momento e pensou consigo mesmo: "Como aquela velha está roncando! É melhor ver se ela quer alguma coisa". Então, ele entrou na sala e quando chegou à cama, viu que o lobo estava deitado nela.

– Finalmente encontrei você, seu velho vagabundo! – disse ele. – Estou há muito tempo lhe procurando!

Bem quando o caçador ia atirar no animal, ocorreu-lhe que talvez o lobo tivesse devorado a avó e que talvez ela ainda pudesse ser salva. Então, em vez de atirar, ele pegou uma tesoura e começou a abrir a barriga do lobo adormecido. Quando tinha feito dois cortes, viu a Chapeuzinho Vermelho brilhando, abriu mais dois talhos e a garota saltou para fora, gritando:

– Oh, como fiquei assustada! Como é escuro dentro do lobo!

Em seguida, a velha avó também saiu com vida, embora mal conseguisse respirar. Chapeuzinho, no entanto, rapidamente foi pegar algumas pedras, com as quais eles encheram a barriga do lobo e, quando ele acordou, queria fugir, mas as pedras eram tão pesadas que ele desabou imediatamente e morreu.

Então, os três ficaram extasiados. O caçador arrancou a pele do lobo e foi para casa com ela; a avó comeu o bolo e tomou o vinho que Chapeuzinho Vermelho tinha levado e se recuperou, mas Chapeuzinho Vermelho pensou consigo mesma: "Pelo tempo que eu viver, nunca mais deixarei a trilha sozinha para correr em meio à floresta, sendo que minha mãe tinha me proibido de fazê-lo".

Também se conta que, certa vez, quando Chapeuzinho Vermelho estava levando bolinhos para a velha avó, outro lobo falou com ela e tentou dissuadi-la a sair da trilha. Chapeuzinho Vermelho, no entanto, estava atenta e seguiu seu caminho. Ela contou à avó que havia encontrado o lobo e que ele tinha lhe desejado bom-dia, porém, com uma expressão tão perversa nos olhos que, se eles não estivessem em uma estrada pública, ela tinha certeza de que ele a teria devorado.

– Bem – disse a avó –, nós trancaremos a porta e ele não poderá entrar.

Pouco depois, o lobo bateu à porta e gritou:

– Abra a porta, vovó, sou eu, Chapeuzinho Vermelho, e trago bolinhos.

Mas elas não disseram nada nem abriram a porta, então o animal deu duas ou três voltas em torno da casa e, por fim, pulou no telhado, pretendendo esperar até que Chapeuzinho Vermelho fosse para casa aquela noite, para então persegui-la e devorá-la no escuro. A avó, pressentindo a intenção do lobo, lembrou que na frente da casa havia uma gamela de pedra e disse à menina:

– Pegue o balde, Chapeuzinho, fiz algumas linguiças ontem, então leve a água do cozimento até a gamela.

Chapeuzinho despejou a água na gamela até ficar bastante cheia e o cheiro das linguiças chegou até o lobo. Ele farejou, olhou para baixo e acabou esticando tanto o pescoço que perdeu o equilíbrio, começou a escorregar, desabou do telhado direto na grande gamela e se afogou. Chapeuzinho retornou para casa na maior alegria e ninguém, nunca mais, fez qualquer mal a ela.

A noiva do ladrão

Certa vez, um moleiro tinha uma filha linda e ficou preocupado quando ela atingiu a idade de casar, pois queria que ela encontrasse um bom esposo que a sustentasse. Disse a si mesmo:

– Eu a darei ao primeiro homem apropriado que aparecer e pedir sua mão.

Pouco tempo depois, um pretendente apareceu e, como ele parecia ser muito abastado e o moleiro não conseguiu encontrar qualquer inconveniente nele, noivou a filha com o rapaz. Mas a garota não gostava dele como uma moça deve estimar seu futuro esposo. Ela não sentia que podia confiar nele e não conseguia olhar para ele ou pensar nele sem estremecer. Um dia, ele lhe disse:

– Você ainda não me visitou, embora estejamos noivos há algum tempo.

– Não sei onde fica sua casa – respondeu ela.

– Minha casa fica na floresta negra – disse ele.

Ela tentou se safar dizendo que não conseguiria encontrar o caminho até lá. Seu noivo apenas respondeu:

– Você deve vir me visitar no próximo domingo. Já convidei algumas pessoas para irem lá nesse dia, além disso você não errará o caminho, pois jogarei cinzas pelo trajeto.

Quando chegou o domingo e estava na hora de a garota partir, um sentimento de pavor que ela não conseguia explicar a assolou, e, para conseguir encontrar o caminho de volta, ela encheu os bolsos de ervilhas e lentilhas para jogar pelo chão no trajeto para lá. Ao chegar à entrada da floresta, ela encontrou a trilha cheia de cinzas e seguiu, soltando algumas ervilhas a cada passo que dava. Ela caminhou o dia todo até chegar à parte mais cerrada e escura da floresta. Lá, ela avistou uma única casa tão sombria e misteriosa que não a agradou nem um pouco. A garota entrou, mas não havia uma única alma à vista e um silêncio imenso reinava por ali. De repente, uma voz gritou:

– Foge, foge, jovem donzela de trato fino,
Não te demores aqui, no covil desse assassino.

A garota olhou para cima e viu que a voz vinha de um pássaro que estava preso em uma gaiola na parede. Novamente, ele gritou:

– Foge, foge, jovem donzela de trato fino,
Não te demores aqui, no covil desse assassino.

A jovem continuou adiante, indo de cômodo em cômodo, mas todos estavam vazios e ela continuou sem ver ninguém. Por fim, chegou ao porão e lá estava sentada uma senhora muito, muito velha, que não conseguia parar de sacudir a própria cabeça.

– Pode me dizer – perguntou a garota –, se meu noivo mora aqui?

– Ah, pobre menina – respondeu a velha –, onde você se meteu? Este é o esconderijo de assassinos. Você acredita ser uma noiva e que seu casamento em breve se realizará, mas é a morte que a aguarda no banquete de seu casamento. Olha, está vendo o enorme caldeirão de água que sou obrigada a manter no fogo? Assim que estiver nas garras deles, a matarão sem piedade, a cozinharão e comerão, pois são comedores de pessoas. Se eu não tivesse me apiedado e salvado você, estaria perdida.

Então, a velha a levou para trás de um grande barril, que a escondia bem.

– Fique calada como um ratinho – instruiu ela. – Não se mova nem fale ou tudo estará acabado para você. Esta noite, quando os ladrões estiverem todos dormindo, nós fugiremos juntas. Há muito espero uma oportunidade de escapar.

As palavras mal tinham saído da boca dela quando o bando ímpio retornou arrastando outra garota com eles. Estavam todos embriagados e não davam atenção alguma aos lamentos e gritos dela. Eles lhe deram três taças cheias de vinho para beber: uma de vinho branco, uma de vinho tinto e uma de vinho amarelo, com isso, o coração da moça parou de bater e ela morreu. Então, eles arrancaram suas delicadas roupas, deitaram-na sobre a mesa, cortaram seu belo corpo em pedacinhos e temperaram com sal.

A pobre noiva tremia agachada atrás do barril, pois viu o destino terrível que os ladrões pretendiam dar a ela. Um deles reparou em um anel de ouro que ainda estava no dedo da garota assassinada, como não conseguiu tirá-lo com facilidade, pegou um machado e cortou o dedo fora, mas o dedo voou pelo ar e caiu atrás do barril, no colo da jovem que estava escondida atrás dele. O ladrão pegou uma lamparina e começou a procurá-lo, mas não conseguia encontrar.

– Já procurou atrás daquele grande barril? – perguntou um dos outros.

Mas a velha gritou:

– Venham comer o jantar e deixem isso para amanhã, o dedo não fugirá.

– A velha tem razão – disseram os ladrões, eles pararam de procurar pelo dedo e se sentaram.

Então, a velha misturou uma poção do sono no vinho deles e, pouco tempo depois, estavam todos deitados no chão do porão, dormindo profundamente e roncando. Assim que a garota teve certeza disso, saiu de trás do barril. Ela foi obrigada a passar por cima dos corpos dos homens adormecidos, que estavam deitados próximos uns dos outros, e a cada segundo que passava, o pavor de que ela os acordaria era renovado. Mas Deus a ajudou e ela passou com segurança por cima deles. Ela e a velha subiram as escadas, abriram a porta e fugiram o mais rápido que conseguiam do esconderijo dos assassinos. Elas perceberam que as cinzas haviam sido espalhadas pelo vento, mas as ervilhas e lentilhas haviam brotado e crescido o suficiente para poder guiá-las pela trilha sob a luz da lua. Elas caminharam a noite toda e já era manhã quando chegaram ao moinho. Então, a garota contou ao pai tudo o que tinha acontecido.

Chegou, enfim, a data combinada para o casamento. O noivo chegou juntamente com um grande número de convidados, pois o moleiro havia feito questão de convidar todos os seus amigos e parentes. Quando se sentaram para comer, pediu-se que cada convidado contasse uma história e a noiva permaneceu sentada sem dizer uma palavra sequer.

– E você, meu amor? – disse o noivo virando-se para ela. – Não sabe de nenhuma história? Conte-nos algo.

– Contarei um sonho, então – respondeu a noiva. – Estava caminhando sozinha pela floresta e cheguei, por fim, a uma casa, não havia uma única alma que eu pudesse encontrar dentro dela, mas um pássaro que estava preso em uma gaiola na parede gritou: “Foge, Foge, jovem donzela de trato fino; não te demores aqui, no covil desse assassino”. E repetiu essas palavras uma segunda vez.

– Minha querida, é só um sonho.

– Continuei caminhando pela casa, indo de cômodo em cômodo, mas todos estavam vazios e tudo era muito sombrio e misterioso. Por fim, desci até o porão e lá estava sentada uma senhora muito, muito velha, que não conseguia manter a cabeça imóvel. Perguntei a ela se meu noivo morava lá e ela respondeu: “Ah, pobre menina, você se meteu em um esconderijo de assassinos. Seu noivo realmente mora aqui, mas ele a matará sem piedade e, depois, a cozinhará e a comerá”.

– Minha querida, é só um sonho.

– A velha senhora me escondeu atrás de um grande barril e mal tinha feito isso quando os ladrões chegaram em casa, arrastando uma jovem com eles. Eles lhe deram três tipos de vinho para tomar, branco, tinto e amarelo, e depois disso, a garota morreu.

– Minha querida, é só um sonho.

– Então, eles arrancaram suas roupas delicadas, cortaram seu belo corpo em pedacinhos e temperaram com sal.

– Minha querida, é só um sonho.

– E um dos ladrões percebeu que ainda havia um anel de ouro no dedo dela e, como estava difícil de tirar, ele pegou um machado e cortou o dedo fora, mas o dedo voou pelo ar e caiu atrás do grande barril, no meu colo. E aqui está o dedo com o anel.

Com isso, a noiva pegou o dedo e o mostrou aos convidados ali reunidos.

O noivo, que, durante esse recital, tinha ficado terrivelmente pálido, levantou-se e tentou escapar, mas os convidados o capturaram. Eles o entregaram à justiça e ele e seu bando de assassinos foram condenados à morte por seus atos perversos.

O PEQUENO POLEGAR

Certa noite, um pobre madeireiro estava sentado em seu chalé, fumando seu cachimbo ao lado da lareira, enquanto sua esposa fiava.

– Como a vida é solitária, esposa – lamentou ele, enquanto soltava um grande círculo de fumaça. – Ficarmos sentados aqui, eu e você, sem crianças para brincar por aí e nos divertir, enquanto outras pessoas parecem ser tão felizes e contentes com seus filhos!

– O que você diz é bem verdade – concordou a mulher suspirando e girando sua roca. – Como eu seria feliz se tivesse ao menos um filho! Mesmo que fosse bem pequenininho, nem mesmo maior que meu polegar, eu ficaria muito feliz e o amaria incondicionalmente.

Aconteceu, por mais estranho que pareça, que o desejo dessa boa mulher se realizou exatamente da forma como ela queria, pois, não muito tempo depois, ela teve um garotinho, que era bastante saudável e forte, mas não maior que seu polegar. Então, eles disseram:

– Bem, não podemos dizer que não tivemos o que desejamos e, por menor que ele seja, nós o amaremos incondicionalmente.

E o chamaram de Pequeno Polegar.

Eles deram ao menino bastante comida, mas, por mais que tentassem, ele nunca crescia, permanecendo exatamente do mesmo tamanho que era quando nasceu. Mesmo assim, seus olhos eram atentos e vivazes e logo mostrou ser um garoto esperto, que sempre sabia bem o que estava fazendo.

Um dia, enquanto o madeireiro estava se preparando para ir ao bosque cortar lenha, ele disse:

– Eu gostaria de ter alguém para me buscar com a carroça, pois quero retornar mais rápido.

– Oh, pai – disse o Pequeno Polegar. – Eu me encarregarei disso, a carroça estará no bosque no horário que você quiser.

O madeireiro riu e disse:

– Como seria possível? Você não consegue alcançar as rédeas do cavalo.

– Não se preocupe com isso, pai – afirmou o Pequeno Polegar. – Se minha mãe arriar o cavalo, eu entrarei no ouvido dele e lhe direi aonde ir.

– Bem – disse o pai –, vamos tentar uma vez.

Quando a hora chegou, a mãe prendeu a carroça no cavalo e colocou Polegar em seu ouvido e, enquanto estava lá sentado, o rapazinho instruiu o animal sobre como proceder, gritando "Vai!" e "Para!", conforme queria. E, assim, o cavalo seguiu do mesmo jeito que teria seguido se o próprio madeireiro o tivesse guiado até o bosque. Aconteceu que o cavalo estava indo um pouco rápido demais e quando o Pequeno Polegar estava gritando:

– Devagar! Devagar!

Dois estranhos apareceram.

– Que coisa estranha! – exclamou um deles. – Tem uma carroça se movendo e consigo ouvir um carroceiro falando com o cavalo, mas não vejo ninguém.

– Isso é esquisito, de fato – concordou o outro. – Vamos seguir a carroça e ver aonde vai.

Então, eles entraram no bosque até chegarem ao local onde o madeireiro estava. O Pequeno Polegar, ao ver o pai, gritou:

– Está vendo, pai? Cá estou com a carroça, são e salvo! Agora, tire-me daqui.

Então, o pai segurou o cavalo com uma mão e, com a outra, tirou seu filho do ouvido do cavalo e o colocou em um pedaço de palha, onde ele se sentou feliz da vida.

Os dois estranhos estavam observando tudo e não sabiam o que dizer de tão perplexos. Por fim, um puxou o outro de lado e disse:

– Aquele pirralho nos renderá uma fortuna se conseguirmos pegá-lo e levá-lo de cidade em cidade para exibi-lo. Precisamos comprá-lo.

Então, eles foram até o madeireiro e perguntaram a ele quanto queria pelo rapazinho.

– Ele ficará melhor conosco – alegaram os homens –, do que com você aqui.

– Eu jamais o venderei – respondeu o madeireiro. – O sangue do meu sangue é mais caro para mim do que toda a prata e todo o ouro do mundo poderiam comprar.

Mas o Pequeno Polegar, ao ouvir sobre a barganha que eles queriam fazer, subiu pelo casaco do pai até seu ombro e sussurrou em seu ouvido:

– Pegue o dinheiro, pai, e deixe-me ir com eles. Logo retornarei para você e ficaremos juntos.

Então, o madeireiro por fim disse que venderia o Pequeno Polegar aos estranhos por uma grande quantia de ouro e eles pagaram o preço.

– Onde você gostaria de se sentar? – perguntou um deles.

– Ah, coloque-me na aba do seu chapéu, seria uma boa sacada para mim, posso andar para lá e para cá e ver o país enquanto viajamos.

Então, eles o colocaram e, quando o Pequeno Polegar havia se despedido do pai, o levaram com eles.

Eles caminharam até começar a escurecer e, então, o rapazinho disse:

– Deixe-me descer, estou cansado.

Então, o homem o tirou de seu chapéu e o colocou em um montinho de terra em um campo arado ao lado da estrada. Mas o Pequeno Polegar correu em meio aos sulcos até escapulir para dentro de uma antiga toca de rato.

– Boa noite, amos! – disse ele. – Estou de partida! Cuidem e prestem mais atenção em mim da próxima vez.

Então, eles correram imediatamente até o local e enfiaram a ponta de seus bastões na toca, mas tudo em vão. O Pequeno Polegar tinha ido muito mais fundo e, por fim, escureceu bastante, então eles foram forçados a ir embora sem seu prêmio, imensamente chateados.

Quando Polegar percebeu que eles tinham ido embora, saiu de seu esconderijo.

– Como é perigoso caminhar – disse ele –, neste campo arado! Se eu caísse de um desses montes, certamente quebraria o pescoço.

Finalmente, por um golpe de sorte, ele encontrou uma concha de caramujo vazia.

– Que sorte! – exclamou ele. – Posso dormir muito bem aqui dentro.

E ali se acomodou.

Quando estava prestes a pegar no sono, ouviu dois homens passando e conversando e um deles disse para o outro:

– Como faremos para tirar o ouro e a prata da casa do abastado vigário?

– Eu lhes direi! – gritou o Pequeno Polegar.

– Que barulho foi esse? – perguntou o ladrão, apavorado. – Tenho certeza de que ouvi alguém falar.

Eles ficaram parados prestando atenção e Polegar disse:

– Levem-me com vocês e eu mostrarei como pegar o dinheiro do vigário.

– Mas onde você está? – indagaram eles.

– Olhem para o chão – respondeu Polegar –, e ouçam de onde vem o som.

Os ladrões finalmente o encontraram e o ergueram com as mãos.

– Seu pivete! – disseram eles. – O que você pode fazer por nós?

– Ora, posso passar pelas barras de ferro da casa do vigário e jogar para fora o que quiserem.

– É uma boa ideia – disseram os ladrões. – Venha conosco e veremos o que pode fazer.

Quando chegaram à casa do vigário, Polegar passou pelas barras da janela, entrou na sala e gritou o mais alto que conseguiu:

– Querem tudo que há aqui?

Os ladrões se assustaram e disseram:

– Shh! Fale baixo para não acordar ninguém.

Mas o Pequeno Polegar parecia agir como se não os entendesse e berrou novamente:

– Quanto querem? Devo jogar tudo pela janela?

A cozinheira, que estava deitada no cômodo ao lado, ao ouvir o barulho, sentou-se na cama e ficou prestando atenção. Enquanto isso, os ladrões ficaram com medo e fugiram correndo, mas, por fim, angariaram coragem e disseram:

– Aquele pivete está somente tentando nos fazer de bobos.

Então, eles voltaram e sussurraram para ele:

– Basta de seus chistes jocosos, jogue de uma vez parte do dinheiro para nós.

Então, o Pequeno Polegar respondeu o mais alto que conseguiu:

– Está bem! Preparem-se! Aqui vai!

A cozinheira ouviu aquilo com bastante clareza, então saltou da cama e correu para abrir a porta. Os ladrões fugiram em disparada, como se um lobo estivesse em seus calcanhares e a criada, depois de ter procurado no escuro e não ter encontrado coisa alguma, voltou para a casa para pegar uma lamparina. Quando retornou, o Pequeno Polegar já tinha escapulido para o celeiro e, depois de olhar por tudo e fuçar cada buraco e canto sem encontrar pessoa alguma, ela voltou para a cama pensando que devia estar sonhando com os olhos abertos.

O rapazinho engatinhou pelo palheiro e, por fim, encontrou um lugar aconchegante para dar continuidade a seu sono da noite, então ele se deitou com a pretensão de dormir até amanhecer e depois, encontrar o caminho para casa, para seu pai e sua mãe. Mas, pobre Polegar! Que triste sua sina! Quantos males e infortúnios acometem todos nós neste mundo! A cozinheira levantou cedo, antes do raiar do dia, para alimentar as vacas; ela foi direto ao palheiro e pegou um grande fardo de feno com o rapazinho bem no meio dele, profundamente adormecido. Ele continuou, contudo, dormindo e só acordou quando já estava na boca da vaca, pois a cozinheira havia colocado o feno na meda do gado e o bicho tinha abocanhado o Pequeno Polegar junto com seu café da manhã.

– Cáspite! – exclamou ele. – Como é que fui cair no moinho?

Mas logo ele descobriu onde realmente estava e foi forçado a angariar toda a sua astúcia para não se meter entre os dentes da vaca e acabar morrendo esmagado. Por fim, ele acabou indo parar no estômago dela.

– É bastante escuro aqui – observou ele. – Esqueceram-se de construir janelas neste cômodo para deixar o ar entrar e não seria nada mal ter uma vela.

Embora tivesse feito o melhor que podia diante daquela adversidade, aquele aposento não o agradava nem um pouco. O pior era que cada vez mais feno entrava pela porta e o espaço que sobrava para ele estava ficando cada vez menor. Finalmente, ele gritou o mais alto que conseguiu:

– Chega de feno! Chega de feno!

A criada estava ordenhando a vaca bem naquele momento e ao ouvir alguém falar, mas sem avistar pessoa alguma e com bastante certeza de que aquela era a mesma voz que tinha ouvido durante a noite, ficou tão apavorada que caiu do banco e derrubou o balde de leite. Assim que conseguiu se levantar do chão de terra, correu o mais rápido que conseguia até seu amo, o vigário, e disse:

– Senhor, senhor, a vaca está falando!

Mas o vigário respondeu:

– Mulher, certamente você está louca!

No entanto, ele foi com ela até o estábulo para tentar entender qual era o problema.

Eles mal tinham botado o pé dentro do estábulo quando o Pequeno Polegar gritou:

– Chega de feno!

O próprio vigário se apavorou e, pensando que a vaca certamente estava enfeitiçada, ordenou que seu criado a matasse imediatamente. Então, a vaca foi morta e cortada em pedacinhos, já o estômago, onde Polegar se encontrava, foi jogado numa estrumeira.

Polegar logo se pôs a tentar escapar dali, o que não era uma tarefa muito fácil, mas bem quando ele conseguira abrir espaço suficiente para pôr a cabeça para fora, uma nova onda de azar o atingiu. Um lobo faminto apareceu e engoliu o estômago inteiro, com Polegar dentro dele, em uma única bocada e saiu correndo.

O Pequeno Polegar, entretanto, ainda não se deixou abalar e, pensando que o lobo não iria desgostar de papear com ele enquanto corria, gritou:

– Meu bom amigo, posso lhe mostrar onde encontrar um petisco delicioso.

– Onde? – quis saber o lobo.

– Numa casa assim e assim – respondeu Polegar descrevendo a casa de seu pai. – Você pode entrar pela vala na cozinha e depois na copa, onde encontrará bolos, presunto, carne, frango gelado, porco assado, tortinhas de maçã e tudo o que seu coração pode desejar.

O lobo não precisou pensar duas vezes e, naquela mesma noite, foi até a casa, entrou pela vala na cozinha e, depois, na copa, onde comeu e bebeu até se empanturrar. Assim que estava satisfeito, queria ir embora, mas tinha comido tanto que não conseguia sair pelo mesmo caminho pelo qual entrou.

Era exatamente o que o Pequeno Polegar havia previsto, então ele começou a berrar bem alto, fazendo todo o barulho que podia.

– Você pode ficar quieto? – ralhou o lobo. – Vai acordar todo mundo na casa fazendo toda essa algazarra.

– De que me importa? – disse o rapazinho. – Você já se fartou, agora quero me divertir também.

E começou a cantar e gritar o mais alto que podia.

O madeireiro e sua esposa, após terem sido acordados pelo barulho, espiaram por uma fresta na porta, mas quando viram que um lobo estava ali, ficaram terrivelmente assustados. O madeireiro foi buscar o machado e deu uma foice à esposa.

– Fique atrás – instruiu o madeireiro –, e quando eu acertar a cabeça dele, você deve cortar com a foice.

Polegar ouviu isso tudo e gritou:

– Pai! Pai! Estou aqui, o lobo me engoliu.

E seu pai disse:

– Que os céus sejam louvados! Encontramos nosso filho!

E disse à esposa para não usar a foice, por medo de machucá-lo. Então, ele mirou um belo golpe e acertou o lobo na cabeça, matando-o na hora! Depois de morto, eles abriram seu corpo e libertaram o Pequeno Polegar.

– Ah! – exclamou o pai. – Como tememos por você!

– Sim, pai – disse ele. – Viajei por todo o mundo, de um jeito ou de outro, desde que nos despedimos e, agora, estou muito contente por estar em casa e respirar ar fresco novamente.

– Por quê? Por onde você andou? – perguntou o pai.

– Estive numa toca de rato, numa concha de caramujo, na garganta de uma vaca e na barriga do lobo, mas cá estou eu novamente, são e salvo.

– Bem – disseram eles –, você voltou e não o venderemos de novo nem por toda a riqueza do mundo.

Então, eles abraçaram e beijaram seu amado filhinho e deram-lhe de comer e beber, pois ele estava com muita fome. Depois, pegaram roupas novas para ele, pois as velhas haviam sido bastante desgastadas durante a viagem. Então, o Pequeno Polegar ficou em casa com seu pai e sua mãe em paz, pois, embora tivesse provado ser um ótimo viajante, feito e visto muitas coisas interessantes e gostasse bastante de contar toda a sua história, ele sempre concordara que, afinal de contas, não há lugar como nosso LAR!

Rumpelstichen

Ao lado de um bosque, em um país muito distante, corria um belo riacho e nesse riacho havia um moinho. A casa do moleiro ficava ali por perto e o moleiro tinha uma filha linda. Ela era, além disso, muito astuta e esperta e o moleiro tinha tanto orgulho dela que, um dia, disse ao rei da região, que costumava aparecer para caçar no bosque, que sua filha conseguia gerar fios de ouro ao fiar palha. Esse rei gostava muito de dinheiro e, quando ouviu a arrogância do moleiro, sua ganância foi atiçada e ele mandou buscar a garota. Então, o rei a levou a uma câmara em seu palácio onde havia um grande monte de palha e lhe deu uma roca, dizendo:

– Se você tem amor à vida, toda essa palha deve ser transformada em ouro até o amanhecer.

Foi em vão que a pobre garota afirmou que aquela era apenas uma brincadeira tola de seu pai, pois ela não tinha o poder de transformar palha em ouro; a porta da câmara foi trancada e ela foi deixada sozinha.

A moça se sentou no canto do cômodo e começou a lamentar seu árduo destino, quando, de repente, a porta se abriu e um homem com um rosto engraçado entrou e disse:

– Bom dia, bela donzela, por que estás chorando?

– Ai de mim! – choramingou ela. – Preciso transformar essa palha em ouro com a roca, mas não sei como.

– O que me dará – disse o duende –, se eu o fizer por você?

– Meu colar – prometeu a moça.

O duende acreditou na palavra dela, sentou-se à roca e começou a assoviar e cantar:

– Gira, gira,
Neste fiadouro!
Fia, fia,
Da palha faz ouro!

E assim foi girando alegremente a roca. O trabalho foi finalizado rapidamente e toda a palha foi transformada em fios de ouro.

Quando o rei retornou e viu tudo aquilo, ficou tremendamente surpreso e contente, mas seu coração ficou ainda mais ganancioso e ele trancafiou novamente a pobre filha do moleiro com mais uma tarefa a cumprir. Então ela não soube o que fazer e se sentou novamente para chorar, mas o duende logo abriu a porta e disse:

– O que me dará para cumprir sua tarefa?

– O anel de meu dedo – respondeu ela.

Então, seu amiguinho pegou o anel e começou a trabalhar na roca novamente assoviando e cantando:

– Gira, gira,
Neste fiadouro!
Fia, fia,
Da palha faz ouro!

Até tudo estar pronto de novo, bem antes do amanhecer.

O rei ficou imensamente satisfeito ao ver todo aquele tesouro cintilante, mas ainda não lhe bastava. Então, ele levou a filha do moleiro até um monte de palha ainda maior, e disse:

– Tudo isso deve ser fiado esta noite; e, se for, você será minha rainha.

Assim que ficou sozinha, o duende apareceu e disse:

– O que me dará para transformar a palha em ouro esta terceira vez?

– Não tenho mais nada – afirmou ela.

– Então diga que me dará o primeiro filho que tiver quando for rainha.

"Isso jamais pode acontecer", pensou a filha do moleiro, mas como não sabia de outra maneira para cumprir sua tarefa, disse que faria o que ele havia pedido. Novamente, a roca girou ao som da velha canção e o gnomo transformou a palha em ouro mais uma vez. O rei retornou pela manhã e, ao encontrar o que queria, foi forçado a honrar sua palavra. Então, casou-se com a filha do moleiro e ela realmente se tornou rainha.

Quando seu primeiro filho nasceu, ela ficou muito contente e se esqueceu do anãozinho e do que havia dito a ele. Mas, um dia, ele entrou em seu quarto, onde ela estava brincando com o bebê e a relembrou da promessa. Então, a moça lamentou profundamente seu infortúnio e disse que daria a ele toda a riqueza do reino se a deixasse com a criança, mas foi em vão. Porém, suas lágrimas o amoleceram e ele disse:

– Eu lhe darei três dias de prazo e se durante esse tempo você adivinhar meu nome, poderá ficar com a criança.

A rainha passou a noite toda em claro pensando em todos os nomes esquisitos que já tinha ouvido e enviou mensageiros por todo o reino para descobrir nomes novos. No dia seguinte, o homenzinho retornou e ela começou com TIMÓTEO, ICABODE, BENJAMIN, JEREMIAS e todos os nomes que conseguia recordar, mas para todos e cada um deles, o duende disse:

– Madame, esse não é meu nome.

No segundo dia, ela começou com todos os nomes cômicos que já tinha ouvido: PERNAS-TORTAS, CORCUNDA, PERNAS-DE-ALICATE, e por aí vai, mas o pequeno cavalheiro ainda respondia a todos:

– Madame, esse não é meu nome.

No terceiro dia, um dos mensageiros retornou e disse:

– Viajei por dois dias sem ouvir qualquer outro nome, mas ontem, quando eu estava subindo uma grande colina, em meio às árvores da floresta, onde a raposa e a lebre desejam boa-noite uma à outra, avistei uma pequena cabana e, em frente, uma fogueira queimava e, em torno dela, um anãozinho engraçado dançava sobre uma perna só, cantando:

“Vou com alegria o banquete preparar;
Fazer hoje a cerveja, amanhã o pão assar;
Com muita alegria, cantarei e dançarei;
Pois no dia de amanhã, o filho da rainha terei.
Mal sabe meu amo
Que Rumpelstichen me chamo!”.

Quando a rainha ouviu isso, saltitou de alegria e, assim que seu amiguinho apareceu, ela se sentou em seu trono e chamou toda a corte para assistir ao espetáculo. A ama ficou ao seu lado com o bebê nos braços, como se estivesse pronto para ser levado embora. O homenzinho começou a rir pensando que ficaria com a pobre criança, que a levaria para sua cabana na floresta e gritou:

– E, então, minha senhora, qual é o meu nome?

– É JOÃO? – disse ela.

– Não, madame!

– É TOM?

– Não, madame!

– É JOSÉ?

– Não é.

– Seria seu nome RUMPELSTICHEN? – disse a mulher em um tom malicioso.

– Alguma bruxa lhe contou! Alguma bruxa lhe contou! – berrou o homenzinho, batendo o pé direito com tanta força no chão que rompeu o assoalho e foi obrigado a puxá-lo com as duas mãos para soltá-lo.

Então, ele tomou o rumo de casa enquanto a ama ria, o bebê se exultava e toda a corte zombava dele por ter tido tanto trabalho para nada dizendo:

– Desejamos a você uma ótima manhã e um excelente banquete, Sr. RUMPELSTICHEN!

Margarida, a espertalhona

Havia, certa vez, uma cozinheira chamada Margarida, que usava sapatos com saltos vermelhos e, quando saía por aí com eles, virava para lá e para cá, sentindo-se muito feliz e dizia:

– Certamente você é uma garota bonita!

E quando ela voltava para casa, bebia, de tão contente, um trago de vinho e, como o vinho desperta o desejo de comer, experimentava o melhor do que quer que estivesse cozinhando até fica ficar satisfeita e dizia:

– A cozinheira precisa saber como está a comida.

Aconteceu que, certa vez, seu amo lhe disse:

– Margarida, receberemos um convidado esta noite, prepare duas galinhas com muito capricho.

– Assim o farei, amo – respondeu Margarida.

Ela matou duas galinhas, escaldou-as, depenou-as, colocou-as no espeto e, quando se aproximou a noite, colocou-as no fogo para que assassem. As galinhas começaram a dourar e estavam quase prontas, porém, o convidado ainda não havia chegado. Então, Margarida gritou para seu amo:

– Se o convidado não chegar, precisarei tirar as galinhas do fogo, mas seria um pecado e uma pena se elas não forem saboreadas no momento em que estão mais suculentas.

O amo respondeu:

– Eu mesmo irei buscar o convidado.

Quando o amo deu as costas, Margarida colocou o espeto com os frangos de lado e pensou: "Ficar tanto tempo parado ao lado do fogo faz as pessoas suarem e deixam-nas com sede, quem sabe quando eles chegarão? Enquanto isso, irei rapidinho até o porão e tomarei um trago". Ela desceu até o porão, pegou um jarro e disse:

– Que Deus abençoe este vinho para você, Margarida.

Então, tomou um bom gole e, pensando que aquele vinho deveria continuar descendo por sua garganta sem ser interrompido, tomou outro belo trago.

Então, retornou à cozinha, colocou as galinhas novamente no fogo, regou-as e girou o espeto alegremente. Mas o cheiro do assado era tão bom que Margarida pensou: "Algo pode estar errado, preciso provar!". Ela tocou a galinha com o dedo e disse:

– Ah! Como frango é bom! É certamente um pecado e uma pena que não seja comido no momento certo!

Ela correu até a janela para ver se seu amo estava chegando com o convidado, mas não viu ninguém, então voltou às galinhas e pensou: "Uma das asas está queimando! É melhor eu arrancá-la e comê-la". Então, ela cortou a asa, comeu e saboreou e, depois de ter terminado, pensou: "A outra também precisa ser comida; caso contrário, o amo perceberá que algo está faltando". Quando as duas asas haviam sido comidas, ela foi procurar pelo amo, mas não o encontrou. De repente, ocorreu-lhe: "Quem sabe? Talvez eles nem sequer retornem e tenham ido para outro lugar". Então, ela disse:

– Bem, Margarida, aproveite que uma galinha já foi cortada, tome outro trago e coma-a inteira. Quando tiver terminado, terá um pouco de paz; afinal, não se deve arruinar os belos presentes de Deus.

Então, ela desceu correndo até o porão, tomou um trago enorme e comeu uma das galinhas na cozinha. Depois de ter terminado, seu amo ainda não havia retornado, Margarida olhou para a outra e disse:

– Onde uma vai, a outra deveria ir também, pois deveriam ficar juntas; o que é certo para uma é certo para a outra. Acho que mais um trago não me faria mal algum.

Então, ela tomou outro belo trago e liquidou a segunda galinha na sequência.

Enquanto estava se esbaldado, o amo chegou e gritou:

– Apresse-se, Margarida, o convidado está vindo logo atrás de mim!

– Sim, senhor, servirei agora mesmo – respondeu Margarida.

Enquanto isso, o amo foi verificar se a mesa estava posta adequadamente, pegou a faca grande, com a qual iria cortar os frangos e se pôs a afiá-la. O convidado logo chegou e bateu delicada e cortesmente a porta de entrada da casa. Margarida correu para ver quem era e, quando viu o convidado, colocou o dedo diante dos lábios e disse:

– Shh! Vá embora o mais depressa possível, se meu amo o pega, será pior para você. É verdade que ele o chamou para jantar, mas sua intenção é cortar suas orelhas. Ouça, ele está afiando a faca para isso!

O convidado ouviu o homem afiando a faca e desceu as escadas correndo, o mais rápido que conseguiu. Margarida não perdeu tempo, saiu correndo e, gritando, disse a seu amo:

– O senhor convidou um ótimo convidado!

– Por quê, Margarida? O que quer dizer com isso?

– Sim – continuou ela –, pois ele pegou as galinhas que eu ia servir e fugiu com elas!

– Mas que belo embuste! – disse o amo, lamentando a perda das galinhas. – Ele deveria ter me deixado ao menos uma para que eu tivesse algo que comer.

Ele gritou para que o convidado parasse, mas ele fingiu não ouvir. O homem correu atrás dele com a faca ainda na mão, gritando:

– Uma, apenas uma!

Queria dizer que o convidado deveria lhe deixar apenas uma das galinhas e não levar ambas. O convidado, no entanto, pensou que ele estivesse sugerindo lhe cortar apenas uma das orelhas e correu como se estivesse em chamas para poder continuar com ambas.

O VELHO E SEU NETO

Certa vez, um homem muito velho, cujos olhos tinham se tornado turvos, os ouvidos já não ouviam com clareza, os joelhos tremiam; e quando ele se sentava à mesa, mal conseguia segurar a colher e derramava o caldo na toalha ou deixava escorrer da boca. Seu filho e a esposa ficavam enojados com isso, então o velho avô precisava sentar no canto, atrás do fogão; assim eles lhe davam a comida em uma tigela de barro, porém, nunca o suficiente. E ele costumava olhar para a mesa com os olhos cheios de lágrimas. Uma vez, também, suas mãos trêmulas não conseguiram segurar a tigela, que caiu no chão e se quebrou; sua jovem nora o reprimiu, mas ele não disse nada, apenas suspirou. Então, eles compraram uma tigela de madeira bem barata e era nela que ele precisava comer.

Uma vez, estavam todos sentados quando o netinho de quatro anos começou a juntar alguns pedacinhos de madeira do chão.

– O que você está fazendo aí? – perguntou o pai.

– Estou fazendo uma pequena gamela – respondeu a criança –, para o pai e a mãe comerem quando eu for grande.

O homem e a mulher olharam um para o outro por um tempo e logo começaram a chorar. Então, levaram o velho avô para a mesa e, daquele dia em diante, sempre permitiam que ele comesse com todos à mesa e nunca mais disseram qualquer coisa quando ele derramava algo.

O camponesinho no céu

Havia uma vila na qual viviam somente camponeses muito abastados e apenas um homem pobre, que eles chamavam de "camponesinho". Ele não tinha sequer uma vaca e menos ainda dinheiro para comprar uma, mas ele e sua esposa gostariam muito de ter uma. Um dia, ele disse a ela:

– Ouça, tenho uma boa ideia. Nosso compadre, o carpinteiro, fará um bezerro de madeira e o pintará de marrom para que se pareça com qualquer outro bezerro e, com o tempo, certamente crescerá e se tornará uma vaca.

A mulher também gostou da ideia e o compadre carpinteiro cortou e fez o bezerro. Depois, pintou de marrom como deveria ser e fez a cabeça inclinada para baixo, de modo que parecia que ele estava comendo.

Na manhã seguinte, quando as vacas estavam sendo tiradas dos estábulos, o camponesinho chamou o pastor e disse:

– Olha, tenho um bezerrinho aqui, mas ainda é pequeno e precisa ser carregado.

O pastor disse:

– Está bem.

E o pegou nos braços e carregou para o pasto. O bezerrinho sempre permanecia parado, como se estivesse comendo, e o pastor disse:

– Logo estará correndo sozinho, veja como come!

À noite, quando ele ia levar o rebanho de volta para o estábulo, disse para o bezerro:

– Se pode ficar aí em pé comendo, pode ir embora com suas próprias patas. Não o levarei nos braços para casa novamente.

Entretanto, o camponesinho estava parado à porta esperando por seu bezerrinho. Quando o pastor atravessou o vilarejo com o rebanho, ele perguntou pelo bezerro. O pastor respondeu:

– Ainda está parado lá comendo. Não parou para nos acompanhar.

Mas o camponesinho disse:

– Ah, mas preciso ter meu animal de volta.

Então, eles retornaram ao pasto juntos, mas alguém tinha roubado o bezerro, pois não estava mais lá. O pastor disse:

– Deve ter fugido.

O camponês, no entanto, disse:

– Não posso com isso.

E levou o pastor até o prefeito, que o condenou, por sua negligência, a dar ao camponês uma vaca no lugar do bezerro que havia fugido.

E assim o camponesinho e sua esposa conseguiram a vaca que desejaram por tanto tempo e estavam extremamente felizes, mas não tinham comida para alimentá-la, então, em pouco tempo, ela precisou ser morta. Eles salgaram a carne e o camponesinho foi até a cidade para vender o couro lá e poder comprar um novo bezerro com o lucro. No caminho, ele passou por um moinho, onde um corvo estava empoleirado com as asas quebradas. Sentindo pena do bicho, o camponesinho o pegou e o enrolou no couro, porém, o tempo ficou muito feio e logo começou uma tempestade, de modo que ele não pôde seguir adiante e retornou para o moleiro para pedir por abrigo. A esposa do moleiro estava sozinha em casa e disse ao camponês:

– Deite-se ali na palha.

E deu a ele uma fatia de pão e queijo. O camponês comeu, deitou-se com o pedaço de couro ao seu lado e a mulher pensou: "Ele está cansado e foi dormir". Enquanto isso, o padre apareceu e a esposa do moleiro o recebeu bem, dizendo:

– Meu marido não está em casa, então façamos um banquete.

O camponês escutou e, quando os ouviu conversando sobre um banquete, ficou irritado por ter sido recebido com uma fatia de pão e queijo. Então, a mulher serviu quatro coisas diferentes: rosbife, salada, bolo e vinho.

Quando estavam prestes a se sentar para comer, alguém bateu à porta. A mulher exclamou:

– Céus! É meu marido!

Ela rapidamente escondeu o rosbife no forno, o vinho debaixo da almofada, a salada na cama e os bolos debaixo dela, e o padre se escondeu no armário da varanda. Então, ela abriu a porta para o marido e disse:

– Graças a Deus, você está de volta! Que tempestade horrível, parece que o mundo vai acabar.

O moleiro viu o camponês deitado sobre a palha e perguntou:

– O que esse rapaz está fazendo ali?

– Ah – respondeu a mulher –, o pobrezinho chegou aqui em meio à tempestade e implorou por abrigo, então eu lhe dei um pouco de pão e queijo e mostrei a ele onde a palha estava.

O homem disse:

– Não tenho objeção alguma, mas seja rápida e me traga algo para comer.

A mulher respondeu:

– Mas só temos pão e queijo.

– Satisfaço-me com qualquer coisa – respondeu o marido. – Para mim, pão e queijo bastam. – Ele olhou para o camponês e disse:

– Venha e coma um pouco mais comigo.

Não foi preciso convidá-lo duas vezes, ele logo se levantou e comeu. Depois disso, o moleiro viu o couro no qual o corvo estava enrolado no chão e perguntou:

– O que tem ali?

O camponês respondeu.

– Um adivinho.

– Ele pode prever algo para mim? – quis saber o moleiro.

– Por que não? – respondeu o camponês. – Mas ele só conta quatro coisas; a quinta, guarda para si.

O moleiro ficou curioso e disse:

– Deixemos que ele conte algo.

Então, o camponês beliscou a cabeça do corvo, que grasniu e emitiu um som como crr, crr. O moleiro perguntou:

– O que ele disse?

O camponês respondeu:

– Em primeiro lugar, ele diz que há vinho escondido debaixo da almofada.

– Quê?! – gritou o moleiro indo até lá e encontrando o vinho. – Continue.

O camponês fez o corvo grasnir de novo e disse:

– Em segundo lugar, ele diz que há rosbife dentro do forno.

– Minha nossa! – gritou o moleiro, indo até o forno e encontrando o rosbife.

O camponês fez o corvo profetizar mais uma vez e disse:

– Em terceiro lugar, ele diz que tem salada sobre a cama.

– Isso seria ótimo! – exclamou o moleiro indo até lá e encontrando a salada.

Por fim, o camponês beliscou o corvo mais uma vez, até o bicho grasnir, e disse:

– Em quarto lugar, ele diz que há bolos debaixo da cama.

– Isso seria ótimo! – exclamou o moleiro indo até lá e encontrando os bolos.

Então os dois se sentaram à mesa juntos, mas a esposa do moleiro estava morrendo de medo, foi para a cama e levou todas as chaves consigo. O moleiro queria muito saber a quinta profecia, mas o camponês disse:

– Primeiro, comeremos rapidamente essas quatro coisas, pois a quinta não é nada boa.

Então eles comeram e, depois de um tempo, negociaram quanto o moleiro precisaria pagar pela quinta profecia até concordarem em trezentas moedas de prata. Então, o camponês beliscou mais uma vez a cabeça do corvo até ele grasnir bem alto. O moleiro perguntou:

– O que ele disse?

– Ele diz que o Diabo está escondido ali fora, no armário da varanda.

O moleiro disse:

– O Diabo precisa sair.

E abriu a porta da casa. Então, a mulher foi forçada a entregar as chaves e o camponês destrancou o armário. O padre saiu correndo o mais rápido que conseguiu e o moleiro disse:

– É verdade, vi o capeta todo de preto com meus próprios olhos.

E o camponês foi embora na manhã seguinte com suas trezentas moedas.

De volta à sua casa, o camponês começou gradativamente a melhorar de vida. Construiu uma linda casa e os camponeses disseram:

– O camponesinho certamente deve ter estado num lugar onde chove ouro e as pessoas levam pás de ouro para casa.

Então, o camponesinho foi intimado a comparecer diante do prefeito para explicar de onde provinha sua riqueza. Ele respondeu:

– Vendi o couro de minha vaca na cidade por trezentas moedas de ouro.

Quando os camponeses ouviram isso, também desejaram gozar de tamanho lucro e correram para suas casas, mataram todas as vacas e arrancaram o couro para vender na cidade e obter um lucro enorme. O prefeito, no entanto, disse:

– Minha criada será a primeira a ir.

Quando ela foi até mercador da cidade, ele não lhe deu mais que duas moedas pelo couro e, quando os outros chegaram, ele não lhes deu nem essa quantia, e disse:

– O que posso fazer com todo esse couro?

Então, os camponeses ficaram furiosos porque o camponesinho tinha lhes passado a perna, quiseram vingança e o acusaram de traição diante do prefeito. O ingênuo camponesinho foi condenado à morte por unanimidade e seria jogado na água dentro de um barril cheio de furos. Ele foi encaminhado e um padre foi chamado para rezar uma missa por sua alma. Os demais foram obrigados a assistir de longe e, quando o camponês olhou para o padre, reconheceu o homem que estivera com a esposa do moleiro. E disse a ele:

– Eu o libertei do armário, liberte-me do barril.

Nesse mesmo momento apareceu, com um rebanho de ovelhas, justamente o pastor que, pelo que o camponês sabia, desejava há muito ser prefeito, então ele gritou com todo vigor:

– Não, não o farei; nem que o mundo inteiro insista, não o farei!

O pastor, ao ouvir isso, veio até ele e perguntou:

– O que se passa? O que você não fará?

O camponês respondeu:

– Querem fazer de mim prefeito se eu entrar neste barril, mas não o farei.

O pastor disse:

– Basta entrar nesse barril para ser prefeito, eu o farei imediatamente.

O camponês garantiu:

– Se você entrar, será prefeito.

O pastor estava disposto a fazê-lo e entrou e o camponês fechou o barril. Tomou, então, o rebanho para si e o pastoreou para longe. O padre foi até a multidão e declarou que a bênção tinha sido dada. Então, o povo se aproximou e rolou o barril na direção da água. Quando o barril começou a rolar, o pastor gritou:

– Estou bem interessado em me tornar prefeito.

As pessoas acharam que era o camponesinho que estava falando e responderam:

– Essa é a nossa intenção, mas, primeiro, você precisa dar uma espiada lá embaixo.

E rolaram o barril para a água.

Depois disso, os camponeses foram para suas casas e, quando estavam entrando no vilarejo, o camponesinho também entrou sorrateiramente, pastoreando um rebanho de ovelhas e sentindo-se muito satisfeito. Os camponeses ficaram pasmos e perguntaram:

– Camponês, de onde você veio? Saiu da água?

– Sim, de fato – respondeu ele. – Afundei sem parar até atingir o fundo. Arranquei o fundo do barril e escapei, assim cheguei a uns belos prados, onde várias ovelhas estavam se alimentando e de lá trouxe este rebanho comigo.

Os camponeses disseram:

– E há mais ovelhas?

– Oh, sim – respondeu ele. – Mais do que eu poderia querer.

Então, os camponeses decidiram que também iriam pegar umas ovelhas, um rebanho cada, mas o prefeito disse:

– Eu irei primeiro.

Então, eles foram juntos até o rio e, bem naquele momento, havia algumas nuvens no formato de ovelhas no céu, que estavam refletindo na água e, por isso, os camponeses gritaram:

– Já conseguimos ver as ovelhas lá embaixo!

O prefeito se adiantou e disse:

– Eu descerei primeiro para dar uma olhada e, se as coisas forem promissoras, eu os chamarei.

Então ele pulou. *Splash*! O barulho deu a entender aos camponeses que o prefeito os estava chamando e toda a multidão mergulhou, junta, atrás dele. E assim todo o vilarejo morreu e o camponesinho, o único herdeiro, se tornou um homem rico.

Frederico e Catarina

Era uma vez um homem chamado Frederico; ele tinha uma esposa cujo nome era Catarina e eles estavam casados há não muito tempo. Um dia, Frederico disse:

– Catarina! Vou trabalhar no campo; quando eu voltar, estarei com fome e quero encontrar uma refeição gostosa e uma boa caneca de cerveja.

– Está bem – respondeu ela. – Tudo estará pronto.

Quando se aproximou o horário de comer, Catarina pegou um belo bife, que era toda a carne que tinha em casa, e colocou no fogo para fritar. O bife logo começou a dourar e estalar na frigideira, e Catarina enfiou um garfo nele e o virou. Então, disse a si mesma:

– O bife está quase pronto, acho que posso ir buscar a cerveja no porão.

Então, ela deixou a frigideira no fogo, pegou uma jarra grande, desceu até o porão e abriu a torneira do barril. A cerveja começou a jorrar e Catarina ficou aguardando. De repente, lembrou-se: "O cachorro não está preso, pode abocanhar e fugir com o bife! Ainda bem que pensei nisso". Então ela subiu as escadas correndo e, de fato, o vira-lata safado estava dando no pé com o bife na boca.

Lá se foi o cachorro e lá se foi Catarina, atravessando o campo. Mas ele era mais rápido que ela e não largou o bife.

– Agora ele se foi de vez e "o que não tem remédio, remediado está" – disse Catarina.

Então, ela deu meia-volta e, como havia corrido um bom trecho e estava cansada, caminhou vagarosamente para casa, para esfriar o corpo.

Acontece que, durante todo esse tempo, a torneira do barril de cerveja continuou aberta, pois Catarina se esqueceu de fechá-la e, quando a jarra encheu, o líquido escorreu pelo chão até o barril ficar vazio. Quando ela chegou à escada do porão, viu o que tinha acontecido.

– Oh, céus! – exclamou ela. – O que farei para impedir que Frederico veja esta baderna?

Então, ela pensou por um tempo e lembrou, afinal, que havia um saco de farinha fina que fora comprado na última quermesse e que, se ela a esparramasse pelo chão, o pó sugaria toda a cerveja.

– Que sorte a nossa – disse ela – ter guardado aquela farinha! Agora temos um bom uso para ela.

Ela foi buscar a farinha, mas acabou batendo na jarra cheia de cerveja e a derramou, e toda a cerveja que tinha sido poupada acabou lavando o chão também.

– Ah, bem – disse ela –, aonde um vai, o outro deve ir também.

Então, ela espalhou a farinha por todo o porão, ficou bastante satisfeita com a própria esperteza, e disse:

– Como está organizado e limpo!

Ao meio-dia, Frederico chegou em casa.

– E, então, esposa – gritou ele –, o que temos para comer?

– Oh, Frederico! – respondeu ela. – Eu estava preparando um bife para você; mas quando desci para buscar a cerveja, o cachorro fugiu com ele; e quando fui correr atrás dele, a cerveja transbordou; e quando fui secar a cerveja com o saco de farinha que compramos na quermesse, derrubei a jarra. Mas agora o porão está bastante seco e parece bem limpo!

– Catarina, Catarina – disse ele. – Como pôde fazer isso tudo? Por que deixou o bife fritando e a cerveja correndo, depois ainda desperdiçou a farinha?

– Ora, Frederico – respondeu ela. – Eu não sabia que estava agindo errado, você devia ter me dito antes.

O marido pensou consigo mesmo: "Se minha esposa se comporta desse modo, preciso me precaver". Frederico tinha uma boa quantia de ouro na casa, então disse a Catarina:

– Que belos botões amarelos! Eu os colocarei em uma caixa e enterrarei no jardim, mas preste atenção para nunca chegar perto ou tocar neles.

– Não, Frederico – prometeu ela. – Nunca o farei.

Assim que ele saiu novamente, apareceram alguns mercadores com pratos e tigelas de barro e perguntaram a Catarina se ela não queria comprar algo.

– Eu? Ah, eu gostaria muito de comprar, mas não tenho dinheiro. Se tiverem interesse em uns botões amarelos, talvez possamos negociar.

– Botões amarelos? – exclamaram eles. – Vamos dar uma olhada.

– Vão até o jardim, cavem onde eu mandar e encontrarão os botões amarelos. Eu mesma não ouso fazê-lo.

Então os vigaristas foram e, quando descobriram o que eram os tais botões amarelos, levaram todos embora, e a deixaram com vários pratos e tigelas. Ela espalhou todos pela casa para exibi-los e, quando Frederico retornou, ele gritou:

– Catarina, o que significa isso?

– Veja – disse ela –, comprei todas essas peças com seus botões amarelos; mas não toquei neles, os próprios mercadores cavaram e pegaram.

– Esposa, esposa – disse Frederico. – O que foi que você fez? Aqueles botões amarelos eram todo o dinheiro que eu tinha! Como pôde fazer isso?

– Ora – respondeu ela –, eu não sabia que estava causando qualquer problema. Você devia ter me dito.

Catarina refletiu por um tempo e disse ao marido:

– Ouça, Frederico, logo recuperaremos o ouro. Vamos perseguir os ladrões.

– Bem, tentaremos – respondeu ele –, mas leve um pouco de manteiga e queijo com você, para podermos ter algo que comer no caminho.

– Está bem – disse ela.

E eles partiram. Como Frederico caminhava mais rápido, deixou a esposa um pouco para trás. "Não importa", pensou ela, "quando retornarmos, estarei mais perto de casa que ele".

Eventualmente, ela chegou ao topo de uma colina, ao lado da qual havia uma estrada tão estreita que as rodas das carroças sempre raspavam nas árvores dos dois lados, quando passavam por elas.

– Ah – lamentou Catarina –, veja como as rodas deixaram marcas e machucaram estas pobres árvores! Elas jamais se recuperarão.

Então, ela se apiedou das árvores e usou a manteiga para engordurá-las para que as rodas das carroças não as machucassem tanto. Enquanto ela estava fazendo essa boa ação, um dos queijos caiu de sua cesta e rolou colina abaixo. Catarina procurou, mas não conseguiu ver onde tinha caído, então disse:

– Bem, suponho que o outro deva seguir o mesmo caminho e encontrá-lo, ele tem pernas mais jovens que as minhas.

Então, ela largou o outro queijo e colina abaixo ele rolou, ninguém sabe para onde. Mas Catarina supôs que eles conheciam a estrada e a seguiriam, que não podia ficar ali o dia todo esperando por eles.

Finalmente, ela alcançou Frederico, que queria algo para comer. Então, ela lhe entregou um pão seco.

– Onde estão a manteiga e o queijo? – indagou ele.

– Oh! – respondeu ela. – Usei a manteiga para engordurar aquelas pobres árvores que as rodas das carroças raspam, e um dos queijos fugiu, então mandei o outro atrás dele e suponho que ambos estejam em algum lugar da estrada, juntos.

– Você é muito tola de fazer coisas tão estúpidas! – ralhou o marido.

– Como pode dizer isso? – respondeu ela. – Tenho certeza de que você nunca me disse para não fazer.

Eles comeram o pão seco juntos e Frederico disse:

– Catarina, espero que tenha trancado a porta quando você saiu.

– Não – respondeu ela. – Você não me disse para fazê-lo.

– Então vá para casa e faça-o antes de seguirmos adiante – instruiu Frederico. – E traga algo para comer.

Catarina fez o que ele mandou e, no caminho, pensou consigo mesma: “Frederico quer algo para comer, mas acho que manteiga e queijo não o agradam muito. Levarei para ele um pacote de nozes e vinagre, pois frequentemente o vejo tomando um pouco”.

Quando chegou em casa, ela trancou a porta dos fundos, mas arrancou as dobradiças da porta da frente, dizendo:

– Frederico me disse para trancar a porta, mas certamente ela não ficará mais segura do que se eu a levar comigo.

Então, ela levou um tempo para retornar ao ponto onde estavam e, quando alcançou o marido, gritou:

– Aqui está, Frederico, sua porta. Pode cuidar dela com a máxima atenção agora.

– Ai de mim, ai de mim! – exclamou ele. – Que esposa astuta eu tenho! Mandei você trancar a casa e você tirou a porta para que qualquer um possa entrar e sair quando bem entender. Como trouxe a porta, pode continuar a carregá-la.

– Está bem – disse ela. – Carregarei a porta, mas não carregarei as nozes e a garrafa de vinagre também, seria pesado demais. Então, eu os amarrarei à porta.

Frederico, é claro, não fez objeção alguma àquele plano e eles partiram pelo bosque em busca dos ladrões, mas não conseguiram encontrá-los. Quando escureceu, eles treparam em uma árvore para passar a noite. Nem bem tinham subido na árvore, quando ninguém menos que os malandros que eles estavam procurando apareceram. Eles eram, em realidade, grandes maus-caracteres e pertenciam àquela classe de gente que rouba de tudo. Eles estavam cansados, então se sentaram e acenderam uma fogueira justamente debaixo da árvore onde Frederico e Catarina estavam. Frederico escorregou até o chão do outro lado e catou algumas pedras. Então, ele subiu novamente e tentou acertar os ladrões na cabeça com elas, mas eles simplesmente disseram:

– Já deve estar quase amanhecendo, pois o vento está derrubando as pinhas.

Catarina, que estava carregando a porta sobre o ombro, começou a ficar muito cansada, mas pensou que eram as nozes, em cima da porta, que estavam muito pesadas, então disse baixinho:

– Frederico, preciso largar as nozes.

– Não – respondeu ele. – Não agora. Eles nos descobrirão.

– Não posso evitar. Preciso largá-las.

– Bem, então se apresse e jogue, se precisa tanto.

Então lá se foram as nozes, por entre os galhos, ruidosamente, e um dos ladrões gritou:

– Minha nossa, está chovendo granizo.

Pouco tempo depois, Catarina achou que a porta ainda estava muito pesada, então sussurrou para Frederico:

– Preciso largar o vinagre.

– Eu lhe suplico, não faça isso – respondeu ele. – Eles nos descobrirão.

– Não posso evitar – disse ela. – Preciso largá-lo.

Então, ela despejou o vinagre, e os ladrões disseram:

– Que orvalho mais pesado!

Por fim, ocorreu a Catarina que era a porta em si que era muito pesada aquele tempo todo, então ela sussurrou:

– Frederico, preciso largar a porta logo.

Mas ele implorou e suplicou que ela não o fizesse, pois tinha certeza de que aquilo os denunciaria.

– Não posso mais, aqui vai – disse ela.

E lá se foi a porta, fazendo tanto barulho que os ladrões gritaram:

– Assassino!

E, sem saber o que estava acontecendo, fugiram o mais rápido que podiam e deixaram todo o ouro para trás. E quando Frederico e Catarina desceram, encontraram todo o seu dinheiro são e salvo.

O querido Rolando

Havia, certa vez, uma mulher que era uma bruxa de verdade e tinha duas filhas. Uma era feia e perversa, que ela amava, pois era sua filha legítima; a outra era linda e bondosa, que ela odiava, pois era sua enteada. Entretanto, a enteada ganhou um avental bonito e a outra invejou tanto que disse à mãe que precisava daquele avental e o teria.

– Fique calada, minha criança – instruiu a mulher –, e o terá. Sua meia-irmã há muito tempo merece a morte. Esta noite, quando ela estiver adormecida, eu lhe cortarei a cabeça. Só tome o cuidado de ficar no fundo da cama e deixe-a bem na frente.

Teria sido o fim para a pobre garota se ela não estivesse por ali, em um canto, ouvindo tudo. O dia todo, ela não ousou sair de casa e, quando chegou a hora de repousar, a filha da bruxa se deitou primeiro, de modo a ficar do lado protegido da cama e estava dormindo. A enteada a empurrou delicadamente para a frente e tomou seu lugar na parte de trás, perto da parede. Durante a madrugada, a velha entrou sorrateiramente no quarto, levando consigo um machado na mão direita, apalpou com a mão esquerda para ver se havia alguém deitado na beirada da cama, então segurou o machado com ambas as mãos e cortou a cabeça da própria filha.

Quando a velha foi embora, a garota se levantou e foi até seu amado, que se chamava Rolando, e bateu à sua porta. Quando ele saiu, ela lhe contou:

– Ouça, querido Rolando, precisamos fugir imediatamente. Minha madrasta queria me matar, mas assassinou a própria filha. Quando amanhecer e ela perceber o que fez, estaremos perdidos.

– Concordo – respondeu Rolando –, porém, eu aconselho você a pegar a varinha mágica dela primeiro, senão não conseguiremos escapar se ela nos perseguir.

A moça tomou a varinha, pegou a cabeça da menina morta e derramou três gotas de sangue no chão: uma diante da cama, uma na cozinha e uma na escada. E, então, fugiu com seu amado.

Quando a velha bruxa acordou na manhã seguinte, chamou a filha, pois queria lhe dar o avental, mas ela não apareceu. Então, a bruxa gritou:

– Onde você está?

– Aqui, na escada, estou varrendo – respondeu a primeira gota de sangue.

A velha saiu, mas não encontrou ninguém na escada e gritou novamente:

– Onde você está?

– Aqui, na cozinha, estou me esquentando – gritou a segunda gota de sangue.

Ela foi até a cozinha, mas não encontrou ninguém. Então, gritou de novo:

– Onde você está?

– Aqui, na cama, estou dormindo – gritou a terceira gota de sangue.

Ela foi até o quarto. E o que viu lá? Sua própria filha, cuja cabeça ela havia decepado, banhada em sangue. A bruxa ficou irada, correu até a janela e como conseguia enxergar bem ao longe no horizonte, avistou a enteada fugindo com seu amado, Rolando.

– Fugir não a safará – gritou ela –, mesmo que já esteja longe, não escapará de mim.

Ela calçou suas botas sete-léguas, que lhe permitiam cumprir o equivalente a uma hora de caminhada com um único passo, e logo os alcançou. A garota, no entanto, quando viu a velha vindo em sua direção, transformou, com a varinha mágica, seu amado Rolando em um lago e a si mesma em um pato nadando no meio da água. A bruxa ficou parada na beirada, jogou migalhas de pão no lago e fez tudo o que podia para atrair o pato, mas ele não se deixou enganar e a velha teve de voltar para casa quando anoiteceu. Assim, a garota e seu amado Rolando retomaram suas formas naturais e caminharam a noite toda até o amanhecer. De manhã, a moça se transformou em uma linda flor e seu amado Rolando, em um violinista. Não demorou muito até a bruxa aparecer e dizer ao músico:

– Caro músico, posso arrancar essa linda flor para mim?

– Oh, sim – respondeu ele. – Eu tocarei para a senhora enquanto o faz isso.

Rapidamente, ela se meteu em meio ao espinheiro e estava prestes a arrancar a flor, sabendo perfeitamente quem era, quando ele começou a tocar e, quisesse ou não, ela foi forçada a dançar, pois se tratava de uma música mágica. Quanto mais rápido ele tocava, mais giros descontrolados ela era forçada a dar, os espinhos rasgaram suas roupas, espetaram-na e machucaram até ela sangrar e, como ele não parou, ela teve de dançar até cair morta no chão.

Como eles agora estavam livres, Rolando disse:

– Agora, vou falar com meu pai e combinar o casamento.

– Então, enquanto isso, eu ficarei aqui e esperarei por você – disse a garota. – E para que ninguém me reconheça, eu me transformarei em uma pedra vermelha.

Então, Roland partiu e a garota se transformou em uma pedra vermelha em meio ao campo e esperou por seu amado. Entretanto, quando Rolando chegou em casa, caiu nas graças de outra, que o fascinou tanto que ele se esqueceu da donzela. A pobre garota permaneceu lá por um bom tempo, mas, por fim, como ele não retornou, ela ficou triste e se transformou em flor, pensando: "Alguém certamente passará por aqui e me pisoteará".

Sucedeu, contudo, que um pastor estava pastoreando suas ovelhas no campo e viu a flor. Como ela era muito bonita, ele a arrancou, levou-a consigo e a guardou no peito. Daquele dia em diante, coisas estranhas aconteceram na casa do pastor. Quando ele se levantou pela manhã, todo o trabalho havia sido feito: o quarto estava varrido, a mesa e os bancos haviam sido limpos, o fogo na lareira estava aceso e alguém tinha buscado água. Ao meio-dia, quando ele voltou para casa, a mesa estava posta e uma boa refeição estava servida. Ele não conseguia compreender como isso tinha acontecido, pois nunca vira nenhum ser humano na casa e ninguém poderia ter se escondido nela. Ele certamente estava contente com essa assistência e, mesmo assim, acabou indo consultar uma sábia para pedir um conselho. A sábia lhe disse:

– Há algum tipo de bruxaria por trás disso. Preste atenção todas as manhãs para ver se algo está se movendo no quarto e, se você vir alguma coisa, não importa o que seja, jogue um pano branco em cima e então a mágica será desfeita.

O pastor fez o que lhe foi recomendado e, assim que havia amanhecido, ele viu o baú aberto e a flor saindo de dentro dele. Rapidamente, ele saltou em sua direção e jogou um pano branco em cima dela. Instantaneamente, o feitiço foi desfeito e uma linda moça surgiu à sua frente. Ela admitiu ser mesmo a flor e que era a responsável pela limpeza da casa. Depois, contou-lhe sua história e, como ele gostou da moça, perguntou se ela se casaria com ele, mas a garota respondeu "não", pois queria se manter fiel a seu querido Rolando, embora ele a tivesse abandonado. Mesmo assim, ela prometeu não ir embora e continuou cuidando da casa para o pastor.

O dia do casamento de Rolando se aproximou e, conforme mandava um antigo costume no país, foi anunciado que todas as garotas deveriam estar presentes e cantar em homenagem ao casal de noivos. Quando a fiel donzela soube da notícia, ficou tão triste que pensou que seu coração iria partir e se recusou a ir até lá, mas as outras garotas foram buscá-la e a levaram. Quando chegou sua vez de cantar, ela deu um passo para trás até ser a última que restava e então não pôde mais se esconder. Mas quando ela começou sua canção e a música chegou aos ouvidos de Rolando, ele se levantou em um pulo e gritou:

– Conheço essa voz, essa é a verdadeira noiva, não me casarei com nenhuma outra!

Tudo o que ele havia esquecido e que tinha desaparecido de sua mente subitamente retornara a seu coração. Então, a fiel donzela casou-se com seu amado Rolando, a tristeza se encerrou e a alegria reinou.

Branca de Neve

Era metade do inverno, quando grandes flocos de neve estavam caindo por todo lado e a rainha de um país imenso estava sentada costurando junto à janela. A moldura da janela era feita de um delicado ébano negro e, enquanto observava a neve, ela espetou o dedo e três gotas de sangue caíram. A rainha ficou olhando pensativamente para o sangue que manchou a neve branca e disse:

– Gostaria que minha bebê fosse branca como essa neve, vermelha como esse sangue e negra como esse ébano da janela!

E foi exatamente assim que a garotinha veio ao mundo: sua pele era branca como a neve, suas bochechas eram rosadas como o sangue e seus cabelos eram pretos como o ébano; assim ela foi chamada de Branca de Neve.

Contudo, a rainha faleceu e o rei logo se casou com outra mulher, que se tornou rainha e era muito bela, mas tão vaidosa que não tolerava pensar que qualquer outra pessoa poderia ser mais bonita que ela. Ela tinha um espelho mágico, que costumava consultar, olhando para si mesma e dizendo:

– Diz-me, espelho, diz-me a verdade!
De todas as moças do reino,
Qual delas é a maior beldade?

E o espelho sempre respondia:

– Tu, rainha, és a mais bela de todo o reino.

Branca de Neve cresceu e ficou cada vez mais bonita; e quando estava com sete anos de idade, era radiante como o dia e mais bela que a própria rainha. Então, um dia, o espelho respondeu à rainha quando ela foi se olhar como de costume:

– Tu, rainha, és das mais lindas que já vi,
Mas Branca de Neve é mais formosa que ti!

Quando ouviu isso, a rainha ficou pálida de raiva e inveja, chamou um de seus criados e disse:

– Leve Branca de Neve para a floresta para que eu nunca mais a veja novamente.

Então, o criado a levou para longe, mas seu coração amoleceu quando Branca de Neve implorou que ele poupasse sua vida, e ele disse:

– Não a machucarei, linda menina.

Então, ele a deixou sozinha e, embora pensasse que os animais selvagens fossem destroçá-la em pedacinhos, sentiu um peso enorme ser tirado de seu coração ao decidir não matá-la e apenas deixá-la à mercê do destino, com a chance de alguém salvá-la.

Então, a pobre Branca de Neve perambulou apavorada pela floresta e os animais selvagens rugiam à sua volta, mas nenhum a feriu. À noite, ela chegou a um chalé em meio às colinas e entrou nele para descansar, pois seus pezinhos não aguentavam mais andar. Tudo era bem arrumado e organizado no chalé: uma toalha branca estava posta sobre a mesa, e havia sete pratinhos, sete pãezinhos e sete tacinhas cheias de vinho; e sete garfos e sete facas estavam dispostos em ordem; e perto da parede havia sete caminhas. Como estava com muita fome, ela comeu um pedacinho de cada pão e tomou um pouquinho de vinho de cada taça; depois, resolveu deitar-se para descansar. Ela testou todas as caminhas; mas uma era grande demais, e outra era pequena demais, até que a sétima lhe serviu, e nela a garota se deitou e adormeceu.

Pouco tempo depois, os donos do chalé chegaram. Eram sete anõezinhos que viviam em meio às montanhas, mineravam e garimpavam ouro. Eles acenderam suas sete lamparinas e viram, de pronto, que algo não estava certo. O primeiro indagou:

– Quem sentou no meu banco?

O segundo:

– Quem comeu do meu prato?

O terceiro:

– Quem mordiscou o meu pão?

O quarto:

– Quem mexeu na minha colher?

O quinto:

– Quem usou o meu garfo?

O sexto:

– Quem cortou com a minha faca?

O sétimo:

– Quem bebeu o meu vinho?

Então, o primeiro deu uma olhada na casa e disse:

– Quem deitou na minha cama?

Os demais foram correndo até ele e todos reclamaram que alguém tinha se deitado em suas camas. Mas o sétimo viu Branca de Neve e chamou todos os seus irmãos para verem-na; e todos exclamaram de surpresa e fascínio, ergueram suas lamparinas para observá-la e disseram:

– Minha nossa! Que criança mais linda!

E ficaram muito felizes em vê-la e tomaram o cuidado de não acordá-la; o sétimo anão dormiu uma hora na cama de cada um de seus irmãos, em revezamento, até findar a noite.

Pela manhã, Branca de Neve lhes contou sua história e todos se compadeceram dela, disseram que se ela mantivesse tudo em ordem, cozinhasse, lavasse, costurasse e fiasse para eles, poderia ficar ali, que eles cuidariam bem dela. Então, eles passaram o dia todo fora, trabalhando, procurando por ouro e prata nas montanhas, mas Branca de Neve permaneceu em casa, e eles a alertaram:

– A rainha logo descobrirá onde você está escondida, então tome cuidado e não deixe ninguém entrar.

Mas a rainha, agora que achava que Branca de Neve estava morta, acreditava ser a mais bela mulher do reino e foi até o espelho e perguntou:

– Diz-me, espelho, diz-me a verdade!
De todas as moças do reino,
Qual delas é a maior beldade?

E o espelho respondeu:

– Tu, rainha, és a mais bela de todo o reino;
Mas em meio às colinas, na mata fechada,
Onde os sete anões construíram morada,
Branca de Neve se esconde, e ela,
Oh, Rainha! Que ti é mais bela.

Então a rainha ficou apavorada, pois sabia que o espelho sempre dizia a verdade e teve certeza de que o criado a traíra. E não conseguia suportar a ideia de que qualquer pessoa viva fosse mais bonita que ela, então vestiu-se como uma mercadora e partiu rumo às colinas, para o local onde os anões viviam. Então, ela bateu à porta e gritou:

– Belas louças para vender!

Branca de Neve olhou pela janela e disse:

– Bom dia, boa senhora! O que tem para vender?

– Boas louças, belas louças – respondeu ela. – Cordéis e trancelins de todas as cores.

"Deixarei essa senhora entrar, ela parece ser uma boa pessoa", pensou Branca de Neve enquanto descia as escadas correndo e abria a porta.

– Minha nossa! – exclamou a velha. – Como seu espartilho está desarrumado! Deixa que eu ajeito com um de meus cordões.

Branca de Neve nem sequer sonhava que qualquer maldade pudesse lhe acontecer, então ficou parada diante da velha, que se pôs a trabalhar com tanta agilidade e apertou tanto o espartilho que Branca de Neve não conseguiu mais respirar e tombou como se estivesse morta.

– Este é o fim de toda a sua beleza – disse a rainha má, indo embora em seguida.

À noite, os sete anões chegaram em casa, e nem é preciso dizer o quanto lamentaram ver sua fiel Branca de Neve estirada no chão, como se estivesse morta. No entanto, eles ergueram sua cabeça e quando descobriram o que a atormentava, cortaram o cordão e ela retornou à vida. Então, eles disseram:

– A velha era a própria rainha, tome mais cuidado da próxima vez e não deixe ninguém entrar quando estivermos fora.

Quando a rainha chegou em casa, foi direto até o espelho, e fez a mesma pergunta de sempre. Mas, para sua imensa frustração, ele continuou a responder:

– Tu, rainha, és a mais bela de todo o reino;

Mas em meio às colinas, na mata fechada,
Onde os sete anões construíram morada,
Branca de Neve se esconde, e ela,
Oh, Rainha! Que ti é mais bela.

O sangue congelou no coração da rainha com todo o desprezo e toda a maldade em perceber que Branca de Neve ainda vivia. Ela se travestiu novamente, mas com um vestido bem diferente do que usara na primeira vez, e levou consigo um pente envenenado. Quando chegou à casa dos anões, bateu à porta e gritou:

– Belas louças para vender!

Mas Branca de Neve disse:

– Não ouso deixar ninguém entrar.

Então, a rainha disse:

– Apenas olhe meus lindos pentes!

E deu a ela o que estava envenenado. Era tão bonito que Branca de Neve o pegou e o levou até os cabelos para testá-lo, mas assim que o pente tocou sua cabeça, o veneno era tão poderoso que ela desabou, inanimada.

– Pode jazer aí – disse a rainha, indo embora.

Mas, por muita sorte, os anões chegaram bem cedo aquela noite e, quando viram Branca de Neve caída no chão, imaginaram o que tinha acontecido e logo encontraram o pente envenenado. Quando o removeram, ela melhorou e contou a eles o que tinha se passado e eles a alertaram, mais uma vez, para não abrir a porta para ninguém.

Enquanto isso, a rainha foi ter com o espelho em casa e tremeu de raiva quando ouviu a mesma resposta de antes, e disse:

– Branca de Neve morrerá nem que isso me custe a vida.

Então, ela foi sozinha para seu quarto e preparou uma maçã envenenada: a parte de fora era bem rosada e tentadora, mas quem quer que a provasse certamente morreria. Então, ela se disfarçou como a esposa de um camponês, viajou para as colinas até o chalé dos anões e bateu à porta. Mas Branca de Neve pôs a cabeça para fora da janela e disse:

– Não ouso deixar ninguém entrar, pois os anões assim me instruíram.

– Faça como quiser – disse a velha –, de toda forma, pegue esta bela maçã, eu a dou a você.

– Não – respondeu Branca de Neve. – Não ouso pegá-la.

– Garota tola! – respondeu a velha. – Do que tem medo? Acha que está envenenada? Ora! Coma uma parte que eu comerei a outra.

Acontece que a maçã tinha sido preparada de modo que um lado estava bom, enquanto o outro estava envenenado. Então, Branca de Neve ficou muito tentada a prová-la, pois a maçã parecia deliciosa e quando viu a velha comê-la, não conseguiu mais se conter. Mas ela mal tinha dado uma mordida quando desabou morta no chão.

– Desta vez, nada a salvará – disse a rainha e voltou para casa, para o espelho, e ele finalmente respondeu:

– Tu, rainha, és a mais bela de todas.

Então seu coração perverso ficou feliz, tão feliz quanto um coração desse pode ficar.

Quando caiu a noite e os anões chegaram em casa, encontraram Branca de Neve caída no chão: ela não respirava e eles recearam que estivesse mesmo morta. Ergueram sua cabeça, pentearam seus cabelos e lavaram seu rosto com vinho e água, mas foi tudo em vão, pois a garota parecia realmente morta. Então, eles a deitaram sobre uma carroça e todos os sete a velaram e lamuriaram por três dias inteiros, pensaram em enterrá-la, mas suas bochechas ainda estavam rosadas e seu rosto permanecia do mesmo jeito que era quando ela estava viva, então eles disseram:

– Nunca a enterraremos no chão frio.

Assim, construíram um caixão de vidro para ainda poderem olhá-la e escreveram nele, com letras douradas, seu nome e que era filha de um rei. O caixão foi colocado no meio das colinas e um dos anões sempre ficava de vigília ao lado dele. E os pássaros também vieram e lamentaram por Branca de Neve; primeiro veio uma coruja, depois um corvo e, por fim, uma pomba, e todos se sentaram ao lado dela.

E assim Branca de Neve permaneceu por muito, muito tempo, e parecia estar apenas adormecida, pois ainda era branca como a neve, vermelha como o sangue e negra como o ébano. Um dia, um príncipe apareceu na casa dos anões, viu Branca de Neve e leu o que diziam as letras douradas. Então, ele ofereceu dinheiro aos anões e suplicou para que eles permitissem que ele a levasse, mas eles disseram:

– Não nos desfaremos dela, nem por todo o dinheiro do mundo.

No fim das contas, contudo, eles se apiedaram do príncipe e lhe deram o caixão, mas no momento em que ele o ergueu para levá-lo para casa, o pedaço de maçã caiu dos lábios de Branca de Neve e ela despertou, e perguntou:

– Onde estou?

E o príncipe respondeu:

– Estás segura comigo.

Então, ele lhe contou tudo o que tinha acontecido e disse:

– Eu a amo mais que qualquer outra coisa no mundo, então venha comigo para o palácio de meu pai e será minha esposa.

Branca de Neve concordou e foi para a casa do príncipe, tudo foi preparado com toda pompa e circunstância para o casamento.

Dentre os convidados para o banquete, estava a antiga inimiga de Branca de Neve, a rainha, e enquanto ela estava se vestindo para o casamento com suas roupas refinadas, olhou para o espelho e perguntou:

– Diz-me, espelho, diz-me a verdade!
De todas as moças do reino,
Qual delas é a maior beldade?

E o espelho respondeu:

– És a mais bela aqui, onde reinas sozinha;
Mas a mais bela de todas é a nova rainha.

Quando ouviu isso, a rainha ficou furiosa, mas sua inveja e sua curiosidade eram tamanhas que ela não conseguiu deixar de ir ver a noiva. Quando chegou lá e viu que era ninguém menos que Branca de Neve, que ela achava que estava morta há um bom tempo, ela engasgou de raiva, caiu e morreu. Já Branca de Neve e o príncipe viveram e reinaram sobre aquela região por muitos e muitos anos e, às vezes, sobem até as montanhas para visitar os anõezinhos, que foram tão gentis com Branca de Neve quando ela mais precisou.

O Cravo

Era uma vez uma rainha a quem Deus não deu filhos. Todas as manhãs, ela ia ao jardim e rezava para o Criador lhe conceder um filho ou uma filha. Então, um anjo do céu veio até ela e disse:

– Não se aflija, terá um filho com o poder do desejo, de modo que tudo no mundo que ele desejar, ele terá.

Então, ela foi até o rei e contou a ele as boas novas e, quando chegou a hora, ela deu à luz um garoto e o rei transbordou de felicidade.

Todas as manhãs, a rainha ia com a criança até o jardim, onde os animais selvagens eram mantidos e lá se lavavam em um riacho límpido. Aconteceu que, certa vez, quando a criança era um pouquinho mais velha, estava deitada nos braços da rainha quando ela adormeceu. Um velho cozinheiro, que sabia que o menino tinha o poder do desejo, apareceu e o roubou; e pegou um galo e o cortou em pedacinhos, e despejou um pouco do sangue no avental e no vestido da rainha. Então, levou o menino embora para um lugar secreto, onde uma ama foi obrigada a amamentá-lo, depois correu até o rei e acusou a rainha de ter permitido que seu filho fosse levado pelos animais selvagens. Quando o rei viu o sangue no avental dela, acreditou no cozinheiro e ficou tão irado que ordenou a construção de uma torre alta, da qual nem o sol nem a lua podiam ser vistos; mandou trancafiar sua esposa e murou toda a torre. Lá ela devia permanecer por sete anos, sem comida nem água, para morrer de fome. Porém, Deus enviou dois anjos dos céus na forma de pombas brancas, que iam até a rainha duas vezes ao dia e lhe levavam comida até os sete anos se passarem.

O cozinheiro, no entanto, pensou consigo mesmo: "Se essa criança tem o poder do desejo e eu ficar aqui, ela pode muito bem me colocar em apuros". Então, ele deixou o palácio, foi até o garoto, que já era crescido o bastante para falar, e disse a ele:

– Deseje um lindo palácio para você, com um jardim e tudo mais que um palácio deve ter.

As palavras mal tinham saído da boca do garoto e tudo que ele havia desejado já estava ali. Após um tempo, o cozinheiro disse a ele:

– Não é bom para você ficar tão sozinho. Deseje uma bela garota como companheira.

Então, o filho do rei desejou por uma amiga e ela surgiu imediatamente diante dele, era mais bela que qualquer pintor poderia ter pintado. Os dois brincavam juntos e se amavam com todo o coração, e o velho cozinheiro saía para caçar como um nobre. Ocorreu-lhe, entretanto, que o filho do rei poderia desejar estar com o pai, colocando-o, assim, em grande perigo. Então, ele saiu levando a garota consigo e disse a ela:

– Esta noite, quando o garoto estiver dormindo, vá até a cama dele e enfie esta faca em seu coração; depois me traga o coração e a língua dele. Se não o fizer, perderá a vida.

Então ele se foi e, quando retornou no dia seguinte, a menina não o tinha obedecido, e disse:

– Por que eu derramaria o sangue de um garoto inocente, que nunca fez mal a ninguém?

O cozinheiro novamente alertou:

– Se não o fizer, perderá a própria vida.

Quando ele partiu, a garota mandou trazer uma pequena corça, e ordenou que a matassem e arrancassem seu coração e sua língua e os colocou em um prato. Quando viu o homem chegando, ela disse ao garoto:

– Deite-se na sua cama e cubra-se bem.

O vilão perverso entrou e perguntou:

– Onde estão o coração e a língua do garoto?

A garota lhe entregou o prato, mas o filho do rei jogou a coberta longe e disse:

– Você, seu velho vil, por que queria me matar? Agora, anunciarei sua sentença. Você se transformará em um poodle preto, terá uma coleira de ouro ao redor do pescoço e comerá carvão em brasa até as chamas saírem por sua boca.

Assim que o garoto proferiu aquelas palavras, o velho foi transformado em um cachorro poodle preto que trazia uma coleira de ouro no pescoço e os cozinheiros receberam ordens de lhe trazer carvão em brasa, que ele comeu até chamas saírem por sua boca. O filho do rei permaneceu ali por mais um tempo e pensou em sua mãe, perguntando-se se ainda estaria viva. Por fim, disse à garota:

– Vou para casa, para meu país. Se quiser me acompanhar, eu sustentarei você.

– Ah – respondeu ela –, o caminho é muito longo e o que farei em um reino estranho onde sou desconhecida?

Como ela não pareceu muito disposta e eles não podiam se separar, o príncipe desejou que ela se transformasse em um belo cravo e a levou consigo.

Então, ele foi à torre onde sua mãe estava confinada, mas era tão alta que ele desejou uma escada para poder chegar ao topo. Então, ele subiu, espiou lá dentro e gritou:

– Amada mãe, Senhora Rainha, ainda está viva ou já está morta?

– Acabei de comer e ainda estou satisfeita – respondeu ela, achando que os anjos estivessem ali.

Ele disse:

– Sou eu, seu filho querido, aquele que alegaram ter sido arrancado de seus braços pelos animais selvagens; mas ainda estou vivo e logo a libertarei.

Ele desceu novamente, foi até seu pai, fez-se anunciar como um caçador forasteiro e perguntou se podia servi-lo. O rei concordou, desde que ele fosse habilidoso e conseguisse encontrar caça em abundância, embora animal algum jamais tivesse sido avistado em qualquer parte daquela região ou do país. Então, o caçador prometeu levar ao rei tanta caça quanto a mesa real pudesse comportar. Assim, ele reuniu todos os caçadores e ordenou que eles o acompanhassem até a floresta e os fez formar um grande círculo aberto em um lado, onde se posicionou e começou a desejar. Mais de duzentos cervos entraram correndo no círculo de uma só vez e os caçadores atiraram neles. Os animais foram colocados em sessenta carroças e levados até o rei, que pôde forrar sua mesa com carne de caça, depois de anos de escassez absoluta.

O rei ficou extremamente contente e ordenou que todos no palácio deveriam comer com ele no dia seguinte, e preparou um grande banquete. Quando todos estavam reunidos, ele disse ao caçador:

– Como você é muito astuto, deve se sentar ao meu lado.

O rapaz respondeu:

– Senhor Rei, vossa majestade deve me desculpar, sou apenas um pobre caçador.

Mas o rei insistiu e repetiu até ele obedecer:

– Você deve se sentar ao meu lado.

Enquanto estava sentado ali, pensou em sua amada mãe e desejou que um dos principais criados do rei começasse a falar dela e perguntasse como passava a rainha na torre, e se ela ainda estava viva ou já tinha perecido. Ele mal havia formulado o desejo quando o marechal começou:

– Vossa majestade, vivemos alegremente aqui, mas como vive a rainha lá na torre? Ela ainda está viva ou já faleceu?

Mas o rei respondeu:

– Ela deixou meu querido filho ser destroçado pelas feras selvagens, não tolerarei que se fale dela.

Então, o caçador se levantou e disse:

– Amável senhor pai, ela ainda está viva; eu sou seu filho e não fui levado por feras selvagens, mas por aquele cozinheiro desgraçado, que me arrancou de seus braços enquanto ela dormia e salpicou seu avental com o sangue de uma galinha.

Nesse momento, ele pegou o cachorro com a coleira dourada e disse:

– Aqui está o desgraçado!

E mandou trazerem carvão em brasa, que o cachorro foi compelido a devorar diante de todos, até chamas saírem de sua boca. Com isso, o filho perguntou ao rei se ele gostaria de ver o cachorro em sua forma verdadeira e desejou que o cozinheiro retornasse à sua aparência natural, o que ele assumiu prontamente, com seu avental branco e uma faca na mão. Quando o rei o viu, enfureceu-se e ordenou que fosse jogado no calabouço mais profundo. Então, o filho tornou a falar:

– Pai, quer ver a moça que me criou com muito carinho e que recebeu ordens de me assassinar, mas não o fez, embora sua própria vida dependesse disso?

O rei respondeu:

– Sim, eu gostaria de vê-la.

O filho respondeu:

– Meu bom pai, eu a mostrarei a você na forma de uma linda flor.

E enfiou a mão no bolso e dele tirou o cravo, colocando-o sobre a mesa real. Era tão lindo que o rei jamais havia visto um igual. Então, o filho disse:

– Agora, eu a mostrarei a você em sua forma original.

E desejou que ela voltasse a ser uma moça. Assim ela surgiu, tão linda que nenhum pintor poderia embelezá-la ainda mais.

O rei enviou duas aias e duas atendentes até a torre, para buscar a rainha e levá-la até a mesa real. Mas quando ela chegou lá, não comeu coisa alguma e disse:

– O Deus gracioso e misericordioso que me ajudou na torre logo me libertará.

Ela viveu mais três dias e então morreu feliz. Quando foi enterrada, as duas pombas brancas que costumavam levar comida para ela na torre e eram anjos do céu seguiram seu corpo e se sentaram sobre seu túmulo. O velho rei ordenou que o cozinheiro fosse esquartejado em quatro pedaços, mas a tristeza consumiu seu coração e ele logo faleceu. Seu filho se casou com a bela moça que havia levado consigo como uma flor em seu bolso e, se eles ainda estão vivos ou não, só Deus sabe.

Elsie, a Sensata

Havia, certa vez, um homem que tinha uma filha chamada Elsie, a Sensata. Quando ela cresceu, seu pai disse:

– Precisamos casá-la.

– Sim – concordou a mãe. – Quem dera aparecesse alguém que a aceitasse.

Um dia, um homem veio de muito longe e começou a cortejá-la. Seu nome era Hans e ele imaginava que Elsie, a Sensata, fosse muito esperta.

– Ah – disse o pai –, ela tem muito bom senso.

E a mãe disse:

– Ah, ela consegue ver o vento caminhando pelas ruas e ouvir as moscas tossindo.

– Bem – disse Hans –, se ela não for realmente astuta, não a quero.

Quando eles estavam sentados à mesa do jantar e já tinham comido, a mãe disse:

– Elsie, vá buscar um pouco de cerveja no porão.

Elsie, a Sensata, pegou a jarra na parede e desceu até o porão, tamborilando a tampa rapidamente para o tempo não passar tão devagar. Quando chegou lá embaixo, pegou uma cadeira e a posicionou diante do barril, para não precisar se abaixar e machucar as costas ou sofrer alguma lesão inesperada. Então, ela colocou o vasilhame na frente e abriu a torneira e enquanto a cerveja estava correndo, Elsie, que não permitia que seus olhos ficassem ociosos, analisou a parede e, depois de muito observar aqui e ali, viu um machado exatamente em cima dela, que os pedreiros tinham acidentalmente deixado ali.

Então, Elsie, a Sensata, começou a chorar e disse:

– Se eu me casar com Hans e tivermos um filho, quando ele crescer e nós o mandarmos até o porão para pegar cerveja, o machado cairá e o matará.

Então ela se sentou, chorou e gritou com todas as suas forças pela desgraça iminente. Aqueles que estavam no andar de cima esperaram pela bebida, mas Elsie, a Sensata, não retornou. Então, sua mãe disse à criada:

– Vai até o portão e vê onde Elsie está.

A criada foi e a encontrou sentada diante do barril, berrando.

– Elsie, por que está chorando? – perguntou a criada.

– Oh – respondeu ela –, não tenho eu motivo para chorar? Se eu me casar com Hans e tivermos um filho, e ele crescer e nós o mandarmos até o porão para pegar cerveja, então o machado cairá e o matará.

Diante disso, a criada disse:

– Como é sensata a nossa Elsie!

E sentou-se ao lado dela e começou a chorar ruidosamente pela desgraça. Após um tempo, como a criada não retornou e os que estavam no andar de cima ansiavam pela cerveja, o pai disse ao garoto:

– Desça lá no porão e veja onde Elsie e a garota estão.

O garoto desceu e lá estavam Elsie e a criada chorando juntas. Ele perguntou:

– Por que estão chorando?

– Oh – respondeu ela –, não tenho eu motivo para chorar? Se eu me casar com Hans e tivermos um filho, e ele crescer e nós o mandarmos até o porão para pegar cerveja, então o machado cairá e o matará.

Diante disso, o garoto disse:

– Como é sensata a nossa Elsie!

E sentou-se ao lado dela e também começou a chorar ruidosamente. No andar de cima, eles aguardaram o garoto, mas como ele não retornou, o pai disse para a mãe:

– Vá até o porão e veja onde Elsie está!

A mãe desceu até o porão, encontrou os três em meio às suas lamentações e quis saber qual era a causa; Elsie lhe contou que seu futuro filho seria morto pelo machado quando fosse crescido e tivesse de ir buscar cerveja, e o machado caísse. Então, a mãe também disse:

– Como é sensata a nossa Elsie!

E sentou-se e chorou com eles. O pai, no andar de cima, esperou por pouco tempo, mas como a esposa não voltou e sua sede só aumentava, ele disse:

– Eu mesmo preciso ir até o porão e ver onde Elsie está.

Mas quando ele chegou ao porão, viu todos sentados juntos chorando e ficou sabendo do motivo, que o filho de Elsie era a causa de todo aquele sofrimento, pois ela talvez um dia desse à luz uma criança, que talvez fosse morta pelo machado, caso estivesse sentada debaixo dele, pegando cerveja no exato momento em que a ferramenta cairia, ele exclamou:

– Oh, como nossa Elsie é sensata!

Sentou-se e também chorou com eles. O noivo ficou no andar de cima sozinho por um bom tempo, mas como ninguém retornou, ele pensou:

– Eles devem estar esperando por mim lá embaixo; também devo descer e ver o que está acontecendo.

Quando chegou lá, os cinco estavam sentados gritando e lamentando de forma bastante deplorável, cada um tentando chorar mais que o outro.

– Que desgraça aconteceu aqui? – perguntou ele.

– Oh, querido Hans – respondeu Elsie –, se nos casarmos e tivermos um filho, e ele estiver crescido e nós, talvez, o mandarmos aqui para pegar algo para beber, então o machado que foi deixado ali em cima talvez parta sua cabeça ao meio se cair dali. Não temos motivo para chorar?

– Venha – disse Hans. – Maior entendimento que esse não é necessário na minha casa. Como você é muito sensata, Elsie, eu me casarei com você.

E pegou sua mão, levou-a para cima e se casou com ela.

Depois de estar casado há algum tempo com Elsie, Hans disse:

– Esposa, vou sair para trabalhar e ganhar algum dinheiro para nós. Vá até o campo e colha o milho para fazermos pão.

– Sim, querido Hans, eu o farei.

Depois que Hans tinha saído, ela preparou um caldo para si mesma e levou consigo para o campo. Quando lá, disse para si mesma:

– O que devo fazer? Devo colher o milho primeiro ou comer? Ah, comerei primeiro.

Ela tomou sua sopa e, quando estava satisfeita, disse novamente:

– O que devo fazer? Devo colher o milho primeiro ou dormir? Dormirei primeiro.

Então, ela se deitou em meio ao milharal e adormeceu. Hans já estava em casa há muito tempo, mas Elsie não apareceu, então ele disse:

– Como é sensata a minha Elsie; ela é tão laboriosa que nem sequer vem para casa para comer.

Quando a noite caiu e ela não retornou, Hans saiu para ver o que ela tinha colhido, mas nada havia sido colhido e ela estava deitada em meio ao milharal, dormindo. Hans foi correndo para casa e pegou uma rede de caçar passarinhos com vários sininhos pendurados nela e a pendurou em Elsie, que continuou dormindo. Depois, ele correu para casa, fechou a porta, sentou-se em sua cadeira e pôs-se a trabalhar. Finalmente, quando já estava bastante escuro, Elsie, a Sensata, despertou e, quando se levantou, os sinos tilintaram ao seu redor, ecoando a cada passo que ela dava. Então, ela ficou alarmada, sem saber ao certo se era realmente Elsie, a Sensata, ou não e disse:

– Sou eu ou não sou eu?

Porém, ela não sabia a resposta dessa pergunta e ficou um tempo parada refletindo, até, por fim, pensar: "Voltarei para casa e perguntarei se sou eu ou se não sou eu, eles certamente saberão". Ela correu até a porta da própria casa, mas estava fechada, então ela bateu à janela e gritou:

– Hans, Elsie está aí?

– Sim – respondeu Hans –, ela está aqui.

Com isso, Elsie ficou apavorada e disse:

– Oh, céus! Então não sou eu!

E foi até outra casa, mas quando as pessoas ouviam os sinos, recusavam-se a abrir e ela não conseguiu entrar em casa alguma. Por fim, ela fugiu do vilarejo e nunca mais foi vista desde então.

O avarento no arbusto

Um fazendeiro tinha um criado fiel e aplicado, que trabalhara duro para ele por três anos sem receber remuneração alguma. Enfim lhe ocorreu que ele não continuaria trabalhando sem ser pago, então foi até seu amo e disse:

– Tenho trabalhado duro para o senhor há muito tempo, confio que me pagará o que mereço por todo o meu esforço.

O fazendeiro era um avarento miserável e sabia que aquele era um homem humilde, então pegou três moedas e deu a ele – uma por cada ano de serviço. O pobre homem pensou se tratar de uma grande quantia de dinheiro e disse a si mesmo:

– Por que eu deveria continuar trabalhando duro e vivendo aqui por uma remuneração baixa? Agora posso viajar por todo o mundo e me divertir.

Então, ele colocou o dinheiro em seu alforje e partiu, perambulando por colinas e vales.

Enquanto corria pelos campos, cantando e dançando, um anãozinho o encontrou e perguntou o que o estava deixando tão feliz:

– Ora, o que deveria me deixar desanimado? – indagou ele. – Tenho boa saúde e bolsos cheios, com o que deveria me preocupar? Poupei três anos de minha remuneração e tenho tudo guardado em meu alforje.

– Quanto seria tamanha quantia? – quis saber o anãozinho.

– Um total de três moedas – respondeu o camponês.

– Gostaria que as desse a mim – disse o outro. – Sou muito pobre.

O trabalhador se apiedou dele e lhe entregou tudo o que tinha, e o anãozinho lhe disse:

– Como você tem um coração muito honesto, eu lhe concederei três desejos, um para cada moeda; então, escolha o que bem entender.

O camponês regozijou-se com sua boa sorte e disse:

– Há muitas coisas que prefiro ao dinheiro: primeiro, quero um arco que acerte todas as flechas que eu atirar em seu alvo; segundo, um violino que coloque todos aqueles que me ouvirem tocá-lo para dançar; e terceiro, gostaria que todos me dessem o que lhes peço.

O anão disse que ele teria os três desejos atendidos; então lhe deu o arco e o violino e seguiu seu caminho.

Nosso honesto amigo também continuou sua jornada e, se estava contente antes, agora estava dez vezes mais. Ele não tinha caminhado muito tempo quando encontrou um velho avarento. Perto deles, havia uma árvore e, no galho mais alto, um tordo cantarolava alegremente.

– Oh, que belo pássaro! – exclamou o avarento. – Eu pagaria uma boa quantia para ter um desses.

– Se isso é tudo – disse o camponês –, eu o trarei para baixo rapidamente.

Então, ele sacou o arco e logo o tordo caiu em meio aos arbustos ao pé da árvore. O avarento se meteu entre os arbustos para encontrá-lo, mas assim que chegou ao meio, o camponês pegou o violino e começou a tocar, e o avarento começou a dançar e rodopiar, saltando cada vez mais alto. Os espinhos logo começaram a rasgar suas roupas até ficarem em farrapos e ele próprio estar todo arranhado e ferido, de modo que o sangue escorria.

– Pelo amor de Deus! – gritou o homem. – Mestre! Mestre! Eu imploro, largue o violino. O que eu fiz para merecer isso?

– Você já esfolou muitas pobres almas – respondeu o camponês. – Está apenas recebendo sua recompensa.

E tocou mais uma canção. Então, o avarento começou a suplicar e implorar, e ofereceu dinheiro em troca de sua liberdade, mas não chegou por um bom tempo ao preço pedido pelo camponês, que o fez dançar cada vez mais rápido, ao passo que o avarento oferecia cada vez mais dinheiro, até que, finalmente, ele ofereceu todos os cem florins que levava no alforje e que havia ganhado extorquindo algum pobre coitado. Quando o camponês viu tanto dinheiro, disse:

– Concordarei com a sua proposta.

Então, ele pegou o alforje, guardou o violino e seguiu seu caminho muito satisfeito com seu negócio.

Enquanto isso, o avarento saiu do meio dos arbustos, seminu e em uma situação lastimável, e começou a refletir sobre como se vingaria e lograria o camponês. Afinal, ele foi ter com o juiz e alegou que um mau caráter havia roubado seu dinheiro e o espancado para consegui-lo, e que o patife que o tinha feito carregava um arco nas costas e um violino pendurado no pescoço. Então, o juiz enviou seus oficiais para deter o acusado, onde quer que o encontrassem, e logo ele foi pego e levado para ser julgado.

O avarento começou a contar sua história, e disse que havia sido roubado.

– Não, você me deu o dinheiro para tocar uma música para você – retrucou o camponês, mas o juiz ponderou que isso era improvável e encerrou a questão de vez condenando-o à forca.

Então ele foi levado, mas enquanto aguardava na escada, disse:

– Senhor Juiz, conceda-me um último desejo.

– Qualquer coisa que não seja sua vida – respondeu ele.

– Não – garantiu o camponês. – Não peço pela minha vida; só peço que me deixe tocar meu violino uma última vez.

O avarento gritou:

– Oh, não! Não! Pelo amor de Deus, não dê ouvidos a ele! Não dê ouvidos a ele!

Mas o juiz disse:

– É apenas uma última vez, ele logo não tocará mais.

O fato era que ele não podia negar o pedido, por conta da terceira dádiva do anão.

Então, o avarento disse:

– Amarrem-me! Amarrem-me, por misericórdia!

Mas o camponês pegou seu violino e começou a tocá-lo e, à primeira nota, juiz, escrivães e carcereiro começaram a se mover; todos passaram a saltitar e ninguém conseguiu segurar o avarento. À segunda nota, o carrasco largou o prisioneiro e também começou a bailar e, quando ele tocou o primeiro compasso da canção, todos estavam dançando – juiz, corte e o avarento, e todas as pessoas que ali estavam para assistir. Em um primeiro momento, tudo foi alegre e bastante agradável, mas depois de um tempo e como parecia que nem música nem dança pareciam ter fim, as pessoas começaram a gritar e imploraram que ele parasse; mas ele não deu ouvido algum às solicitações até que o juiz não apenas lhe preservasse a vida, mas também prometesse devolver os cem florins.

Então, ele gritou para o avarento:

– Conta agora, vagabundo, onde você conseguiu aquele dinheiro ou tocarei apenas para lhe alegrar.

– Eu roubei – afirmou o avarento diante de todas as pessoas. – Reconheço que roubei e que você o ganhou de maneira justa.

Então o camponês parou de tocar o violino e deixou o avarento tomar seu lugar na forca.

Cinderela

A esposa de um homem muito rico adoeceu e, quando ela sentiu que seu fim estava próximo, chamou sua única filha até seu leito de morte e disse:

– Seja sempre uma boa menina e eu a olharei e cuidarei de você do céu.

Pouco depois, ela fechou os olhos e morreu, e foi enterrada no jardim. A garotinha ia todos os dias até o túmulo da mãe e chorava, e sempre foi bondosa com todos à sua volta.

A neve caiu e espalhou uma linda cobertura branca sobre o túmulo, mas quando a primavera chegou e o sol a derreteu, seu pai havia se casado com outra mulher. Essa nova esposa tinha duas filhas que levara consigo para a casa deles; elas eram formosas de rosto, mas sórdidas de coração e os tempos se tornaram difíceis para a pobre garotinha.

– O que a imprestável quer na sala de estar? – diziam elas. – Para comer o pão, deve-se, antes, merecê-lo; fora com a criada!

Então, elas tiraram suas roupas refinadas, deram-lhe uma velha bata cinza para vestir e riram dela, mandando-a para a cozinha.

Lá, ela foi forçada a fazer trabalho pesado: levantar-se antes de o sol nascer, buscar água, acender o fogo, cozinhar e lavar. Além disso, as irmãs a importunavam de todas as formas possíveis e riam dela. À noite, quando estava cansada, não tinha cama para se deitar e era obrigada a deitar no piso da lareira, em meio às cinzas, e como isso, naturalmente, a deixava toda empoeirada e suja, elas a chamavam de Gata Borralheira.

Certa vez, seu pai estava indo à feira e perguntou às filhas de sua esposa o que deveria trazer para elas.

– Roupas refinadas – disse uma.

– Pérolas e diamantes – gritou a outra.

– E você, criança – disse ele à própria filha –, o que quer?

– O primeiro galho, querido pai, que tocar seu chapéu quando você se virar para retornar à casa – respondeu ela.

Então, ele comprou para as duas irmãs as roupas refinadas e as pérolas e diamantes que elas pediram e, no caminho para casa, quando passava por um bosque verdejante, um galho de aveleira raspou nele, quase arrancando seu chapéu, então ele o quebrou e levou consigo, entregando-o à sua filha quando chegou em casa. Ela, então, o levou até o túmulo de sua mãe, plantou-o lá e chorou tanto que o regou com suas lágrimas e ali ele cresceu e se tornou uma bela árvore. Três vezes ao dia, ela ia até a árvore e chorava, e logo um passarinho veio e montou seu ninho nela, e conversou com a garota e cuidou dela, levando-lhe tudo o que ela quisesse.

Aconteceu que o rei da região promoveu um banquete que deveria durar três dias e durante o qual o príncipe deveria escolher uma noiva para si próprio. As duas irmãs de Cinderela foram convidadas, então a chamaram e disseram:

– Agora, penteie nossos cabelos, escove nossos sapatos e amarre nossas cintas, pois vamos dançar no banquete do rei.

Então, ela fez o que lhe foi ordenado, mas quando terminou, não pôde evitar cair no choro, pois pensou consigo que teria gostado de ir com elas ao baile. Acabou, por fim, implorando com todas as forças que a madrasta a deixasse ir.

– Você, Gata Borralheira! – disse ela. – Você, que não tem o que vestir, nenhuma roupa sequer, que nem sequer sabe dançar, você querer ir ao baile?

E como a garota continuou insistindo, ela enfim disse para se livrar dela:

– Esparramarei um prato de ervilhas na pilha de cinzas e, se em duas horas você conseguir catar todas, poderá ir ao banquete também.

Então, ela jogou as ervilhas em meio às cinzas, mas a moça correu até a porta dos fundos, foi até o jardim, e entoou:

– De todo o céu, voem para cá,
Venham aquém, cegonha e sabiá!
Arara, anu e carrapateiro,
Venham aquém, mas venham ligeiro!
Todos unidos a me ajudar,
Para cada ervilha espalhada catar!

Primeiro, chegaram duas pombas brancas que entraram pela janela da cozinha; em seguida, vieram duas rolinhas; e, depois, todos os passarinhos do céu, piando e batendo suas asas, e voaram até as cinzas. As pombinhas abaixaram suas cabecinhas e começaram a catar, catar, catar; então os outros se puseram a catar, catar, catar; e, com todos trabalhando, logo eles cataram todos os grãos bons e os colocaram em um prato, deixando as cinzas. Muito antes de findar a primeira hora, a missão estava cumprida, e todos saíram voando novamente pelas janelas.

Então, Cinderela levou o prato para a madrasta, extremamente contente por pensar que agora poderia ir ao baile. Mas a madrasta disse:

– Não, não! Imunda, não tem roupas e não sabe dançar; não pode ir.

E quando Cinderela suplicou com todas as suas forças, ela disse:

– Se você conseguir, em uma hora, catar o dobro de ervilhas das cinzas, poderá ir.

Então jogou dois pratos de ervilhas nas cinzas.

Mas a moça correu novamente até o jardim, nos fundos da casa, e entoou como antes:

– De todo o céu, voem para cá,
Venham aquém, cegonha e sabiá!
Arara, anu e carrapateiro,
Venham aquém, mas venham ligeiro!
Todos unidos a me ajudar,
Para cada ervilha espalhada catar!

Primeiro, entraram duas pombas brancas pela janela da cozinha; em seguida, vieram as rolinhas; e, depois, todos os passarinhos do céu, piando e saltitando. E eles voaram até as cinzas, as pombinhas abaixaram suas cabecinhas e começaram a catar, catar, catar; então os outros se puseram a catar, catar, catar; e eles colocaram todos os grãos bons em um prato e deixaram as cinzas. Antes de se passar meia hora, o trabalho estava feito e todos saíram voando novamente. Então Cinderela levou os pratos para a madrasta, extremamente feliz por pensar que agora poderia ir ao baile. Mas a madrasta disse:

– De nada adianta, você não pode ir; não tem roupas e não sabe dançar, e só nos envergonharia.

E saiu com as duas filhas para o baile.

Agora que todos haviam saído e não restava ninguém em casa, Cinderela caminhou pesarosamente até a aveleira e se sentou debaixo dela lamentando:

– De ouro cobre, aveleira,
Esta Gata Borralheira!

Então seu amigo, o pássaro, voou para longe e trouxe para ela um vestido de ouro e prata, e sapatos de seda cobertos de brilhantes; ela os colocou e seguiu as irmãs até o banquete. Elas, no entanto, não a reconheceram e pensaram se tratar de alguma princesa forasteira, de tão sofisticada e bonita que estava em suas roupas finas, e não pensaram em Cinderela uma única vez, presumindo que estivesse em casa em meio à sujeira.

O filho do rei logo se aproximou dela, pegou-a pela mão e dançou com ela e com mais ninguém. Ele não soltou a mão da garota em momento algum e, quando qualquer pessoa vinha tirá-la para dançar, ele respondia:

– A senhorita está dançando comigo.

Assim eles dançaram até tarde da noite, e então ela queria ir para casa, mas o príncipe disse:

– Eu irei com você e a levarei para sua casa.

Ele queria ver onde a bela donzela vivia, mas ela escapou dele de súbito e correu na direção de casa. Como o príncipe a seguiu, ela entrou rapidamente no pombal. O filho do rei esperou até o pai da moça chegar em casa e contou a ele que a donzela desconhecida que estivera no banquete se escondera em seu pombal. Mas quando eles arrombaram a porta, não encontraram ninguém e, quando retornaram à casa, Cinderela estava deitada, como sempre, perto das cinzas, usando sua bata suja com sua pequena lamparina queimando na lareira. Ela havia atravessado o pombal o mais depressa que conseguia e seguido até a aveleira, onde tinha tirado as lindas roupas e colocado debaixo da árvore para que o pássaro pudesse levá-las embora. Então tinha se deitado novamente em meio às cinzas com sua batinha cinza.

No dia seguinte, quando foi organizada uma nova festa e seu pai, sua madrasta e suas irmãs haviam saído de casa, Cinderela foi até a aveleira e disse:

– De ouro cobre, aveleira,
Esta Gata Borralheira!

Então o pássaro apareceu e trouxe um vestido ainda mais bonito do que o que ela tinha usado na noite anterior. E quando ela chegou ao baile, todos se admiraram com sua beleza, mas o filho do rei, que estava esperando por ela, pegou-a pela mão e dançou com ela, e quando qualquer um a chamava para dançar, ele repetia:

– A senhorita está dançando comigo.

Quando a madrugada caiu, ela quis ir para casa, e o filho do rei a seguiu como na noite anterior para poder ver em qual casa ela entraria, mas a garota escapuliu dele subitamente, entrando no jardim dos fundos da casa de seu pai. No jardim, havia uma grande e bela pereira, repleta de frutas maduras, e Cinderela, sem saber onde se esconder, pulou para dentro dela sem ser vista. O príncipe a perdeu de vista e não conseguiu descobrir aonde ela tinha ido, então esperou seu pai chegar em casa e lhe disse:

– A donzela desconhecida que dançou comigo escapuliu e acho que ela pode ter se escondido na pereira.

O pai pensou consigo mesmo: “Poderia ser Cinderela?”. Então, ele pegou um machado e a árvore foi cortada, mas não havia ninguém. E quando eles voltaram à cozinha, lá estava Cinderela em meio às cinzas. Ela havia escorregado para o outro lado da árvore, levado suas lindas roupas de volta para o pássaro, na aveleira, e então tinha colocado sua batinha cinza.

No terceiro dia, quando seu pai, sua madrasta e suas irmãs não estavam mais em casa, ela foi novamente ao jardim e entoou:

– De ouro cobre, aveleira,
Esta Gata Borralheira!

Então, seu amigo pássaro lhe trouxe um vestido ainda mais refinado que o anterior e sapatos que eram inteiros de ouro, de modo que quando ela chegou ao banquete, ninguém sabia o que dizer de tanto fascínio por sua beleza; e o príncipe não dançou com mais ninguém além dela e, quando qualquer outro a convidava para dançar, ele dizia:

– Esta senhorita é a *minha* parceira, senhor.

Quando a madrugada caiu, ela quis ir para casa, mas o filho do rei insistiu em ir com ela, e disse para si mesmo: "Não a perderei desta vez". No entanto, novamente ela escapuliu dele, mas tão desembestadamente que perdeu um de seus sapatos de ouro na escadaria.

O príncipe pegou o sapato e foi, no dia seguinte, até seu pai, o rei, e disse:

– Eu tomarei como esposa a senhorita em cujo pé este sapato de ouro couber.

Ambas as irmãs ficaram exultantes quando souberam da notícia, pois tinham pés lindos e não tinham dúvidas de que o sapato de ouro lhes caberia. A mais velha foi a primeira a entrar na sala onde o sapato se encontrava e quis prová-lo, e sua mãe permaneceu ao seu lado. Mas seu dedão não entrava no calçado, que era, no geral, pequeno demais para ela. Então, sua mãe lhe entregou uma faca e disse:

– Corte-o fora, não tem importância. Quando você for rainha, não se importará com os dedos dos pés, nem sequer vai querer andar.

Então, a garota tola cortou o dedão fora e, assim, conseguiu espremer o pé dentro do sapato, e foi até o príncipe. Ele a tomou como sua noiva, colocou-a a seu lado em seu cavalo e com ela partiu rumo ao castelo.

Mas, no caminho para casa, eles precisavam passar pela aveleira que Cinderela havia plantado e, em um galho, uma pombinha empoleirada estava cantando:

– Volte agora! Volte agora! Olhe para o sapato!
Pequeno demais é para um pé desse formato!
Príncipe! Príncipe! Busque a sua pretendida,
Pois esta que você leva é somente uma fingida!

Então, o príncipe desceu do cavalo e olhou para o pé da moça. Então viu, pelo sangue que dele escorria, que ela o havia enganado. Assim, ele deu meia-volta com o cavalo, levou a falsa noiva de volta para sua casa e disse:

– Esta não é a noiva; chame a outra irmã para provar o sapato.

Então, a outra irmã entrou na sala e enfiou todo o pé todo no sapato – menos o calcanhar, que era largo demais. Mas a mãe o espremeu até caber e começar a escorrer sangue, e então a levou até o filho do rei, que a tomou como sua noiva, colocou-a a seu lado no cavalo e com ela partiu.

Mas quando eles chegaram à aveleira, a pombinha ainda estava empoleirada lá e cantou:

– Volte agora! Volte agora! Olhe para o sapato!
Pequeno demais é para um pé desse formato!
Príncipe! Príncipe! Busque a sua pretendida,
Pois esta que você leva é somente uma fingida!

Ele olhou para baixo e viu que o sangue que escorria do sapato era tanto que as meias brancas da moça estavam bastante vermelhas. Então, ele deu meia-volta com o cavalo e também a levou de volta para sua casa.

– Esta não é a verdadeira noiva – disse ele ao pai. – Tem outras filhas?

– Não – respondeu ele. – Há apenas uma gata borralheira aqui, filha da minha primeira esposa. Tenho certeza de que ela não pode ser a noiva.

O príncipe pediu a ele que a chamasse, mas a madrasta disse:

– Não, não, ela é suja demais, não ousará se exibir.

Contudo, o príncipe exigiu que ela comparecesse e, depois de lavar o rosto e as mãos, ela entrou na sala, fez uma reverência e pegou o sapato. Então, tirou seu calçado surrado do pé esquerdo e colocou o sapato de ouro. E o sapato lhe serviu como se tivesse sido feito para ela. E quando o príncipe se aproximou e olhou em seu rosto, disse:

– Esta é a noiva certa.

Mas a madrasta e as irmãs ficaram apavoradas e empalideceram de raiva quando ele colocou Cinderela em seu cavalo e com ela partiu. Quando eles passaram pela aveleira, a pomba branca cantou:

– Para o lar! Para o lar! Olhe para o sapato!
Não há outra princesa com um pé desse formato!
Príncipe! Príncipe! Leve sua pretendida!
Pois ao seu lado está sua esposa merecida!

E quando a pombinha terminou sua canção, saiu voando e acomodou-se sobre o ombro direito de Cinderela, e foi para casa com ela.

A serpente branca

Muito tempo atrás, havia um rei cuja sabedoria era comentada por todo o país. Nada passava despercebido por ele por muito tempo e era como se as coisas secretas chegassem até seus ouvidos pelo ar. Ele tinha, entretanto, um hábito curioso. Todos os dias, no jantar, depois que a mesa havia sido limpa e todos tinham se recolhido, um criado de confiança precisava levar mais um prato para ele. O prato, no entanto, estava sempre coberto, e nem o criado, nem qualquer outra pessoa sabia do que se tratava, visto que o rei esperava até estar totalmente sozinho para descobri-lo.

Há muito essa cena se repetia, mas enfim chegou um dia em que o criado não conseguiu mais conter a curiosidade e, ao recolher o prato, levou-o para seu quarto. Assim que trancou a porta cuidadosamente, ele ergueu a tampa e viu uma serpente branca deitada sobre o prato. Depois de vê-la, o homem não pôde resistir ao desejo de prová-la, então cortou um pequeno pedaço e colocou na boca. Assim que a carne tocou sua língua, ele ouviu, do lado de fora de sua janela, um estranho coro de vozes sutis. Ele foi até lá, ficou escutando e descobriu que eram os pardais que estavam conversando, contando um ao outro o que haviam visto nos campos e nos bosques. Aquele pedacinho de serpente tinha lhe conferido a habilidade de compreender a linguagem dos animais.

Aconteceu que, um dia, a rainha perdeu seu anel mais esplêndido e as suspeitas recaíram sobre o fiel criado, que era o supervisor geral, e ele foi acusado de roubá-lo. O rei o convocou e, após várias reprimendas, disse que se no dia seguinte ele não pudesse identificar o ladrão, seria considerado culpado e punido. Ele reiterou em vão sua inocência; mas não conseguiu nenhuma sentença melhor.

Em meio à inquietude e à ansiedade, ele saiu para os jardins e começou a refletir sobre o que poderia fazer frente a tamanha situação. Lá estavam os patos, ao lado do riacho, repousando, alisando as penas com o bico chato e proseando amigavelmente. O criado permaneceu onde estava, ouvindo-os. Eles comentaram sobre como haviam perambulado a manhã toda no dia anterior e encontrado deliciosos quitutes; e um deles se lastimou:

– Há algo muito pesado no meu papo, é o anel que estava caído debaixo da janela da rainha; eu o engoli depressa demais.

Então, o criado o pegou pelo pescoço, levou para a cozinha e instruiu a cozinheira:

– Mate este aqui, está pronto para ser assado.

– Sim – concordou a cozinheira, pesando-o na própria mão. – Não precisamos engordá-lo, está no ponto há muito tempo.

Ela, então, cortou-lhe o pescoço e, quando o partiu, o anel da rainha foi encontrado no papo.

O criado agora podia facilmente provar sua inocência e para recompensá-lo pela injustiça que tinha sofrido, o rei permitiu que ele fizesse um pedido e também lhe prometeu um posto da mais alta honraria na residência real. Mas o criado recusou, apenas pediu um cavalo e dinheiro para viajar, pois tinha a vontade de conhecer o mundo e explorá-lo um pouco. Seu desejo foi concedido e ele partiu em seu caminho. Um dia, deparou-se com uma lagoa, ao lado da qual avistou três peixes que haviam ficado presos no junco e estavam ofegantes, querendo água. Embora geralmente se diga que os peixes são criaturas mudas, o homem compreendeu perfeitamente o lamento deles por estarem prestes a perecer de forma tão lastimável; e como tinha um coração misericordioso, desceu do cavalo e colocou os três peixes de volta na água. Eles se sacudiram de alegria, esticaram as cabeças e gritaram para ele:

– Nós nos lembraremos de você e lhe recompensaremos, pois você nos salvou.

O homem continuou em frente e, após um tempo, escutou uma vozinha vinda da areia, debaixo das patas de seu cavalo. Ele ouviu e compreendeu que uma formiga-rei estava reclamando.

– Quem dera esses homens não passassem por aqui com suas grandes e esquisitas bestas! Aí vem esse cavalo estúpido pisoteando meu povo com seus cascos duros!

O homem então desviou o cavalo para a trilha lateral e a formiga-rei o saudou:

– Nós nos lembraremos de você e o recompensaremos!

A trilha o levou pelo meio do bosque, onde ele viu pai-corvo e mãe-corvo parados ao lado do ninho, atirando os filhotes para fora.

– Fora daqui, seus pequenos malandros! – gritavam eles. – Não podemos mais alimentá-los; já estão grandes o suficiente para prover sua própria subsistência!

Os pobres corvinhos estavam estirados no chão, debatendo-se, agitando as pequenas asas e gritando:

– Somos pequenas criaturas indefesas, não conseguimos nos alimentar sozinhos, nem sequer conseguimos voar! Só nos resta morrer de fome!

Então o bom homem desmontou seu cavalo, matou-o com a adaga e deixou-o para os jovens corvos se alimentarem. Eles se aproximaram saltitando, esbaldaram-se na carne e gritaram:

– Nós nos lembraremos de você e o recompensaremos!

Agora ele só podia usar as próprias pernas e, quando já havia caminhado um bocado, chegou a uma grande cidade. Havia muito barulho e tumulto nas ruas, então apareceu um homem a cavalo, que proclamou:

– A filha do rei procura um marido, mas aquele que desejar se casar com ela deve cumprir uma tarefa árdua e, se não conseguir completá-la com sucesso, perderá a vida.

Muitos já haviam tentado, mas tinham perdido a vida em vão. O jovem, quando viu a filha do rei, ficou tão estupefato com sua imensa beleza que esqueceu todo o perigo, foi até o rei e se apresentou como pretendente.

Então, ele foi levado até a costa e um anel de ouro foi arremessado na água diante de seus olhos. O rei lhe disse que ele precisaria recuperar o anel do fundo do mar e complementou:

– Se retornar sem o anel, você será submerso nas ondas repetidamente até se afogar.

Todos lamentavam pelo belo jovem, mas se foram, deixando-o sozinho junto ao mar. Enquanto ele estava parado na orla, pensando no que deveria fazer, três peixes passaram por ali, exatamente os três que ele havia salvado. O peixe do meio trazia uma concha na boca e a colocou aos pés do homem. Quando ele a pegou e abriu, encontrou o anel de ouro lá dentro! Radiante de alegria, ele o levou até o rei e aguardou a prometida recompensa; mas a filha do rei era orgulhosa e, percebendo que o pretendente não era de berço nobre, o desprezou e exigiu que executasse outra tarefa. Ela foi até o jardim e esparramou dez sacos cheios de grãos de milho pela grama:

– Até o nascer do sol, pela manhã, você deverá ter juntado todos os grãos – instruiu ela –, sem que falte um único.

O jovem sentou-se no jardim e refletiu sobre como poderia cumprir tal tarefa, mas não conseguiu idealizar nada e permaneceu ali, sentindo-se muito infeliz e esperando ser morto ao raiar do dia. Mas quando os primeiros raios tocaram o jardim, ele viu que os dez sacos tinham sido enchidos, enfileirados e que nenhum grão estava faltando. A formiga-rei havia chegado durante a noite com suas milhares de formigas e as agradecidas criaturas tinham juntado todo o milho e enchido os sacos com destreza. A filha do rei foi ao jardim e observou, atônita, que o jovem tinha cumprido todas as tarefas a ele incumbidas. No entanto, seu orgulhoso coração não amoleceu e ela disse:

– Embora ele tenha cumprido as duas tarefas, não será meu noivo a não ser que me traga uma maçã da árvore da vida.

O jovem não sabia onde a árvore da vida poderia ser encontrada, mas partiu e seguiu adiante incansavelmente, o máximo que suas pernas aguentaram, mas sem esperança de encontrá-la. Quando já havia passado por três reinos, chegou, uma noite, a uma floresta e sentou-se debaixo de uma árvore para dormir. Contudo, ele ouviu um farfalhar em meio aos galhos, e uma maçã dourada caiu em sua mão. Imediatamente, três corvos voaram em sua direção, empoleiraram-se em seu joelho e disseram:

– Somos os três pequenos corvos que você salvou da fome; quando crescemos e soubemos que estava procurando a maçã dourada, atravessamos o mar voando até os confins do mundo, onde se localiza a árvore da vida, e colhemos a maçã.

Radiante de alegria, o jovem retomou o rumo de casa e levou a maçã para a bela filha do rei, que agora não tinha mais desculpas.

Então, eles dividiram a maçã da vida e a comeram juntos, e seus corações se encheram de amor, e eles viveram uma vida de felicidade imperturbada até uma idade bem avançada.

O lobo e os sete cabritinhos

Era uma vez uma velha cabra que tinha sete cabritinhos e os amava com todo o amor que uma mãe tem por seus filhos. Um dia, ela queria ir à floresta buscar comida, então chamou todos os sete e disse:

– Queridos filhos, tenho que ir à floresta, fiquem atentos ao lobo; se ele entrar, devorará todos vocês com pele, pelos e tudo mais. O pilantra muitas vezes se disfarça, mas vocês o reconhecerão imediatamente por sua voz rouca e seus pés negros.

Os cabritinhos disseram:

– Querida mamãe, nós nos cuidaremos direitinho, pode sair sem se preocupar.

Então, a velha mãe baliu e saiu com a consciência tranquila.

Não demorou muito até alguém bater à porta e gritar:

– Abram a porta, queridas crianças, sua mãe está aqui e trouxe algo para cada um de vocês.

Mas os cabritinhos sabiam que era o lobo por conta da voz rouca.

– Não abriremos a porta – responderem eles –, você não é nossa mãe. Ela tem uma voz suave e agradável, mas a sua é rouca; você é o lobo!

Então, o lobo foi até uma venda, comprou um grande pedaço de calcário e comeu, o que tornou sua voz suave. Então ele retornou, bateu à porta da casa e gritou:

– Abram a porta, queridas crianças, sua mãe está aqui e trouxe algo para cada um de vocês.

Mas o lobo havia apoiado suas patas negras na janela, e os cabritinhos viram e gritaram:

– Não abriremos a porta, nossa mãe não tem pés negros como as suas; você é o lobo!

Então, o lobo correu até um padeiro e disse:

– Machuquei meus pés, enrole um pouco de massa neles para mim.

E depois que o padeiro havia enrolado suas patas com massa, ele correu até o moleiro e disse:

– Espalhe um pouco de farinha de trigo nos meus pés para mim.

O moleiro pensou consigo mesmo: "O lobo quer enganar alguém", e se recusou, mas o lobo disse:

– Se não fizer isso, eu o devorarei.

Então o moleiro ficou com medo e deixou branquinhas as patas do lobo. Na verdade, é assim que a humanidade funciona.

Finalmente o malandro foi, pela terceira vez, até a porta da casa, bateu e disse:

– Abram a porta para mim, crianças, sua querida mãe voltou para casa e trouxe algo da floresta para cada um de vocês.

Os cabritinhos gritaram:

– Primeiro, mostre-nos suas patas para que saibamos se é nossa querida mãezinha.

Então, ele enfiou as patas pela janela e quando os cabritinhos viram que eram brancas, acreditaram em tudo que ele disse e abriram a porta. Mas ninguém menos que o lobo entrou por ela! As crianças ficaram apavoradas e quiseram se esconder. Uma saltou para baixo da mesa; a segunda, para baixo da cama; a terceira se meteu dentro do forno; a quarta fugiu para a cozinha; a quinta entrou no armário; a sexta se enfiou debaixo do lavatório; e a sétima se espremeu na caixa do relógio. Mas o lobo encontrou todas. A mais nova, que estava na caixa do relógio, foi a única que ele não encontrou. Quando o lobo tinha satisfeito seu apetite, saiu da casa, deitou-se embaixo de uma árvore no prado verdejante e pôs-se a dormir. Pouco tempo depois, a velha cabra chegou em casa da floresta. Ah, que cenário ela encontrou! A porta da casa estava escancarada. A mesa, as cadeiras e os bancos estavam revirados; o lavatório fora partido em pedacinhos e as cobertas e travesseiros foram arrancados da cama. Ela procurou pelos filhos, mas não os encontrou em lugar algum. Chamou um por um pelo nome, mas nenhum respondeu. Enfim, quando chegou ao nome do mais novo, uma vozinha respondeu:

– Querida mamãe, estou na caixa do relógio.

Ela resgatou o cabritinho e ele lhe contou que o lobo havia aparecido e comido todos os outros. Pode imaginar o quanto ela chorou por suas pobres crianças.

Em meio à sua tristeza, ela saiu de casa com o cabritinho mais jovem correndo em seus calcanhares. Quando eles chegaram ao prado, lá jazia o lobo sob a árvore, roncando tão alto que os galhos tremiam. Ela olhou para ele por todos os ângulos e percebeu que algo se movia e se debatia em sua barriga empanzinada.

– Oh, céus – disse ela –, será possível que minhas pobres crianças, que ele devorou como janta, ainda estejam vivas?

Então, o cabritinho teve de correr para casa para buscar tesoura, agulha e linha, e a cabra abriu a barriga da besta. Ela mal havia feito o primeiro corte quando um cabritinho enfiou a cabeça para fora e, quando ela cortou ainda mais, todos os seis surgiram, um após o outro, e todos ainda estavam vivos e não haviam sofrido nenhum ferimento sequer, pois, em sua gula, o monstro os havia engolido inteiros. Quanta alegria! Eles abraçaram sua querida mãe e saltitaram felizes como pinto no lixo. A mãe, no entanto, disse:

– Agora vão procurar umas pedras grandes, e encheremos o estômago deste mostro perverso com elas enquanto ele ainda dorme.

Então, os sete cabritinhos levaram as pedras até lá o mais rápido possível e colocaram tantas quanto couberam na barriga dele, e a cabra mãe o costurou de volta apressadamente, de modo que ele não percebeu nada e não se moveu nem uma vez sequer.

Quando o lobo finalmente havia dormido o bastante, pôs-se em pé e, como as pedras em seu estômago o deixavam com muita sede, ele quis ir até um poço para tomar água. Mas quando começou a caminhar e se movimentar, as pedras em sua barriga começaram a bater umas nas outras e a chocalhar. Então, ele entoou:

– O que chacoalha e ribomba,
E em meu bucho faz barulho?
Pensei serem seis cabritos,
Mas parecem pedregulhos.

Quando ele chegou ao poço e se inclinou para tomar a água, as pesadas pedras o fizeram cair e ele se afogou de forma lastimável. Quando os seis cabritinhos viram o que aconteceu, foram correndo até o local e gritaram:

– O lobo está morto! O lobo está morto!

E dançaram de alegria em torno do poço com sua mãe.

A abelha rainha

Certa vez, dois filhos de um rei saíram pelo mundo em busca de aventura, mas logo recaíram em uma vida desregrada e insensata, de modo que não sabiam mais como voltar para casa. Então, o irmão deles, que era um anãozinho insignificante, saiu à procura dos dois, mas quando os encontrou, os irmãos apenas riram dele, por pensar que o anão, que era tão jovem e ingênuo, poderia tentar viajar pelo mundo, enquanto eles, que eram muito mais espertos, não haviam conseguido cumprir tal proeza. Mesmo assim, todos partiram juntos em sua jornada e chegaram, por fim, a um formigueiro. Os dois irmãos mais velhos queriam destruí-lo para ver como as pobres formigas, apavoradas, desembestariam a correr e fugir com seus ovos. Mas o anãozinho disse:

– Deixem as pobres criaturas em paz; não permitirei que as perturbem.

Então eles seguiram adiante até chegarem a um lago onde muitos patos estavam nadando. Os dois irmãos queriam muito capturar dois para assá-los. Mas o anão disse:

– Deixem as pobres criaturas em paz; não posso deixar que as assem.

Em seguida, eles chegaram a uma colmeia acomodada em uma árvore oca e havia tanto mel que escorria pelo tronco. Os dois irmãos queriam acender uma fogueira debaixo da árvore e matar as abelhas para lhes roubar o mel. Mas o anão os deteve e disse:

– Deixem os belos insetos em paz; não posso permitir que os queimem.

Por fim, os três irmãos chegaram a um castelo e, quando estavam passando pelas estrebarias, viram alguns belos cavalos por ali, mas todos eram de mármore e não havia homem algum à vista. Eles passaram por todos os cômodos até chegarem a uma porta na qual havia três fechaduras, mas na do meio tinha uma janelinha, de modo que eles puderam espiar o cômodo seguinte. Lá, eles viram um velhinho grisalho sentado a uma mesa e o chamaram uma ou duas vezes, mas ele não os ouviu. Na terceira vez que o chamaram, contudo, ele se levantou e foi até eles.

O velhinho não disse nada, mas os levou até uma linda mesa forrada com inúmeras iguarias e, depois que eles comeram e beberam à vontade, ele levou cada um deles a um quarto.

Na manhã seguinte, ele foi até o irmão mais velho e o levou até uma mesa de mármore na qual havia três tabuletas contendo um relato do que precisava ser feito para que o castelo fosse libertado do feitiço que o acometia. A primeira tabuleta dizia: "No bosque, debaixo do musgo, estão enterradas as mil pérolas que pertencem à filha do rei; todas devem ser encontradas e, se uma única estiver faltando até o Sol se pôr, aquele que as procurou será transformado em mármore".

O irmão mais velho partiu e procurou pelas pérolas o dia todo, mas a noite caiu e ele não havia sequer encontrado a primeira centena, então foi transformado em pedra como a tabuleta havia anunciado.

No dia seguinte, o segundo irmão assumiu a tarefa, mas não teve mais êxito que o primeiro, pois só conseguiu encontrar a segunda centena de pérolas e, portanto, também foi transformado em pedra.

Por fim, chegou a vez do anãozinho e ele procurou no musgo, mas era muito difícil achar as pérolas e o trabalho era bastante cansativo! Então, ele se sentou sobre uma rocha e chorou. Enquanto estava ali sentado, o rei das formigas (cuja vida ele havia salvado), veio em sua ajuda com cinco mil formigas e, em pouco tempo, elas encontraram todas as pérolas e as reuniram em uma pilha.

A segunda tabuleta dizia: "A chave do quarto da princesa precisa ser resgatada do lago". E quando o anão chegou à beirada, viu os dois patos cujas vidas ele havia salvado nadando, e os bichos mergulharam na água e logo lhe trouxeram a chave lá do fundo.

A terceira tarefa era a mais difícil. Tratava-se de escolher a melhor e mais jovem dentre as três filhas do rei. Elas eram todas muito belas e exatamente iguais: mas o anão fora informado de que a mais velha tinha comido um torrão de açúcar; a do meio, um pouco de melado; e a mais jovem, uma colherada de mel; então ele precisava acertar qual havia comido o mel.

Então chegou a rainha das abelhas, que fora salva pelo anãozinho do fogo, e ela provou os lábios das três princesas. Quando ela finalmente se sentou sobre os lábios da que havia comido o mel, o anãozinho soube qual era a mais jovem. E, assim, o feitiço foi quebrado e todos que haviam sido transformados em pedra despertaram e reassumiram suas formas originais. E o anão se casou com a melhor e mais jovem das princesas e se tornou rei após a morte do pai dela, e seus dois irmãos se casaram com as outras duas princesas.

O sapateiro e os duendes

Era uma vez um sapateiro que trabalhava duro e era muito honesto, mas, mesmo assim, não conseguia ganhar o suficiente para sobreviver. Chegou um dia em que ele não tinha mais nada, salvo um pedaço de couro grande o suficiente para fazer um par de sapatos.

Então, ele cortou o couro e deixou tudo preparado para o dia seguinte, pretendendo levantar-se cedo para trabalhar. Sua consciência estava limpa e seu coração, tranquilo em meio a todos os seus pesares. Então ele foi em paz para a cama, deixou todos os seus problemas nas mãos dos Céus e logo adormeceu. Pela manhã, após fazer sua oração matinal, ele sentou-se para trabalhar quando, para sua imensa surpresa, viu os sapatos já prontos em cima da mesa. O bom homem não sabia o que dizer ou pensar do acontecimento tão estranho. Ele analisou o trabalho feito, não havia nem um ponto fora do lugar; tudo era tão bem feito e preciso que era, basicamente, uma obra-prima.

No mesmo dia, um cliente apareceu e os sapatos lhe caíram tão bem que ele pagou, por vontade própria, um preço mais alto por eles e o pobre sapateiro, com o dinheiro, pôde comprar couro suficiente para fazer mais dois pares. À noite, ele cortou o couro e foi cedo para a cama, para poder se levantar cedo para trabalhar no dia seguinte, mas não foi preciso, afinal, dispender esforço algum, pois quando se levantou pela manhã, o trabalho estava feito. Logo apareceram compradores, que pagaram um bom dinheiro pela mercadoria, de modo que ele comprou couro suficiente para mais quatro pares. Ele cortou o couro novamente à noite e encontrou os sapatos feitos na manhã seguinte; e assim se seguiu por um tempo: o que era preparado à noite, sempre estava pronto pela manhã, e o bom homem logo voltou a prosperar e ter uma vida boa.

Certa noite, perto do Natal, quando ele e a esposa estavam sentados diante da lareira conversando, ele disse a ela:

– Eu gostaria de ficar acordado e observar durante a noite para ver se conseguimos descobrir quem é que vem aqui e faz o trabalho para mim.

A esposa gostou da ideia, então eles deixaram uma lamparina acesa e se esconderam no canto da sala, atrás de uma cortina, e observaram.

Assim que bateu meia-noite, dois duendes nus apareceram e se sentaram sobre o banco do sapateiro, pegaram todo o couro cortado e começaram a preguear com suas mãozinhas, costurando, batendo e solando com tanta rapidez que o sapateiro ficou impressionado e não conseguia tirar os olhos deles. E assim eles continuaram até terminarem o serviço e os sapatos estarem dispostos, prontos para o uso, em cima da mesa. Isso se deu bem antes do nascer do dia e eles desapareceram depressa como um raio.

No dia seguinte, a mulher disse ao sapateiro:

– Essas criaturinhas nos enriqueceram, e devemos ser gratos a eles e fazer-lhes um agrado, se pudermos. Custa-me vê-los andar daquele jeito, além de não ser nada decente, pois eles não têm roupa alguma sobre as costas para protegê-los do frio. Eis o que eu digo: farei para cada um deles uma camisa, um casaco e um colete, e ainda um par de calças; e você fará um par de sapatinhos para cada.

A ideia agradou muito o bom sapateiro e, uma noite, quando tudo estava pronto, eles colocaram as peças sobre a mesa em vez do couro que costumavam cortar, e então se esconderam para ver o que os pequenos duendes fariam.

Por volta da meia-noite, eles apareceram, dançando e pulando, saltitaram por toda a sala e foram se sentar para fazer seu trabalho como de costume, mas quando viram as roupas dispostas para eles, riram e gargalharam, e pareceram tremendamente satisfeitos.

Eles se vestiram em um piscar de olhos, e dançaram, rodopiaram e foliaram, mais contentes que nunca, até, por fim, saírem dançando pela porta e irem embora pela grama.

O bom casal nunca mais os viu, mas tudo correu bem para eles daquele dia em diante pelo resto de suas vidas.

O junípero

Muito, muito tempo atrás, uns dois mil anos, mais ou menos, vivia um homem rico, com uma esposa bela e bondosa. Eles se amavam intensamente, mas lamentavam bastante o fato de não terem filhos. Eles desejavam tanto ter um filho que a esposa rezava noite e dia, mas eles continuavam sem crianças.

Diante da casa deles, havia um jardim, no qual se erguia um junípero. Em um dia de inverno, a mulher estava parada debaixo dele descascando maçãs e, enquanto as descascava, cortou o dedo e o sangue caiu na neve.

– Ah – lamentou a mulher, suspirando pesadamente. – Quem dera eu tivesse uma filhinha, vermelha como o sangue e branca como a neve.

Quando disse aquelas palavras, seu coração ficou leve, e pareceu a ela que seu desejo seria realizado, e a mulher voltou para casa sentindo-se contente e reconfortada. Um mês se passou e toda a neve derretera; então outro mês findou e o campo estava todo verdejante. Assim os meses se seguiram, e primeiro as árvores começaram a florescer no bosque, e logo os galhos verdes começaram a se entrelaçar uns nos outros, e então as flores começaram a cair. E novamente a mulher se encontrava debaixo do junípero, que estava tão docemente perfumado que seu coração saltitou de alegria e ela se sentia tão completamente tomada pela felicidade que caiu de joelhos no chão. Em pouco tempo, as frutas ficaram redondas e firmes, e a mulher estava feliz e em paz, mas quando estavam plenamente maduras, ela as pegou e comeu com vontade, e então sentiu-se triste e adoecida. Pouco tempo depois, ela chamou o marido e disse a ele em prantos:

– Se eu morrer, enterre-me debaixo do junípero.

Então ela se sentiu reconfortada e feliz novamente, e antes que findasse outro mês, ela teve um bebê. Quando viu que era branco como a neve e vermelho como o sangue, sua alegria foi tamanha que ela faleceu.

O marido a enterrou debaixo do junípero e chorou amarguradamente por ela. Aos poucos, no entanto, sua tristeza foi sendo apaziguada, e embora, às vezes, ele ainda lamentasse sua perda, conseguiu seguir com sua vida e, mais tarde, casou-se novamente.

Seu novo casamento lhe deu uma filhinha. A criança que sua primeira esposa tinha dado à luz era um menino, que era vermelho como o sangue e branco como a neve. A nova esposa amava muito a filha e, quando olhava para o garoto, seu coração ficava apertado ao pensar que ele sempre estaria atrapalhando o caminho de sua própria filha, por isso vivia pensando em como poderia fazer com que toda a herança ficasse para ela. Essa perversidade foi dominando a mulher cada vez mais e a fazia tratar o garoto com muita crueldade. Ela o arrastava de um lugar para o outro aos socos e pontapés, de modo que a pobre criança vivia amedrontada e não tinha paz do momento em que saía da escola até a hora em que retornava.

Um dia, a garotinha foi correndo até a mãe, que estava no depósito, e disse:

– Mamãe, quero uma maçã.

– Sim, minha filha – respondeu a mulher, dando a ela uma bela maçã do baú que tinha uma tampa muito pesada, bem como um grande trinco de ferro.

– Mamãe – continuou a garotinha –, meu irmão não pode ganhar uma maçã também?

A mãe se zangou com aquilo, mas respondeu:

– Sim, quando ele chegar da escola.

Naquele momento, ela olhou pela janela e o avistou chegando em casa, e foi como se um espírito maligno se apossasse dela, pois ela arrancou a maçã da mão da filha e disse:

– Você não pode comer a maçã antes do seu irmão.

Então jogou a maçã no baú e o trancou.

O garoto entrou na casa e o espírito maligno que se apossara da mulher a fez dizer com muita polidez enquanto o fitava com um olhar perverso:

– Filho, quer uma maçã?

– Mãe – respondeu o garoto –, que olhar mais medonho! Sim, quero uma maçã.

E então ocorreu a ela o pensamento de matá-lo.

– Venha comigo – instruiu ela, e ergueu a tampa do baú. – Pegue uma para você.

Quando o garoto se inclinou para fazê-lo, o espírito maligno a incitou e crash! Fechou-se a tampa e decepou-se a cabeça do menino. A mulher ficou apavorada com o que tinha acabado de fazer. "Como posso impedir que descubram o que fiz?", pensou ela. Então subiu as escadas até seu quarto e tirou um lenço branco da gaveta de cima; depois, colocou a cabeça do garoto de volta sobre os ombros e amarrou com o lenço de modo que a fissura não podia ser vista, e o colocou em uma cadeira perto da porta com uma maçã na mão.

Pouco tempo depois, a pequena Marleninha foi até a mãe, que estava fervendo uma panela de água no fogo, e disse:

– Mamãe, meu irmão está sentado perto da porta com uma maçã na mão e está muito pálido. E quando eu pedi a ele que me desse a maçã, ele não me respondeu, e isso me assustou.

– Vá de novo até ele – respondeu a mãe – e se ele não responder, dê-lhe uma bofetada na orelha.

Então, a pequena Marleninha foi e disse:

– Irmão, me dá essa maçã.

Mas ele não disse palavra alguma, então ela lhe deu uma bofetada na orelha e a cabeça do garoto saiu rolando pelo chão. A menina ficou tão apavorada que saiu correndo, chorando e gritando para a mãe:

– Oh! – berrou ela. – Arranquei a cabeça de meu irmão!

E pôs-se a chorar incontrolavelmente, e nada a fazia parar.

– O que você fez? – disse sua mãe. – Ninguém deve saber disso, então você deve permanecer calada. O que foi feito não pode ser desfeito; nós o transformaremos em chouriço.

Então, ela pegou o garoto, esquartejou-o, picou-o em pedacinhos e colocou na panela. Mas Marleninha ficou por perto observando e suas lágrimas caíram na panela, de modo que não houve necessidade de salgar.

Pouco depois, o pai chegou em casa e se sentou para jantar. Ele perguntou:

– Onde está meu filho?

A mulher não respondeu, apenas entregou a ele um prato cheio de chouriço, enquanto Marleninha continuava a chorar sem parar.

O pai perguntou novamente:

– Onde está meu filho?

– Ah – respondeu a esposa –, ele foi para o interior, para a casa do tio-avô de sua mãe; ele ficará lá por um tempo.

– Para que ele foi para lá? E sem nem sequer se despedir de mim?

– Bem, ele gosta de lá e me disse que deve ficar longe por seis semanas. Ele está bem cuidado.

– Sinto-me muito aborrecido com isso – comentou o marido –, caso não fique bem. E ele deveria ter se despedido de mim.

E então ele prosseguiu com seu jantar, e perguntou:

– Marleninha, por que está chorando? Seu irmão voltará em breve.

Pediu mais chouriço à esposa e, enquanto comia, ia jogando os ossos debaixo da mesa.

Marleninha subiu as escadas, tirou seu melhor lenço de seda da gaveta de baixo, enrolou nele todos os ossos que haviam sido jogados debaixo da mesa e os levou para fora sem parar de chorar um só segundo. Então, ela os depositou sobre a grama verde, debaixo do junípero, e assim que o fez, toda a tristeza pareceu se esvair dela, e a menina parou de chorar. Então o junípero começou a se mover, e os galhos balançavam para frente e para trás, primeiro se afastando e depois se unindo novamente, como se estivesse batendo palmas de alegria. Em seguida, uma névoa envolveu a árvore e, no meio dela, havia uma bola de fogo, da qual surgiu um lindo pássaro, que voou alto no céu, cantando lindamente. Quando ele não podia mais ser visto, o junípero voltou ao seu estado original, e o lenço de seda e os ossos haviam sumido.

Marleninha agora se sentia apaziguada e feliz, como se seu irmão ainda estivesse vivo, voltou para casa, sentou-se alegremente à mesa e comeu.

O pássaro voou para longe, pousou na casa de um ourives e começou a cantar:

– Minha mãe matou seu filhinho;
Meu pai lamentou por ficar sozinho;
Minha irmã me amava com todo carinho;
Meus ossos em seu lenço ela enrolou,
Levou ao jardim onde a vida comecei,
Sob o junípero ela me colocou,
Piu, piu, que bela ave me tornei!

O ourives estava em sua oficina fazendo uma corrente de ouro quando ouviu o pássaro cantar em seu telhado. Achou tão lindo que se levantou e correu para fora, perdendo um de seus sapatos na soleira da porta. Mas ele correu para o meio da rua, com um calçado em um pé e uma meia no outro, ainda vestindo o avental e ainda com a corrente de ouro e as pinças nas mãos. E assim ele ficou parado, olhando para o pássaro, enquanto o sol brilhava por toda a rua.

– Passarinho – gritou ele –, como você canta bem! Cante aquela canção novamente para mim.

– Não – respondeu o pássaro. – Não canto duas vezes a troco de nada. Dê-me essa corrente de ouro e eu cantarei novamente para você.

– Aqui está a corrente, leve – disse o ourives. – Apenas me cante novamente a canção.

O pássaro voou até ele e pegou a corrente com a garra direita, então pousou novamente diante do ourives e cantou:

– Minha mãe matou seu filhinho;
Meu pai lamentou por ficar sozinho;
Minha irmã me amava com todo carinho;
Meus ossos em seu lenço ela enrolou,
Levou ao jardim onde a vida comecei,
Sob o junípero ela me colocou,
Piu, piu, que bela ave me tornei!

Em seguida, ele saiu voando, acomodou-se no telhado da casa de um sapateiro e cantou:

– Minha mãe matou seu filhinho;
Meu pai lamentou por ficar sozinho;
Minha irmã me amava com todo carinho;
Meus ossos em seu lenço ela enrolou,
Levou ao jardim onde a vida comecei,
Sob o junípero ela me colocou,
Piu, piu, que bela ave me tornei!

O sapateiro o ouviu, levantou-se em um salto e saiu correndo só com as mangas da camisa vestidas, e ficou parando olhando para o pássaro no telhado com a mão sobre os olhos para não ser cegado pelo Sol.

– Passarinho – gritou ele –, como você canta bem! – E chamou a esposa pela porta. – Esposa, venha aqui fora, tem um pássaro; venha ver e ouvir como ele canta bem.

Então, ele chamou sua filha e as crianças, depois os aprendizes, meninos e meninas, e todos subiram a rua correndo para observar o pássaro e viram como era esplêndido, com suas penas vermelhas e verdes, seu pescoço que parecia de ouro brunido e os olhos que brilhavam como duas estrelas cintilantes.

– Passarinho – disse o sapateiro –, cante aquela canção novamente para mim.

– Não – respondeu o pássaro. – Não canto duas vezes a troco de nada. Você deve me dar algo.

– Esposa – disse o homem –, vá até o sótão; na prateleira de cima, verá um par de sapatos vermelhos; traga para mim.

A mulher foi e buscou os sapatos.

– Aqui, passarinho – disse o sapateiro. – Agora cante aquela canção novamente para mim.

O pássaro voou até ele e pegou os sapatos vermelhos com a garra esquerda, então voltou para o telhado e cantou:

– Minha mãe matou seu filhinho;
Meu pai lamentou por ficar sozinho;
Minha irmã me amava com todo carinho;
Meus ossos em seu lenço ela enrolou,
Levou ao jardim onde a vida comecei,
Sob o junípero ela me colocou,
Piu, piu, que bela ave me tornei!

Quando terminou, voou para longe. Ele levava a corrente na garra direita e os sapatos na garra esquerda, e voou direto para um moinho, que fazia "clique-claque, clique-claque, clique-claque". Dentro do moinho, vinte dos homens do moleiro estavam talhando uma pedra, e enquanto eles faziam "rique-raque, rique-raque, rique-raque", o moinho continuava "clique-claque, clique-claque, clique-claque".

O pássaro se acomodou em um limoeiro e cantou:

– Minha mãe matou seu filhinho…

Então, um dos homens saiu.

– Meu pai lamentou por ficar sozinho...

Mais dois homens saíram para ouvir.

– Minha irmã me amava com todo carinho...

Mais quatro saíram.

– Meus ossos em seu lenço ela enrolou,
Levou ao jardim onde a vida comecei...

A essa altura, apenas oito continuavam trabalhando.

– Sob o junípero...

E, agora, somente cinco.

– Ela me colocou...

E só um.

– Piu, piu, que bela ave me tornei!

Então ele ergueu os olhos e o último homem já tinha largado o trabalho.

– Passarinho – disse ele –, que bela canção é essa que está cantando! Quero ouvir também, cante novamente.

– Não – respondeu o pássaro. – Não canto duas vezes a troco de nada. Dê-me essa mó e eu a cantarei novamente.

– Se pertencesse apenas a mim – respondeu o homem –, você poderia tê-la.

– Sim, sim – interpuseram os outros. – Se ele cantar novamente, pode ficar com ela.

O pássaro desceu e todos os vinte moleiros pegaram uma viga e ergueram a pedra; então o pássaro enfiou a cabeça pelo buraco e vestiu a pedra como se fosse um colar, e em seguida retornou com ela para a árvore e cantou:

– Minha mãe matou seu filhinho;
Meu pai lamentou por ficar sozinho;
Minha irmã me amava com todo carinho;
Meus ossos em seu lenço ela enrolou,
Levou ao jardim onde a vida comecei,
Sob o junípero ela me colocou,
Piu, piu, que bela ave me tornei!

Quando terminou a canção, ele abriu as asas, e com a corrente na garra direta, os sapatos na esquerda, e a mó em torno do pescoço, ele voou direto para a casa de seu pai.

O pai, a mãe e a pequena Marleninha estavam jantando.

– Como me sinto leve – dizia o pai. – Tão contente e alegre.

– Já eu – contrapôs a mulher – me sinto inquieta, como se uma grande tempestade estivesse se aproximando.

Enquanto Marleninha chorava sem parar.

Então, o pássaro veio voando até a casa e pousou no telhado.

– Eu realmente me sinto muito feliz – reiterou o pai. – E vejam como é lindo o Sol que brilha lá fora. Sinto-me como se fosse rever um velho amigo.

– Ah! – lamentou a esposa. – E eu estou tão perturbada e inquieta que meus dentes batem, e sinto-me como se corresse fogo por minhas veias.

E, com isso, ela rasgou o próprio vestido. Enquanto tudo isso se desenrolava, a pequena Marleninha continuava sentada em um canto chorando, e o prato em seu colo estava molhado com suas lágrimas.

O pássaro, então, voou até o junípero e começou a cantar:

– Minha mãe matou seu filhinho…

A mulher fechou os olhos e os ouvidos para não ver e não ouvir nada, mas havia um ruído estrondoso em seus ouvidos, como uma tempestade violenta, e seus olhos queimavam e relampejavam como raios.

– Meu pai lamentou por ficar sozinho…

– Esposa – disse o homem –, repare naquele belo pássaro, aquele que está cantando tão lindamente, e em como o Sol brilha e aquece, e nesse cheiro delicioso de especiarias no ar!

– Minha irmã me amava com todo carinho…

Marleninha deitou a cabeça nos joelhos e soluçou.

– Preciso sair e ver o pássaro mais de perto – disse o homem.

– Oh, não vá – suplicou a mulher. – Sinto como se toda a casa estivesse em chamas!

Mas o homem saiu para ver o pássaro.

– Meus ossos em seu lenço ela enrolou,
Levou ao jardim onde a vida comecei,
Sob o junípero ela me colocou,
Piu, piu, que bela ave me tornei!

Quando acabou, o pássaro soltou a corrente de ouro, que caiu exatamente em torno do pescoço do homem, cabendo nele com perfeição.

Ele entrou novamente em casa e disse:

– Viu que pássaro maravilhoso? Ele me deu sua bela corrente de ouro e ele próprio é tão bonito.

Mas a mulher sentia-se tão amedrontada e perturbada que desabou no chão e o chapéu caiu de sua cabeça.

– Minha mãe matou seu filhinho...

– Ai de mim! – gritou a mulher. – Gostaria de estar mil metros abaixo da terra para não ouvir essa canção!

– Meu pai lamentou por ficar sozinho...

Então, a mulher tombou novamente, como se estivesse morta.

– Minha irmã me amava com todo carinho...

– Bem – disse Marleninha –, também vou sair e ver se o pássaro me dá alguma coisa.

Então, ela saiu.

– Meus ossos em seu lenço ela enrolou,
Levou ao jardim onde a vida comecei...

E ele lhe jogou os sapatos.

– Sob o junípero ela me colocou,
Piu, piu, que bela ave me tornei!

E agora ela se sentia bastante feliz e aliviada; colocou os sapatos e dançou e saltitou pelo jardim.

– Eu estava tão aborrecida quando saí – disse ela –, mas tudo passou. Este é, de fato, um pássaro maravilhoso, e me deu um par de sapatos vermelhos.

A mulher se levantou de supetão, com os cabelos espetados como se estivessem em chamas.

– Então, eu também sairei – anunciou ela –, e verei se ele aliviará minha dor, pois me sinto como se o mundo fosse acabar.

Mas assim que ela passou pela porta, crash! O pássaro soltou a mó em sua cabeça e ela morreu esmagada.

O pai e a pequena Marleninha ouviram o barulho e saíram correndo, mas viram apenas névoa e fogo emergindo do local e, quando assentaram, ali estava o garoto. Ele pegou o pai e a irmãzinha pela mão e os três se regozijaram, entraram em casa, sentaram-se à mesa e jantaram.

O Nabo

Era uma vez dois irmãos. Ambos eram soldados; um era rico e o outro era pobre. O pobre gostaria de melhorar de vida, então largou a casaca vermelha e tornou-se hortelão; e lavrou bem a terra e semeou uns nabos.

Quando as sementes brotaram, havia uma planta maior que todas as outras, que espichava cada vez mais e parecia que nunca iria parar de crescer, de modo que poderia ser chamada de "príncipe dos nabos", pois daquele tamanho nunca se vira e jamais se veria novamente. Cresceu tanto que, afinal, ocupava toda a carroça e dois bois mal conseguiam puxá-la; e o hortelão não sabia o que fazer com tamanha planta nem se era uma bênção ou uma maldição para ele. Um dia, o homem disse a si mesmo:

– O que hei de fazer com este nabo? Se o vender, não me renderá mais do que qualquer outro e, quanto a comê-lo, os nabos menores são melhores que este. Talvez, o melhor a fazer seja levá-lo ao rei e dá-lo a ele como sinal de respeito.

Então, ele jungiu os bois, levou o nabo até a corte e o deu ao rei.

– Que maravilha! – exclamou o rei. – Já vi muitas coisas estranhas, mas um monstro como este, eu nunca tinha visto! Onde conseguiu a semente? Ou foi apenas sorte? Se for esse caso, você é realmente um ser afortunado.

– Oh, não! – respondeu o hortelão. – Não sou um ser afortunado, sou apenas um pobre soldado que nunca conseguiu ter o bastante para sobreviver, então deixei de lado a casaca vermelha e me pus a trabalhar cultivando a terra. Tenho um irmão, que é rico, e vossa majestade o conhece bem, assim como todo o mundo. Mas, como sou pobre, ninguém se lembra de mim.

O rei, então, se apiedou do pobre homem e disse:

– Você não será mais pobre. Eu o proverei tanto que será mais rico que seu irmão.

Então, o rei deu ao hortelão ouro, terras e rebanhos, e o tornou tão rico que a fortuna de seu irmão não poderia, de forma alguma, ser comparada com a dele.

Quando o irmão ficou sabendo da história e de como um nabo havia tornado o hortelão tão abastado, ficou extremamente invejoso e matutou consigo mesmo como poderia conquistar a mesma fortuna. Ele decidiu, entretanto, agir de maneira mais inteligente que o irmão e montou um belo presente composto por ouro e bons cavalos para o rei, pensando que obteria um presente muito maior como recompensa, pois se seu irmão havia recebido tanto apenas por um nabo, quanto valeria seu próprio regalo?

O rei recebeu o presente de modo muito cortês e disse desconhecer algo mais valioso para retribuir o soldado do que o grande nabo; então o homem foi forçado a colocá-lo em uma carroça e levá-lo consigo. Quando chegou em casa, não sabia em quem descontar sua ira e seu rancor. Pensamentos cruéis dominaram sua mente e ele resolveu assassinar o irmão.

Então, ele contratou alguns sicários para matá-lo e, após ter mostrado a eles onde deveriam se esconder para a emboscada, foi até seu irmão e disse:

– Caro irmão, encontrei um tesouro escondido; vamos, juntos, desenterrá-lo e dividi-lo.

O hortelão não teve desconfiança alguma daquela trapaça e eles partiram juntos. No meio da jornada, os assassinos o atocaiaram, amarraram e pretendiam enforcá-lo em uma árvore.

Mas enquanto estavam preparando tudo, ouviram o galope de um cavalo ao longe e ficaram tão apavorados que enfiaram o prisioneiro em um saco e o içaram em uma árvore com uma corda, onde o largaram dependurado, e, depois, fugiram. O hortelão, por sua vez, se mexeu tanto que conseguiu abrir no saco um buraco grande o suficiente para enfiar a cabeça.

O cavaleiro que se aproximava era, afinal, um estudante, um rapaz alegre que estava passeando em seu velho cavalo e cantarolando. Assim que o hortelão o viu passar debaixo da árvore, gritou:

– Bom dia! Bom dia, meu amigo!

O estudante olhou para todos os lados e, ao não ver viva alma e sem saber de onde vinha a voz, gritou de volta:

– Quem me chama?

O homem dependurado respondeu:

– Erga seus olhos, pois estou aqui no alto, dentro do saco da sabedoria. Aqui, já adquiri, em pouco tempo, uma sapiência tremenda. Se comparado a este local, todo o aprendizado obtido nas escolas é nulo. Se aqui permanecer um pouco mais, saberei tudo que um homem pode saber e serei mais sapiente que o homem mais sábio da humanidade. Daqui, consigo discernir os sinais e as movimentações dos céus e das estrelas, as leis que controlam os ventos, o número de grãos de areia do litoral, a cura dos enfermos, as virtudes das ervas, dos pássaros e das pedras preciosas. Se você entrasse aqui uma única vez, meu amigo, também sentiria e deteria o poder do conhecimento.

O estudante ouviu tudo aquilo e ficou maravilhado. Por fim, disse:

– Bendito seja o dia e a hora em que o encontrei. Poderia permitir que eu entre no saco da sabedoria por um instante?

Então, o hortelão respondeu, fingindo relutar:

– Posso permitir que entre aqui por pouco tempo se me recompensar bem e me tratar com cortesia; mas deve aguardar ainda uma hora, pois há algumas pequenas noções que ainda me são desconhecidas.

Então, o estudante sentou-se e aguardou por um tempo, mas os minutos se arrastavam e ele implorou, com todo o afinco, que o suposto sábio descesse, pois sua sede por conhecimento era enorme. O hortelão, então, fingiu ceder e disse:

– Você deve baixar o saco da sabedoria e desatar a corda que o prende, então poderá entrar.

Assim, o estudante o baixou até o solo, abriu o saco e o libertou.

– Agora – disse ele –, deixe-me subir de uma vez.

Quando ele começou a se enfiar dentro do saco colocando os pés primeiro, o hortelão o deteve:

– Espere um instante – disse ele –, este não é o jeito correto.

Então, ele vestiu o saco no estudante pela cabeça, amarrou e logo dependurou o jovem ávido por conhecimento.

– Como se sente, amigo? – perguntou ele. – Não se sente sendo consumido pelo conhecimento? Fique em paz até se tornar um homem mais sábio do que costumava ser.

Com essas palavras, ele partiu no velho cavalo do estudante, deixando o pobre coitado ali para adquirir conhecimento, até alguém aparecer para soltá-lo.

João, o sensato

A mãe de João perguntou a ele:

– Aonde você vai, João?

Ele respondeu:

– À casa de Maria.

– Comporte-se, João.

– Oh, sim, eu me comportarei. Até breve, mãe.

– Até breve, João.

João chegou à casa de Maria.

– Bom dia, Maria.

– Bom dia, João. O que trouxe de bom?

– Não trouxe nada, quero é ganhar alguma coisa.

Maria presenteou João com uma agulha e ele disse:

– Até breve, Maria.

– Até breve, João.

João levou a agulha, enfiou-a em uma carroça com feno e seguiu a carroça até sua casa.

– Boa noite, mãe.

– Boa noite, João. Por onde você andou?

– Estava com Maria.

– O que levou para ela?

– Não levei coisa alguma; recebi algo.

– O que Maria lhe deu?

– Deu-me uma agulha.

– Onde está a agulha, João?

– Fincada na carroça.

– Essa não foi uma boa ideia, João. Deveria tê-la prendido em sua camisa.

– Não se preocupe, farei melhor na próxima vez.

– Aonde você vai, João?

– À casa de Maria, mãe.

– Comporte-se, João.

– Oh, sim, eu me comportarei. Até breve, mãe.

– Até breve, João.

João chegou à casa de Maria.

– Bom dia, Maria.

– Bom dia, João. O que trouxe de bom?

– Não trouxe nada. Quero é ganhar alguma coisa.

Maria presenteou João com uma faca.

– Até breve, Maria.

– Até breve, João.

João pegou a faca, enfiou-a na camisa e foi para casa.

– Boa noite, mãe.

– Boa noite, João. Por onde você andou?

– Estava com Maria.

– O que levou para ela?

– Não levei coisa alguma; ganhei algo dela.

– O que Maria lhe deu?

– Deu-me uma faca.

– Onde está a faca, João?

– Presa em minha camisa.

– Essa não foi uma boa ideia, João. Deveria ter colocado a faca em seu bolso.

– Não se preocupe, farei melhor na próxima vez.

– Aonde você vai, João?

– À casa de Maria, mãe.

– Comporte-se, João.

– Oh, sim, eu me comportarei. Até breve, mãe.

– Até breve, João.

João chegou à casa de Maria.

– Bom dia, Maria.

– Bom dia, João. O que trouxe de bom?

– Não trouxe nada, quero é ganhar alguma coisa.

Maria presenteou João com um cabrito.

– Até breve, Maria.

– Até breve, João.

João pegou o cabrito, amarrou suas patas e o colocou no bolso. Quando chegou em casa, o animal estava sufocado.

– Boa noite, mãe.

– Boa noite, João. Por onde você andou?

– Estava com Maria.

– O que levou para ela?

– Não levei coisa alguma; ganhei algo dela.

– O que Maria lhe deu?

– Deu-me um cabrito.

– Onde está o cabrito, João?

– Coloquei-o no bolso.

– Essa não foi uma boa ideia, João, deveria ter colocado uma corda em torno de seu pescoço.

– Não se preocupe, farei melhor na próxima vez.

– Aonde você vai, João?

– À casa de Maria, mãe.

– Comporte-se, João.

– Oh, sim, eu me comportarei. Até breve, mãe.

– Até breve, João.

João chegou à casa de Maria.

– Bom dia, Maria.

– Bom dia, João. O que você trouxe de bom?

– Não trouxe nada. Quero é ganhar alguma coisa.

Maria presenteou João com um pedaço de toucinho.

– Até breve, Maria.

– Até breve, João.

João pegou o toucinho, amarrou-o com uma corda e o arrastou pelo caminho. Os cachorros vieram e devoraram o toucinho. Quando chegou em casa, trazia a corda na mão, mas sem coisa alguma amarrada.

– Boa noite, mãe.

– Boa noite, João. Por onde você andou?

– Estava com Maria.

– O que levou para ela?

– Não levei coisa alguma; ganhei algo dela.

– O que Maria lhe deu?

– Deu-me um pouco de toucinho.

– Onde está o toucinho, João?

– Amarrei-o com uma corda, trouxe para casa, mas os cachorros comeram.

– Essa não foi uma boa ideia, João. Deveria ter carregado o toucinho sobre sua cabeça.

– Não se preocupe, farei melhor da próxima vez.

– Aonde você vai, João?

– À casa de Maria, mãe.

– Comporte-se, João.

– Oh, sim, eu me comportarei. Até breve, mãe.

– Até breve, João.

João chegou à casa de Maria.

– Bom dia, Maria.

– Bom dia, João. O que trouxe de bom?

– Não trouxe nada. Quero é ganhar alguma coisa.

Maria presenteou João com um bezerro.

– Até breve, Maria.

– Até breve, João.

João pegou o bezerro, colocou-o sobre a cabeça, e o bezerro lhe chutou o rosto.

– Boa noite, mãe.

– Boa noite, João. Por onde você andou?

– Estava com Maria.

– O que levou para ela?

– Não levei coisa alguma; ganhei algo dela.

– O que Maria lhe deu?

– Um bezerro.

– Onde colocou o bezerro, João?

– Coloquei-o sobre minha cabeça e ele chutou meu rosto.

– Essa não foi uma boa ideia, João, deveria ter pastoreado o bezerro e colocado no estábulo.

– Não se preocupes, farei melhor na próxima vez.

– Aonde você vai, João?

– À casa de Maria, mãe.

– Comporte-se, João.

– Eu me comportarei. Até breve, mãe.

– Até breve, João.

João chegou à casa de Maria.

– Bom dia, Maria.

– Bom dia, João. O que trouxe de bom?

– Não trouxe nada, mas quero ganhar alguma coisa.

Maria disse a João:

– Irei com você.

João pegou Maria, atrelou-a a uma corda, levou-a até o curral e amarrou-a com força. Então, foi até sua mãe.

– Boa noite, mãe.

– Boa noite, João. Por onde você andou?

– Estava com Maria.

– O que levou para ela?

– Não levei coisa alguma.

– O que Maria lhe deu?

– Não me deu coisa alguma, ela veio comigo.

– Onde você deixou Maria?

– Eu a trouxe presa a uma corda, amarrei-a no curral e deixei um pouco de feno para ela.

– Essa não foi uma boa ideia, João. Deverias tê-la encarado com bons olhos.

– Não se preocupe, farei melhor.

João foi até o estábulo, arrancou os olhos dos bezerros e das ovelhas e os jogou no rosto de Maria. Maria ficou zangada, libertou-se das amarras e fugiu, e deixou de ser noiva de João.

As três linguagens

Era uma vez um conde já idoso que vivia na Suíça e tinha apenas um filho, mas o rapaz era bronco e não conseguia aprender coisa alguma. Um dia, o pai disse a ele:

– Escute, meu filho, por mais que eu tente, não consigo enfiar coisa alguma nessa sua cabeça. Deve sair daqui, eu o encaminharei aos cuidados de um célebre mestre, que verá o que pode fazer com você.

O jovem foi mandado para uma cidade desconhecida e permaneceu por um ano inteiro com o mestre. Ao fim desse período, ele voltou para casa e seu pai perguntou:

– E agora, meu filho, o que aprendeu?

– Pai, aprendi a compreender o que os cachorros dizem quando latem.

– Que Deus tenha misericórdia de nós! – exclamou o pai. – Isso é tudo o que você aprendeu? Eu o mandarei para outra cidade, para outro mestre.

O jovem foi, então, despachado novamente e passou um ano com esse novo mestre. Quanto voltou para casa, o pai, mais uma vez, perguntou:

– Meu filho, o que você aprendeu?

Ele respondeu:

– Pai, aprendi a compreender o que os pássaros dizem.

O pai ficou irado e disse:

– Oh, você é um caso perdido; desperdiçou esse tempo precioso e não aprendeu coisa alguma. Não tem vergonha de aparecer diante de mim? Eu o mandarei a um terceiro mestre, mas se não aprender nada novamente, não serei mais seu pai.

O jovem ficou mais um ano fora, com o terceiro mestre, e quando retornou para casa, o pai perguntou:

– Meu filho, o que você aprendeu?

Ele respondeu:

– Querido pai, este ano aprendi a compreender o que os sapos coaxam.

O pai, então, ficou incontrolavelmente furioso, sobressaltou-se, chamou os criados e disse:

– Este homem não é mais meu filho. Eu o expulso daqui e ordeno que o levem à floresta e o matem.

Os criados levaram o rapaz até floresta, mas não conseguiram matá-lo, pois sentiram muita pena, e o deixaram ir. Então, arrancaram os olhos e a língua de um cervo para poder levar ao velho como prova.

O jovem começou a perambular pela floresta e, após um tempo, chegou a uma fortaleza, onde pediu para passar a noite.

– Está bem – consentiu o castelão –, se quiser passar a noite lá embaixo, na antiga torre, pode passar, mas eu te alerto: está colocando sua vida em risco, pois o local está repleto de cães selvagens que latem e uivam sem parar e, a certa altura, é preciso dar-lhes um homem, que eles devoram prontamente.

Toda a região vivia mergulhada em tristeza por causa dos bichos, mas ninguém conseguia fazer qualquer coisa para remediar tal situação. O jovem, no entanto, nada temia, e disse:

– Deixe-me ir ter com os cães ferozes e me dê algo para jogar para eles. Os animais não me farão mal algum.

Como essa era sua vontade, deram-lhe comida para os animais e o levaram até a torre. Quando ele entrou, os cães não latiram para ele, apenas abanaram o rabo de forma bastante amigável, comeram o que ele lhes ofereceu e não tocaram em um único fio de cabelo seu. Na manhã seguinte, para espanto de todos, ele saiu da torre são e salvo e disse ao castelão:

– Os cães me revelaram, em sua própria língua, por que permanecem por aqui e aterrorizam a região. Eles estão sob um feitiço e são obrigados a guardar um grande tesouro que está escondido debaixo da torre, e não terão paz até que o tesouro seja levado embora. Também aprendi com eles como isso pode ser feito.

Todos que ouviram as palavras do jovem se regozijaram, e o castelão disse que o adotaria como filho se ele conseguisse recuperar tal tesouro. O rapaz desceu novamente até a torre e, como sabia o que precisava fazer, cumpriu a tarefa com todo o cuidado, e retornou ao castelo com um baú cheio de ouro. Os cães selvagens, a partir de então, nunca mais foram ouvidos – eles haviam desaparecido e o país ficou livre daquele infortúnio.

Algum tempo depois, o jovem decidiu que viajaria para Roma. No caminho para lá, ele passou por um brejo, no qual havia vários sapos coaxando. Ele parou para escutar e, quando compreendeu o que estavam dizendo, ficou muito introspectivo e entristecido. Finalmente, chegou a Roma, onde o Papa tinha acabado de falecer e havia uma grande dúvida em meio aos cardeais com relação a quem deveriam indicar como seu sucessor. Por fim, eles concordaram que tal pessoa deveria ser revelada por algum sinal divino e miraculoso. Assim que essa decisão havia sido tomada, o jovem conde entrou na igreja e, subitamente, duas pombas brancas como a neve voaram, pousaram em seus ombros, e ali permaneceram. O clero reconheceu nessa cena o sinal divino e perguntaram na mesma hora se ele aceitaria ser papa. O jovem ficou em dúvida, sem saber se era digno de tal missão, mas as pombinhas o aconselharam a aceitar e, por fim, ele disse “sim”. Foi, então, ungido e consagrado, cumprindo-se, assim, o que ele havia escutado dos sapos e que tanto o tinha afetado: que ele se tornaria Sua Santidade, o Papa. Então ele teve de rezar uma missa sem saber uma palavra sequer do que deveria dizer, mas as duas pombinhas não saíram de seus ombros e ditaram tudo em seus ouvidos.

A raposa e o gato

Aconteceu, certa vez, que um gato conheceu uma raposa na floresta e pensou consigo mesmo: "Ela é esperta, muito experiente e bastante estimada pelo mundo". Então, cumprimentou-a de forma cortês:

– Bom dia, cara Dona Raposa, como vai? Como estão as coisas? Como tem passado nesses tempos difíceis?

A raposa, tremendamente arrogante, olhou o gato de cima abaixo e, por um bom tempo, ficou sem saber se deveria respondê-lo ou não. Por fim, ela disse:

– Ora, seu bigodudo infeliz, idiota malhado, papa-rato morto de fome! O que está pensando? Você tem a audácia de me perguntar como tenho passado? Que foi que aprendeu? Quantas artes conhece?

– Conheço apenas uma – respondeu o gato com humildade.

– E qual seria? – quis saber a raposa.

– Quando os cachorros estão em meu encalço, posso subir em uma árvore e salvar minha pele.

– Isso é tudo? – desdenhou a raposa. – Sou versada em uma centena de artes e, além disso, ainda tenho astúcia de sobra. Você me dá pena. Venha comigo, eu lhe ensinarei como se escapa dos cães.

Nesse exato momento, apareceu um caçador com quatro cães. O gato subiu agilmente em uma árvore e se sentou bem no topo, onde os galhos e a folhagem o camuflavam bem.

– Use sua astúcia, Dona Raposa! Use sua astúcia! – gritou o gato, mas os cães já a haviam abocanhado e a estavam segurando com firmeza. – Ah, Dona Raposa – prosseguiu o gato. – Com toda a centena de artes que domina, não conseguiu escapar! Se soubesse subir em árvores, como eu, não teria perdido a vida.

Os quatro irmãos habilidosos

– Queridos filhos – disse um pobre homem a seus quatro filhos –, não tenho coisa alguma para lhes dar; vocês devem sair mundo afora e tentar a sorte. Comecem aprendendo algum ofício e vejam como as coisas se sucedem.

Então, os quatro irmãos pegaram seus bastões de caminhada, colocaram suas trouxas nos ombros e, depois de se despedirem do pai, partiram juntos pelo portão. Depois de terem caminhado por um tempo, chegaram a uma encruzilhada com quatro caminhos, cada um levando a um país diferente. Então, o mais velho disse:

– Aqui devemos nos separar, mas neste mesmo dia, daqui a quatro anos, retornaremos a este local e, até lá, cada um de nós deve tentar sobreviver da melhor forma possível.

Então, cada irmão tomou um rumo. Enquanto o mais velho seguia seu caminho apressadamente, encontrou um homem que lhe perguntou aonde ele ia e o que queria:

– Estou indo tentar a sorte pelo mundo e gostaria de começar aprendendo algum tipo de habilidade ou ofício – respondeu ele.

– Então – disse o homem –, venha comigo e eu lhe ensinarei como ser o ladrão mais astuto que já existiu.

– Não – respondeu ele. – Esse não é um ofício honesto, e o que mais se poderia esperar além de acabar na forca?

– Oh, não! – exclamou o homem. – Não precisa temer a forca, pois eu só lhe ensinarei a roubar corretamente; só me aproprio daquilo que ninguém mais poderia conseguir ou reparar e onde ninguém poderia descobrir.

Então, o jovem concordou em aprender o ofício do homem e logo se mostrou tão astuto que nada que ele decidisse tomar para si lhe escapava.

O segundo irmão também encontrou um homem, que, ao descobrir que ele estava procurando por um ofício, perguntou-lhe o que ele pretendia aprender.

– Ainda não sei – respondeu ele.

– Então venha comigo e torne-se astrônomo. É uma arte nobre, pois, depois que se compreende os astros, nada pode se ocultar de você.

Aquele plano o agradou muito e ele logo se tornou um astrônomo tão habilidoso que, quando concluiu seu aprendizado e quis deixar seu mestre, este lhe deu uma luneta e disse:

– Com isto, pode observar tudo o que se passa no céu e na terra, e nada pode se ocultar de você.

O terceiro irmão encontrou um caçador, que o levou consigo e ensinou-lhe tão bem a arte da caça que ele se tornou especialista no ofício e, quando findou seu aprendizado, seu mestre lhe deu um arco e disse:

– Jamais errará a pontaria com este arco, e acertará tudo aquilo em que mirar.

O irmão mais novo também encontrou um homem que lhe perguntou o que ele gostaria de fazer.

– Não gostaria – propôs o homem – de ser alfaiate?

– Jamais! – respondeu o jovem. – Permanecer sentado, com as pernas cruzadas, de manhã até de noite, trabalhando incansavelmente com linha e agulha jamais me apetecerá.

– Oh, não! – exclamou o homem. – Não é assim que trabalho. Venha comigo e aprenderá uma arte bem diferente dessa.

Sem ter opção melhor, o rapaz concordou e aprendeu a alfaiataria de cabo a rabo e, quando deixou seu mestre, ele lhe deu uma agulha e disse:

– Pode coser qualquer coisa com isto, seja macio como um ovo ou duro como aço, e a emenda será tão discreta que a costura não será percebida.

Após o período de quatro anos, na data acordada, os quatro irmãos se encontraram na encruzilhada e, após terem se cumprimentado, partiram em direção à casa do pai, onde contaram a ele tudo o que lhes tinha acontecido e como haviam aprendido algum tipo de ofício.

Então, um dia, enquanto estavam sentados diante da casa, sob uma árvore muito alta, o pai disse:

– Eu gostaria de testar as habilidades de cada um de vocês da seguinte forma. – Ele olhou para cima e disse para o segundo filho: – No topo desta árvore, há um ninho de tentilhão. Diga-me quantos ovos contém.

O astrônomo pegou sua luneta, olhou para cima e respondeu:

– Cinco.

– Agora – continuou o pai, olhando para o filho mais velho –, pegue os ovos sem que o pássaro que está sentado em cima deles, chocando-os, perceba.

O habilidoso ladrão trepou na árvore e trouxe para o pai os cinco ovos do ninho, ao passo que o pássaro permaneceu sentado tranquilamente, sem ver ou sentir o que ele tinha feito.

O pai pegou os ovos e colocou um em cada canto da mesa, posicionando o quinto no meio, e disse ao caçador:

– Parta todos os ovos em dois com uma única flecha.

O caçador sacou seu arco e, com uma única flecha, atingiu todos os cinco ovos, como seu pai havia ordenado.

– É chegada a sua vez – disse ele ao jovem alfaiate. – Costure os ovos e os jovens passarinhos de volta de tal forma que não se note qualquer resquício da flechada.

Então, o alfaiate pegou sua agulha e costurou como o pai pedira, e quando terminou, o ladrão foi instruído a subir novamente até o ninho e devolvê-los sem que o pássaro notasse. A ave continuou chocando os filhotes e, em poucos dias, eles saíram de seus ovos e tinham apenas uma marca vermelha no pescoço, onde o alfaiate os havia costurado.

– Bom trabalho, meus filhos! – exclamou o velho. – Fizeram bom uso de seu tempo e aprenderam algo valioso, mas não sei ao certo qual de vocês merece o prêmio. Ah, logo chegará o momento em que poderão fazer bom uso de suas habilidades!

Pouco tempo depois, houve um grande alvoroço no país: a princesa havia sido raptada por um poderoso dragão e o rei lamentava sua perda dia e noite, e mandou comunicar que qualquer um que lhe trouxesse sua filha de volta poderia tomá-la como esposa. Então, os quatro irmãos disseram uns aos outros:

– Esta é a nossa chance; vejamos o que somos capazes de fazer.

E todos concordaram em averiguar se conseguiriam libertar a princesa.

– Eu logo descobrirei onde ela se encontra – disse o astrônomo olhando por sua luneta. Logo em seguida, ele exclamou: – Eu a vejo muito longe daqui, sentada em uma rocha no mar e consigo avistar o dragão próximo dela, guardando-a.

Então, ele foi até o rei e pediu por um navio para ele e seus irmãos, e eles velejaram juntos pelo mar, até chegarem ao local. Lá, eles encontraram a princesa sentada, como o astrônomo havia dito, na rocha. O dragão estava deitado, dormindo, com a cabeça no colo dela.

– Não me arrisco a atirar – ponderou o caçador –, pois eu acabaria matando também a jovem donzela.

– Então colocarei minha habilidade à prova – anunciou o ladrão. Ele foi até a rocha e resgatou a princesa de modo tão silencioso e cuidadoso que o monstro não percebeu e continuou roncando.

Eles se apressaram em tomar o rumo de casa, com a princesa a bordo e cheios de alegria, mas logo o dragão surgiu urrando atrás eles, pois havia despertado e não encontrara a princesa. Quando o monstro alcançou o navio e tentou lançar-se sobre eles e recapturar a princesa, o caçador pegou seu arco e acertou-o bem no coração, de modo que o dragão tombou morto. Eles ainda não estavam seguros, no entanto, pois o monstro era tamanho que, ao cair no mar, fez virar o navio e eles precisaram nadar no mar aberto em meio a algumas tábuas. Então, o alfaiate pegou sua agulha e, dando alguns pontos grandes, prendeu algumas tábuas e sentou-se sobre elas, de modo que pôde começar a juntar todas as partes do navio, e as coseu com tanta rapidez que logo a embarcação estava inteira novamente, e eles finalmente puderam embarcar e retornar em segurança para casa.

Quando levaram a princesa de volta para o pai, houve grande euforia, e o rei disse aos quatro irmãos:

– Um de vocês deverá se casar com ela, mas devem decidir qual será.

Assim, criou-se uma discussão entre eles. O astrônomo disse:

– Se eu não tivesse localizado a princesa, nenhuma de suas habilidades teria tido qualquer utilidade; portanto, ela deve ser minha.

– Tê-la avistado não teria adiantado de nada – retrucou o ladrão –, se eu não a tivesse resgatado do dragão; portanto, ela deve ser minha.

– Não, ela é minha – afirmou o caçador –, pois se eu não tivesse abatido o dragão, ele teria, no fim das contas, destroçado todos vocês e também a princesa.

– E se eu não tivesse costurado o navio de volta – argumentou o alfaiate –, todos vocês teriam se afogado; portanto, ela pertence a mim.

Então, o rei se manifestou:

– Todos vocês tem razão e, como minha filha não pode pertencer a todos, o melhor é que nenhum a despose; pois a verdade é que ela não tem predileção por qualquer um em particular. Mas para recompensá-los por sua perda, eu darei a cada um, como recompensa por vossas habilidades, metade de um reino.

Os irmãos concordaram que esse plano era muito melhor que brigar e se casar com uma moça que não se interessava por eles. E o rei deu metade de um reino a cada um, como havia prometido, e eles viveram muito felizes pelo resto de suas vidas, e cuidaram muito bem de seu pai; ao passo que outra pessoa cuidou melhor ainda da jovem donzela, sem permitir que ficasse novamente sob posse de um dragão ou de um dos quatro irmãos.

A dama e o leão

Certa vez, um mercador, que tinha três filhas, estava prestes a partir em uma viagem, mas, antes de ir, perguntou a cada uma das filhas que presente deveria trazer para elas. A mais velha pediu pérolas; a do meio, joias; mas a terceira, que se chamava Açucena, disse:

– Querido pai, traga-me uma rosa.

Encontrar uma rosa não era uma tarefa fácil, pois era o auge do inverno, mas como ela era a filha mais bela e gostava muito de flores, o pai disse que faria o possível. Então, ele deu um beijo em cada uma e se despediu.

Quando chegou a hora de voltar para casa, ele havia comprado as pérolas e as joias para as duas mais velhas, mas sua busca por uma rosa tinha sido em vão, e toda vez que ele entrava em qualquer jardim e pedia pela flor, as pessoas riam dele e lhe perguntavam se ele achava que rosas nasciam na neve. Aquilo o entristeceu muito, pois Açucena era sua filha mais amada e, durante sua jornada para casa, enquanto pensava no que deveria levar para ela, ele chegou a um belo castelo, em torno do qual havia um jardim que era dividido em duas partes: em uma metade, parecia ser verão e, na outra, inverno. De um lado, as mais belas flores estavam lindamente desabrochadas e, do outro, tudo parecia sombrio e encoberto pela neve.

– Que golpe de sorte! – exclamou ele, chamando o criado e pedindo a ele que fosse até um lindo canteiro de rosas e trouxesse uma das mais bonitas.

Feito isso, eles estavam indo embora muito satisfeitos quando um leão feroz surgiu e rugiu para eles.

– Quem quer que tenha roubado minhas rosas será devorado vivo!

O homem disse:

– Eu não sabia que o jardim pertencia a você. Existe algo que possa me salvar a vida?

– Não! – respondeu o leão. – Nada, a menos que me dê a primeira coisa que encontrar no retorno para casa. Se concordar, eu lhe pouparei a vida, e você poderá ficar com a rosa para sua filha.

Mas o homem relutou, e disse:

– Pode ser minha filha mais nova, que é a que mais me ama e sempre vem correndo ao meu encontro quando retorno para casa.

Então o criado, que estava apavorado, argumentou:

– Pode ser que seja apenas um gato, ou um cachorro.

Por fim, o homem cedeu, com o coração pesado, e pegou a rosa, prometendo ao leão que daria a ele a primeira coisa que encontrasse ao retornar para casa.

Ao se aproximar de casa, foi Açucena, sua filha mais nova e mais amada, que o encontrou. Ela veio correndo, beijou-o e deu as boas-vindas; e quando viu que ele lhe trouxera a rosa, ficou ainda mais contente. Mas seu pai se entristeceu tremendamente, começou a chorar e disse:

– Que lástima, minha tão amada filha! Comprei esta rosa a um preço alto, pois prometi dar-lhe a um leão selvagem; e quando ele a tiver, ele a destroçará e a devorará!

Então, ele contou a ela tudo o que tinha acontecido e disse que ela não devia ir, não importava o que acontecesse.

Mas Açucena o reconfortou, dizendo:

– Querido pai, sua palavra deve ser honrada. Irei até o leão e o acalmarei; talvez ele permita que eu retorne para casa sã e salva.

Na manhã seguinte, ela perguntou por qual caminho deveria seguir e se despediu de seu pai, partindo com seu coração destemido floresta adentro. O leão, no entanto, era um príncipe enfeitiçado. Durante o dia, ele e sua corte eram leões, mas à noite assumiam suas verdadeiras formas novamente. Quando Açucena chegou ao castelo, ele a acolheu de modo tão cortês que ela concordou em se casar com ele. O banquete do casamento foi realizado e eles viveram felizes por um bom tempo. O príncipe só podia ser visto quando a noite caía, e então fazia sua corte; mas todas as manhãs ele deixava sua esposa e partia sozinho, ela não sabia para onde, até anoitecer novamente.

Após um tempo, ele disse a ela:

– Amanhã, haverá um grande banquete na casa de seu pai, pois sua irmã mais velha se casará; então, se quiser ir vê-la, meus leões podem levá-la até lá.

Açucena ficou radiante com a ideia de ver seu pai novamente e partiu com os leões, e todos ficaram exultantes ao vê-la, pois achavam que ela havia sido morta há muito tempo. Mas ela contou a todos o quanto estava feliz e ficou lá até o banquete acabar. Então, voltou para a floresta.

Sua segunda irmã casou-se logo depois e, quando Açucena foi convidada para o casamento, ela disse ao príncipe:

– Não irei sozinha desta vez, você deve vir comigo.

Mas ele se recusou e disse que seria muito perigoso, pois se o mais tênue raio de luz o tocasse, o feitiço se tornaria ainda pior, já que ele seria transformado em um pombo e forçado a perambular pelo mundo por sete longos anos. Açucena, no entanto, não o deixou em paz e prometeu que garantiria que nenhum raio de luz chegaria até ele. Afinal, eles partiram juntos, levando consigo seu bebê, e ela escolheu um amplo salão com paredes bem largas para ele aguardar enquanto os archotes nupciais eram acesos, mas, desafortunadamente, ninguém percebeu que havia um vão na porta.

O casamento foi realizado com grande pompa, mas quando o cortejo saiu da igreja e passou com as tochas pelo salão, um minúsculo feixe de luz atingiu o príncipe. Em um instante, ele desapareceu e, quando sua esposa foi procurá-lo, encontrou apenas um pombo branco, que lhe disse:

– Sete anos devo sobrevoar a superfície da terra; porém, de tempos em tempos, deixarei cair uma pena branca que lhe indicará o meu caminho. Segue-o, enfim poderá me alcançar e me libertar.

Dito isso, ele saiu voando pela porta e a pobre Açucena o seguiu, e de tempos em tempos uma pena branca caía e lhe mostrava para onde ela precisava ir. E assim ela cruzou o mundo, sem nunca olhar para os lados nem descansar, por sete anos. Então, ela começou a se alegrar, pensando consigo mesma que estava chegando o momento em que todos os seus infortúnios acabariam; no entanto, o descanso ainda estava longe, pois, um dia, enquanto estava viajando, ela deixou passar uma pena e, quando ergueu os olhos, não conseguiu mais ver o pombo. "Agora", pensou consigo mesma, "nada do mundo dos homens poderá me ajudar". Então, ela foi até o Sol e perguntou:

– Você, que brilha por todos os cantos, no topo das colinas e na profundeza dos vales, viu meu pombo branco em algum lugar?

– Não – respondeu o Sol. – Não o vi, mas lhe darei uma urna. Abra-a quando estiver em dificuldades.

Então, ela agradeceu o Sol e seguiu seu caminho até anoitecer e, quando a Lua surgiu, Açucena a chamou e disse:

– Você, que brilha por toda a noite nos campos e nos bosques, viu meu pombo branco em algum lugar?

– Não – respondeu a Lua. – Não posso ajudá-la, mas lhe darei um ovo. Quebre-o quando necessitar.

Então, ela agradeceu a Lua e seguiu adiante até o vento noturno soprar. Ela ergueu sua voz para dizer:

– Você, que sopra em meio a todas as árvores e por entre todas as folhas, não viu meu pombo branco?

– Não – respondeu o vento noturno –, mas perguntarei aos outros três ventos; talvez eles o tenham visto.

Então, o vento leste e o vento oeste vieram e disseram que não o tinham visto, mas o vento sul disse:

– Eu vi o pombo branco. Ele voou para o Mar Vermelho e se transformou novamente em leão, pois os sete anos já se passaram, e lá ele está lutando com um dragão que é, na verdade, uma princesa enfeitiçada que tem a intenção de separá-lo de você.

Então, o vento noturno disse:

– Eu lhe darei um conselho. Vá até o Mar Vermelho. Na margem direita, encontrará inúmeras varas. Conte-as, e quando chegares à décima-primeira, quebre-a e acerte o dragão com ela; então o leão sairá vitorioso e ambos reassumirão sua forma natural. Então, olhe em volta e verá um grifo, alado como um pássaro, sentado perto do Mar Vermelho. Salte nas costas dele com seu amado o mais depressa possível e ele os levará pelas águas até seu lar. Também lhe darei esta noz – continuou o vento noturno. – Quando estiverem na metade do caminho, largue-a, e das águas emergirá imediatamente uma nogueira imensa, na qual o grifo poderá repousar; caso contrário, ele não terá força suficiente para carregar vocês todo o caminho. Portanto, se você se esquecer de largar a noz, ele deixará ambos caírem no mar.

Então a pobre viajante seguiu em frente e encontrou tudo como o vento da noite havia relatado; ela pegou a décima-primeira vara e acertou o dragão, e o leão se transformou novamente em príncipe e o dragão, em princesa. Mas assim que a princesa foi libertada de sua maldição, pegou o príncipe pelo braço e saltou sobre as costas do grifo e partiu, levando-o consigo.

Assim, a infeliz viajante estava novamente abandonada e desamparada, mas angariou coragem e disse:

– Até onde o vento levar e enquanto o galo cantar, eu seguirei adiante até encontrá-lo novamente.

Ela percorreu um longo, longo caminho até finalmente chegar ao castelo para onde a princesa havia levado seu príncipe. Um banquete estava sendo preparado e ela ouviu falar que um casamento estava prestes a acontecer.

– Que os céus me ajudem agora! – entoou ela.

Então, pegou a urna que o Sol havia lhe dado e, dentro dela, encontrou um vestido tão resplandecente quanto o próprio Sol. Ela o colocou, entrou no palácio e todas as pessoas a fitaram. A noiva se encantou tanto com o vestido que lhe perguntou se estava à venda.

– Não por ouro ou prata – respondeu Açucena. – Mas por carne e osso.

A princesa perguntou o que ela queria dizer com aquilo e ela respondeu:

– Deixe-me conversar com o noivo esta noite em seu quarto e então eu lhe darei o vestido.

A princesa enfim concordou, mas instruiu o pajem do príncipe a dar a ele umas gotas de poção do sono, para que ele não a visse nem escutasse. Quando caiu a noite e o príncipe já havia adormecido, Açucena foi levada ao seu quarto, sentou-se aos seus pés e disse:

– Eu o segui por sete anos. Falei com o Sol, com a Lua e com o vento noturno para encontrar você e, por fim, ajudei-o a derrotar o dragão. Quer mesmo me esquecer assim?

Mas o príncipe dormia tão profundamente que sua voz apenas passava por ele parecendo o assovio do vento em meio às árvores.

Então, a pobre Açucena foi retirada do quarto e forçada a entregar o vestido dourado, e quando percebeu que não havia saída, foi até um prado, sentou-se e pôs-se a chorar. Mas então ela se recordou do ovo que a Lua lhe tinha dado e, quando o quebrou, dele saiu uma galinha e doze pintinhos de ouro puro, que brincaram por um tempo, e depois se acomodaram sob as asas da mãe. Não havia no mundo coisa mais linda de se ver. Açucena se levantou e foi tocando-os para frente, até a noiva avistá-los da janela e ficar tão maravilhada que foi novamente até ela e perguntou se ela venderia a ninhada.

– Não por ouro ou prata, mas por carne e osso. Deixe-me conversar novamente com o noivo em seu quarto esta noite, e eu lhe darei toda a ninhada.

Então, a princesa decidiu enganá-la novamente, como na noite anterior, e concordou com seu pedido, mas quando o príncipe foi para o quarto, perguntou ao pajem por que o vento havia assoviado tanto na noite anterior. O pajem lhe contou tudo – como o tinha entorpecido com uma poção do sono, e como a pobre moça havia conversado com ele no quarto, e que ela retornaria aquela noite. O príncipe, então tratou de jogar fora a poção, e quando Açucena apareceu e começou a lhe contar os infortúnios pelos quais tinha passado e como tinha sido fiel a ele, o príncipe reconheceu a voz de sua amada esposa, levantou-se em um salto e disse:

– Você me despertou de um sonho, pois a estranha princesa havia me lançado um feitiço, de modo que eu havia me esquecido completamente de você. Mas os céus a mandaram até mim a tempo.

Assim, eles fugiram do castelo durante a noite sem serem notados e montaram o grifo, que voou novamente com eles sobre o Mar Vermelho. Quando eles estavam na metade do caminho, Açucena largou a noz na água, e imediatamente uma enorme nogueira emergiu do mar, e nela o grifo repousou por um tempo para, depois, levá-los em segurança para casa. Lá, eles encontraram seu filho, que havia se tornado uma criança graciosa e bem-apessoada, e depois de todos os pesares, viveram felizes e juntos até o fim de seus dias.

A raposa e o cavalo

Um fazendeiro tinha um cavalo que lhe fora um servo excelente e fiel, mas estava, agora, velho demais para trabalhar; então o fazendeiro não o alimentava mais e disse:

– Não quero mais você, então saia da minha estrebaria; não o aceitarei de volta até que esteja mais forte que um leão.

Então, ele abriu a porta e o tocou dali.

O pobre cavalo ficou muito deprimido, e vagueou pela floresta em busca de algum abrigo do frio e da chuva. Após um tempo, a raposa o encontrou.

– Qual é o problema, meu amigo? – perguntou ela. – Por que está tão cabisbaixo e parece tão solitário e pesaroso?

– Ah! – lamentou o cavalo. – A justiça e a avareza nunca habitam a mesma casa. Meu amo se esqueceu de tudo o que fiz por ele por tantos anos e, apenas porque não posso mais trabalhar, ele me deixou a esmo, e diz que a menos que eu fique mais forte que um leão, ele não me aceitará mais. Quais são as minhas chances? Ele sabe que não tenho chance alguma ou então não teria falado assim.

A raposa, no entanto, insistiu que ele se alegrasse e disse:

– Eu o ajudarei. Deite-se aqui, estire-se e fique imóvel, como se estivesse morto.

O cavalo fez conforme o instruído e a raposa foi diretamente até o leão, que vivia em uma caverna próxima, e disse a ele:

– Aqui perto jaz um cavalo morto; venha comigo e poderá fazer uma bela refeição com a carcaça.

O leão ficou extremamente satisfeito e partiu imediatamente, e quando eles chegaram até o cavalo, a raposa disse:

– Não conseguirá comer aqui com conforto. Digo-lhe uma coisa: eu o amarrarei à tua cauda, e então podes arrastá-lo até tua toca e comê-lo com tranquilidade.

O conselho apeteceu o leão, então ele se deitou calmamente para que a raposa o amarrasse ao cavalo. Mas a raposa conseguiu amarrar suas patas, e o fez com tanta força e rapidez que nem com toda a sua força o leão conseguiria se libertar. Quando o trabalho estava terminado, ela deu um tapinha no ombro do cavalo e disse:

– Upa, upa, alazão!

Então o cavalo se levantou e pôs-se a andar, arrastando o leão atrás de si. O felino começou a rugir e urrar, até que todos os pássaros da floresta haviam voado para longe, de medo, mas o cavalo deixou que ele continuasse sua cantoria e trotou calmamente pelos campos até a casa de seu amo.

– Aqui está, amo – anunciou ele. – Eu o derrotei.

Quando o fazendeiro viu seu antigo servo, seu coração se acalentou e ele disse:

– Pode ficar na sua estrebaria e será bem cuidado.

E então o velho cavalo teve comida em abundância até morrer.

A luz azul

Era uma vez um soldado que, por muitos anos, serviu o rei fielmente, mas quando a guerra terminou, não podia mais servir por conta dos muitos ferimentos que tinha sofrido. O rei disse a ele:

– Pode retornar para sua casa, não preciso mais de você e não receberá mais remuneração alguma, pois só é remunerado aquele que me presta serviços.

O soldado não sabia o que fazer para sobreviver e foi embora tremendamente perturbado. Ele caminhou o dia todo até, à noite, entrar em uma floresta. Quando a escuridão se instalou, ele avistou uma luz e foi até ela, chegando a uma casa onde vivia uma bruxa.

– Permita que eu passe a noite aqui, e me dê algo para comer e beber – disse ele –, senão morrerei de fome.

– Ora! – respondeu ela. – Quem dá qualquer coisa a um soldado desertor? Serei, no entanto, piedosa e o acolherei, se fizer o que eu desejo.

– E o que deseja? – perguntou o soldado.

– Que cave todo o jardim para mim amanhã.

O soldado concordou e, no dia seguinte, trabalhou o máximo que pôde, mas não conseguiu terminar o serviço até a noite.

– Estou vendo – disse a bruxa –, que não tem condições de trabalhar mais hoje, mas eu o abrigarei por mais uma noite e, como pagamento, deverá cortar um fardo de lenha para mim amanhã, em pedacinhos bem pequenos.

O soldado passou o dia todo trabalhando e, à noite, a bruxa propôs que ele ficasse mais uma noite.

– Amanhã, seu trabalho será pequeno. Atrás da minha casa, há um velho poço seco, dentro do qual caiu minha lamparina. A chama é azul e nunca se apaga, e você deve trazê-la de volta para mim.

No dia seguinte, a velha o levou até o poço e o desceu até o fundo dentro de um cesto. O homem encontrou a luz azul e sinalizou para que ela o içasse de volta. Ela o içou, mas quando ele se aproximou da boca do poço, a velha esticou o braço, querendo pegar a lamparina dele.

– Não – disse o homem, percebendo a intenção perversa. – Só entregarei a lamparina para você quando estiver com os dois pés em solo firme.

A bruxa ficou irada, soltou-o e foi embora. O pobre soldado desabou sem se machucar no solo úmido e a chama azul continuou queimando, mas de que lhe adiantava? Ele tinha plena consciência de que não poderia escapar da morte. Então, sentou-se por um tempo, sentindo-se desconsolado, quando, de repente, ao passar a mão pelo bolso, encontrou seu cachimbo, que ainda estava pela metade. "Este será meu último prazer", pensou ele, acendendo o cachimbo na chama azul e começando a fumar. Quando a fumaça havia se espalhado pelo poço, subitamente um anãozinho preto surgiu diante dele, e disse:

– Senhor, quais são as suas ordens?

– Quais são as minhas ordens? – repetiu o soldado, um tanto surpreso.

– Devo fazer tudo que me ordenar – respondeu o homenzinho.

– Ótimo – disse o soldado. – Então, em primeiro lugar, ajude-me a sair deste poço.

O homenzinho o pegou pela mão e o guiou por uma passagem subterrânea, e o soldado não se esqueceu de levar a chama azul consigo. No caminho, o anão mostrou a ele todos os tesouros que a bruxa havia juntado e escondido ali, e o homem pegou todo o ouro que conseguiu carregar. Quando chegou à superfície, disse ao homenzinho:

– Agora vá, amarre a velha bruxa, e leve-a até o juiz.

Pouco depois, ela passou voando por ele, montada em um gato selvagem e gritando apavorada. Não demorou muito até o homenzinho reaparecer.

– Está feito – anunciou ele –, e a bruxa já está dependurada na forca. Tem mais alguma ordem, senhor? – quis saber o anão.

– Neste momento, não – respondeu o soldado. – Pode voltar para casa, apenas esteja de prontidão, caso eu o convoque.

– Basta que acenda seu cachimbo na chama azul e eu aparecerei imediatamente.

E, com isso, ele desapareceu.

O soldado voltou para sua cidade natal. Foi até a melhor hospedaria, mandou fazer umas belas roupas e então pediu que o proprietário arrumasse um quarto para ele de modo que ficasse no mais luxuoso possível. Quando tudo estava pronto e o soldado já estava acomodado, ele convocou o anãozinho preto e disse:

– Eu servi o rei com toda a fidelidade, mas ele simplesmente me dispensou, deixando-me à mercê da fome, e agora desejo me vingar.

– O que devo fazer? – indagou o homenzinho.

– Tarde da noite, quando a filha do rei estiver na cama, pegue-a e traga para cá enquanto ela estiver dormindo. Ela trabalhará como minha criada.

O anãozinho disse:

– Essa é uma tarefa fácil para mim, mas é arriscado para você, pois se alguém descobrir, ficará em maus lençóis.

Quando bateu meia-noite, a porta foi escancarada e o anãozinho entrou com a princesa.

– Aha! Aí está você – gritou o soldado. – Vá trabalhar imediatamente! Pegue a vassoura e varra o quarto.

Depois que ela cumpriu essa tarefa, ele ordenou que ela fosse até sua poltrona e, então, estendeu os pés e disse:

– Descalce-me as botas.

E então as jogou no rosto da princesa e a fez pegá-las novamente, limpá-las e lustrá-las. A moça, no entanto, fez tudo o que ele ordenou sem se opor, em silêncio e com os olhos semiabertos. Quando o galo cantou pela primeira vez, o anãozinho a levou de volta para o palácio real e a deitou na cama.

Na manhã seguinte, quando a princesa se levantou e foi ver seu pai, ela contou a ele do estranho sonho que tivera.

– Fui carregada pelas ruas com a rapidez de um raio – comentou ela, e acordei no quarto de um soldado. Precisei trabalhar para ele como uma criada, varrer seu quarto, limpar suas botas e executar diversos trabalhos domésticos. Foi apenas um sonho, mas estou tão cansada que parece que eu realmente fiz tudo isso.

– O sonho pode ter sido verdade – ponderou o rei. – Eu lhe darei um conselho. Encha seu bolso de ervilhas e faça um pequeno buraco nele. Então, se for realmente levada para longe, as ervilhas cairão de seu bolso e deixarão um rastro nas ruas.

Mas o anãozinho, que não podia ser visto pelo rei, estava ao lado dele quando a sugestão foi dada, e ouviu tudo. À noite, quando a princesa adormecida foi novamente carregada pelas ruas, algumas ervilhas realmente caíram de seu bolso, mas não deixaram rastro algum, pois o engenhoso anãozinho havia, pouco antes, espalhado ervilhas por todas as ruas da cidade. E, mais uma vez, a princesa precisou realizar trabalhos domésticos até o galo cantar.

Na manhã seguinte, o rei mandou seus homens procurarem o rastro, mas foi tudo em vão, pois, em todas as ruas, crianças pobres estavam juntando ervilhas e dizendo:

– Deve ter chovido ervilhas ontem à noite.

– Precisamos pensar em outra forma – disse o rei. – Não tire os sapatos quando for para a cama esta noite e, antes de retornar do local para onde a levam, esconda um deles lá. Eu acharei uma forma de encontrá-lo.

O anãozinho preto ouviu esse plano e, à noite, quando o soldado novamente ordenou que ele lhe trouxesse a princesa, revelou-o a ele, e disse que não sabia o que poderia fazer para neutralizar aquele estratagema, e que se o sapato fosse encontrado no quarto do soldado, ele ficaria em maus lençóis.

– Faça o que ordenei – respondeu o soldado, e, pela terceira noite, a princesa foi obrigada a trabalhar como uma criada, mas antes de ir embora, ela escondeu um sapato debaixo da cama.

Na manhã seguinte, o rei mandou vasculhar a cidade inteira em busca do sapato de sua filha. O calçado foi encontrado no quarto do soldado e o homem, que, por apelo do anão, estava fugindo da cidade, logo foi capturado e mandado para a prisão. Em sua pressa para fugir, ele esquecera os bens mais valiosos que tinha, a chama azul e o ouro, e tinha apenas um ducado no bolso. E agora, preso por correntes, ele estava olhando pela janela de seu cárcere quando por acaso avistou um de seus antigos colegas de regimento passando por ali. O soldado bateu na vidraça e, quando seu colega foi até ele, disse:

– Faça-me o favor de buscar uma pequena trouxa que deixei na hospedaria e eu lhe darei um ducado.

O rapaz foi até lá e pegou o que ele queria. Assim que o soldado estava sozinho novamente, acendeu o cachimbo e convocou o anãozinho preto.

– Não tenha medo – disse o homenzinho a seu mestre. – Vá para onde eles o mandarem e permita que façam o que bem entenderem, apenas leve a luz azul com você.

No dia seguinte, o soldado foi julgado e, embora não tenha cometido nenhum crime perverso, o juiz o condenou à morte. Quando foi levado para a execução, implorou ao rei por um último desejo.

– O que é? – quis saber o rei.

– Que eu possa fumar meu cachimbo uma última vez.

– Pode fumar até três – respondeu o rei –, mas não pense que eu pouparei sua vida.

Então, o soldado pegou o cachimbo e acendeu-o na chama azul e, assim que alguns círculos de fumaça foram emanados, o anãozinho surgiu, com uma pequena clava na mão, e disse:

– Qual é o comando, senhor?

– Surre aquele falso juiz e também esses esbirros, e não poupe o rei que tão mal me tratou.

Então, o anãozinho se lançou sobre eles como um raio, ziguezagueando para lá e para cá, e quem quer que se atrevesse a meramente tocar em sua clava tombava imediatamente no chão e não se arriscava a se mexer novamente. O rei ficou apavorado, suplicou misericórdia ao soldado e, para que lhe poupassem a vida, deu a ele seu reino e a mão de sua filha em casamento.

O corvo

Era uma vez uma rainha que tinha uma filhinha ainda jovem demais para andar sozinha. Um dia, a criança estava muito agitada e a mãe não conseguia aquietá-la, não importava o que tentasse. A rainha começou a perder a paciência e, ao ver os corvos voando ao redor do castelo, abriu a janela e disse:

– Gostaria que você fosse um corvo e voasse para longe de mim; assim, eu teria um pouco de paz.

Ela mal tinha dito aquelas palavras quando a criança em seus braços se transformou em um corvo e saiu voando pela janela aberta. O pássaro voou até uma floresta sombria e lá permaneceu por um longo período, durante o qual os pais não tiveram mais notícias de sua filha.

Muito tempo depois, um homem estava atravessando a floresta quando ouviu um corvo chamá-lo. Quando se aproximou, o corvo lhe disse:

– Sou a filha do rei, mas estou, agora, sob efeito de algum feitiço. Contudo, você pode me libertar.

– O que devo fazer? – perguntou ele.

– Siga floresta adentro até chegar a uma casa onde vive uma velha. Ela lhe oferecerá comida e bebida, mas você não deve aceitar nada. Se aceitar, cairá em um sono profundo e não poderá me ajudar. No jardim atrás da casa, há uma pilha de cascas de árvore. Você deve ficar em cima dela e esperar por mim. Chegarei em uma carruagem às duas da tarde por três dias seguidos. No primeiro dia, ela será puxada por quatro cavalos brancos; no segundo, por quatro cavalos marrons; e no último, por quatro cavalos pretos. Mas se não conseguir ficar acordado e eu o encontrar dormindo, não serei libertada.

O homem prometeu fazer tudo o que ela pedira, mas o corvo disse:

– Ai de mim! Já sei, desde agora, que aceitará alguma coisa da velha e não poderá me salvar.

O homem lhe garantiu que, sob hipótese alguma, tocaria em algo para comer ou beber.

Quando ele chegou à casa e entrou, a velha o recebeu e disse:

– Pobrezinho! Como está cansado! Entre e descanse, deixa que lhe dou algo para comer e beber.

– Não – respondeu o homem. – Não comerei nem beberei.

Mas ela não o deixava em paz e o incitava dizendo:

– Se não vai comer nada, ao menos tome um trago de vinho; uma dose não faz mal a ninguém.

E, por fim, ele se deixou persuadir e bebeu.

Quando se aproximou o horário combinado, ele saiu para o jardim e empoleirou-se na pilha de cascas de árvore para aguardar o corvo. Subitamente, uma sensação de fadiga o assolou e, sem conseguir resistir, ele se deitou por um instante, totalmente decidido, no entanto, a permanecer acordado; mas em poucos minutos seus olhos se fecharam por conta própria e ele caiu em um sono tão profundo que nenhum barulho do mundo o teria despertado. Às duas horas, a princesa se aproximou em sua carruagem puxada pelos quatro cavalos brancos, mas antes mesmo de chegar ao local, disse a si mesma, suspirando:

– Sei que ele adormeceu.

Quando entrou no jardim, ela o encontrou exatamente como temia encontrar, deitado sobre a pilha de cascas de árvore, dormindo profundamente. Ela saiu da carruagem e foi até ele; chamou-o e chacoalhou-o, mas foi tudo em vão, ele continuou dormindo.

No dia seguinte, ao meio-dia, a velha voltou a lhe oferecer comida e bebida, que, em um primeiro momento, o homem recusou. Mas enfim, vencido pelos apelos insistentes dela para que ele pegasse alguma coisa, ele pegou a taça e bebeu novamente.

Perto das duas horas, ele saiu no jardim e subiu na pilha de cascas de árvores para aguardar o corvo. Ele não estava ali há muito tempo quando começou a se sentir tão cansado que suas pernas pareciam não conseguir aguentar o peso do próprio corpo e ele não conseguiu mais se manter em pé. Então, novamente, ele se deitou e dormiu profundamente. Quando a princesa se aproximou com seus quatro cavalos marrons, disse pesarosamente para si mesma:

– Sei que ele adormeceu.

Ela foi, como na vez anterior, procurar por ele, mas ele estava dormindo, e era impossível acordá-lo.

No dia seguinte, a velha disse a ele:

– O que se passa? Não está comendo nem bebendo nada; quer morrer?

Ele respondeu:

– Não posso comer ou beber e não o farei.

Mas ela colocou o prato de comida e a taça de vinho diante dele e, quando sentiu o cheiro do vinho, o homem não conseguiu resistir à tentação e tomou um longo gole.

Quando chegou o horário, ele novamente subiu na pilha de cascas de árvore no jardim para esperar pela filha do rei, mas se sentiu ainda mais assolado pelo cansaço do que nos dois dias anteriores, e, largando-se, dormiu feito uma pedra. Às duas horas, era possível ver o corvo se aproximando e, dessa vez, o cocheiro e todo o resto, bem como os cavalos, eram pretos.

A princesa estava mais triste do que nunca, e disse, cheia de pesar:

– Sei que ele adormeceu e não poderá me libertar.

Ela o encontrou dormindo profundamente e nenhum de seus esforços para despertá-lo surtiu qualquer efeito. Então, ela deixou ao lado dele um pedaço de pão, um pouco de carne e um cantil de vinho de um tipo especial, que nunca acabavam, não importava o quanto alguém os consumisse. Em seguida, ela tirou um anel de ouro, no qual seu nome estava gravado, do próprio dedo e colocou no dele. Por fim, colocou uma carta ao seu lado, que, depois de explicar as particularidades da comida e da bebida que havia deixado para ele, ela encerrava com as seguintes palavras: "Vejo que, enquanto permanecer aqui, jamais poderá me libertar; se, no entanto, ainda quiser fazê-lo, venha até o castelo dourado de Stromberg; você tem total capacidade para cumprir essa tarefa". Então, ela voltou para sua carruagem e partiu rumo ao castelo dourado de Stromberg.

Quando o homem acordou e percebeu que estivera dormindo, entristeceu-se imensamente, e disse:

– Ela certamente esteve aqui e foi embora mais uma vez, e agora é tarde demais para salvá-la.

Então, ele viu as coisas que ela havia deixado ao seu lado; leu a carta e entendeu tudo o que tinha acontecido. O homem se levantou sem mais delongas, ávido para partir de uma vez e chegar ao castelo de Stromberg, mas não fazia ideia de qual direção deveria tomar. Ele perambulou por um bom tempo à procura do caminho e chegou, por fim, a uma floresta sombria, pela qual continuou caminhando por quatorze dias, sem conseguir encontrar uma saída. Mais uma vez, a noite caiu, e, exausto, ele se deitou debaixo de um arbusto e adormeceu. No dia seguinte, ele retomou novamente sua busca pelo caminho em meio à floresta e, aquela noite, pensando em descansar outra vez, deitou-se como na noite anterior, mas, então, ouviu uivos e lamúrias tão altos que era impossível dormir. Ele esperou até escurecer mais e as pessoas começarem a acender as luzes de suas casas e, então, ao ver um lampejo de luz à sua frente, caminhou em sua direção.

Ele descobriu que a luz vinha de uma casa que parecia menor do que realmente era, por conta do contraste de sua altura com a de um imenso gigante que estava parado diante dela. O homem pensou consigo mesmo: "Se o gigante me vir entrar, minha vida estará perdida". Entretanto, após um tempo, ele angariou coragem e seguiu adiante. Quando o gigante o avistou, berrou:

– Que sorte a minha teres aparecido, pois faz muito tempo que não tenho coisa alguma para comer. Agora, posso jantar você.

– Eu preferiria que me deixasse em paz – retrucou o homem –, pois não me disponibilizarei para ser devorado voluntariamente. Se quer comida, tenho o suficiente para satisfazer sua fome.

– Se é esse o caso – respondeu o gigante –, eu o deixarei em paz. Só pensei em comer você porque não tenho nada mais.

Então, eles entraram na casa e se sentaram, e o homem colocou sobre a mesa o pão, a carne e o vinho, que, embora eles comessem e bebessem, permaneciam abundantes. O gigante ficou contente com a boa fortuna, e comeu e bebeu à vontade. Quando terminaram de jantar, o homem perguntou se ele podia lhe indicar a direção do castelo de Stromberg. O gigante respondeu:

– Olharei em meu mapa; nele estão marcados todos os vilarejos, cidades e casas.

Então, ele buscou o mapa e procurou pelo castelo, mas não conseguiu encontrar.

– Não se preocupe – disse ele. – Tenho mapas maiores no armário do andar de cima, procuraremos neles.

Mas eles procuraram em vão, pois o castelo não estava marcado em nenhum deles. O homem queria, então, continuar sua jornada, mas o gigante insistiu que ele ficasse mais um ou dois dias, até o retorno de seu irmão, que estava fora procurando provisões. Quando o irmão chegou em casa, eles lhe perguntaram sobre o castelo de Stromberg, e ele disse que iria procurar em seus próprios mapas assim que tivesse comido e saciado sua fome. Desse modo, quando terminou sua refeição, todos subiram até o quarto dele e vasculharam os mapas, mas não acharam sinal algum do castelo. Então, ele pegou uns mapas mais antigos e eles continuaram procurando até, por fim, encontrarem. O castelo, no entanto, ficava a mais de mil quilômetros dali.

– Como conseguirei chegar até lá? – indagou o homem.

– Tenho duas horas livres – disse o gigante – e posso levá-lo até a vizinhança do castelo. Depois, preciso retornar para cuidar da criança que está sob nossos cuidados.

Assim, o gigante carregou o homem até mais ou menos cem léguas do castelo, onde o deixou, dizendo:

– Poderá percorrer o restante do caminho por conta própria.

O homem caminhou dia e noite até chegar ao castelo dourado de Stromberg. O castelo, porém, ficava situado no topo de uma colina de vidro, e, ao olhar para cima do pé do morro, o rapaz viu a donzela enfeitiçada dar a volta no palácio e, então, entrar. Ele ficou radiante ao vê-la e ansioso por chegar ao topo da montanha, mas a superfície era tão escorregadia que toda vez que ele tentava escalar, caía novamente. Quando percebeu que era impossível chegar até a princesa, ficou imensamente entristecido e disse para si mesmo:

– Permanecerei aqui e esperarei por ela.

Então, ele construiu uma pequena cabana e ali ficou, observando por um ano inteiro, e todos os dias avistava a princesa dando a volta no castelo, mas ainda sem conseguir se aproximar dela.

Certo dia, enquanto olhava pela janela da cabana, ele viu três ladrões brigando e gritou para eles:

– Deus esteja convosco!

Eles pararam de brigar quando o ouviram, mas como não viram ninguém depois de olharem em volta, retomaram a briga de forma ainda mais violenta.

– Deus esteja convosco! – gritou ele novamente, e mais uma vez os homens pararam e olharam em volta, mas como não viram ninguém, voltaram a brigar.

O rapaz gritou uma terceira vez:

– Deus esteja convosco!

E pensando que gostaria de saber o motivo do confronto entre os três, foi até eles e perguntou por que brigavam tão raivosamente. Um deles respondeu que havia encontrado um bastão, e que bastava batê-lo em qualquer porta pela qual eles passassem que ela imediatamente se abria. Outro disse que tinha encontrado uma capa que tornava quem a vestisse invisível; e o terceiro capturara um cavalo que conseguia transpor qualquer obstáculo, e até mesmo subir a montanha de vidro. Eles não conseguiam decidir se deveriam se manter unidos e repartir aqueles itens igualitariamente, ou se deveriam se separar. Ao ouvir aquilo, o homem disse:

– Eu darei a vocês algo em troca desses três itens; não é dinheiro, pois dinheiro não tenho, mas algo muito mais valioso. Preciso, no entanto, de provas de que tudo o que me disseram é verdade.

Desse modo, os ladrões o fizeram subir no cavalo e lhe entregaram o bastão e a capa e, quando ele a vestiu, ficou imediatamente invisível. Então, ele os açoitou com o bastão, um após o outro, gritando:

– Agora vão ter o que merecem, seus vagabundos!

Em seguida, ele cavalgou montanha acima e, quando chegou ao portão do castelo, encontrou-o fechado, mas bastou acertá-lo com o bastão que ele se abriu imediatamente e o homem pôde passar. Ele subiu a escadaria e entrou no cômodo onde a donzela estava sentada, com um cálice dourado cheio de vinho diante dela. Ela não podia vê-lo, pois ainda estava usando a capa. Ele tirou o anel do dedo e o jogou no cálice, de modo que emitiu um ruído ao atingir o fundo.

– Este é meu anel – exclamou ela. – E se esse for o caso, então o homem que virá me libertar também deve estar aqui.

Ela procurou por ele por todo o castelo, mas não conseguiu encontrá-lo. Enquanto isso, o rapaz havia saído novamente, montado em seu cavalo, e removido a capa. Quando, portanto, a princesa chegou ao portão do castelo, ela o viu e gritou de alegria. Ele, então, desceu de sua montaria e tomou-a nos braços, e ela o beijou e disse:

– Agora você realmente me libertou e amanhã celebraremos nosso casamento!

O ganso de ouro

Era uma vez um homem que tinha três filhos. O mais novo se chamava Palerma e era desprezado, escarnecido e desdenhado o tempo todo.

Aconteceu que o mais velho queria ir à floresta cortar lenha e, antes de ele sair, sua mãe lhe deu um lindo bolo e uma garrafa de vinho para que não ficasse com fome ou sede. Quando ele entrou na floresta, encontrou um velhinho grisalho que lhe deu bom-dia e disse:

– Dê-me um pedaço de bolo que está em seu bolso e me deixe tomar um gole do seu vinho; tenho muita fome e muita sede.

Mas o filho esperto respondeu:

– Se eu lhe der meu bolo e meu vinho, ficarei sem para mim mesmo. Vá embora.

E, assim, deixou o homem e seguiu em frente.

Mas quando ele começou a machadar uma árvore, errou um golpe e o machado acertou seu braço, de modo que ele teve de ir para casa fazer um curativo. E isso foi obra do homenzinho grisalho.

Depois disso, o segundo filho foi para a floresta e sua mãe lhe deu, como tinha feito com o primeiro, um bolo e uma garrafa de vinho. O velhinho grisalho também o encontrou e pediu um pedaço do bolo e um gole do vinho. Mas o segundo filho também respondeu com muita racionalidade:

– O que eu der a você faltará para mim. Vá embora!

Deixou o homenzinho para trás e seguiu adiante. Seu castigo, no entanto, não tardou em chegar; depois de ter golpeado a árvore algumas vezes, ele acertou a própria perna e, assim, precisou ser carregado para casa.

Então, Palerma disse:

– Pai, deixe-me ir cortar a lenha.

O pai respondeu:

– Seus irmãos se feriram ao fazê-lo; esqueça, você não entende nada do assunto.

Mas Palerma suplicou por tanto tempo que, por fim, ele disse:

– Vá de uma vez, aprenderá a lição quando se machucar.

A mãe lhe deu uma broa feita com água e assada na brasa e uma garrafa de cerveja azeda.

Quando ele chegou à floresta, o velhinho grisalho também o encontrou e, ao cumprimentá-lo, disse:

– Dê-me um pedaço da sua broa e um gole do seu vinho; tenho muita fome e muita sede.

Palerma respondeu:

– Só tenho uma broa assada na brasa e cerveja azeda; se lhe agradar, podemos nos sentar e comer.

Então, eles se sentaram e, quando Palerma pegou a broa, ela havia se transformado em um lindo bolo, e a cerveja azeda se tornara um bom vinho. Então, eles comeram e beberam, depois disso o homenzinho disse:

– Como você tem um bom coração e está disposto a dividir o que tem, eu lhe agraciarei com boa sorte. Ali adiante há uma velha árvore, corte-a e encontrará algo nas raízes.

Então, o homenzinho se despediu dele e partiu.

Palerma cortou a árvore e, quando ela tombou, havia um ganso com penas de ouro puro sentado nas raízes. Ele o ergueu e, levando-o consigo, foi até uma hospedaria onde pensou em passar a noite. O proprietário tinha três filhas, que viram o ganso e ficaram curiosas para saber que pássaro maravilhoso seria aquele e gostariam de ficar com uma de suas penas de ouro.

A mais velha pensou: "Preciso encontrar uma oportunidade de arrancar uma pena", e assim que Palerma havia saído, ela ergueu o ganso pela asa, mas seu dedo e sua mão ficaram presos ao pássaro.

A segunda veio logo em seguida, também pensando em arrancar uma pena para si mesma, mas mal havia tocado na irmã quando também ficou presa.

Por fim, a terceira também veio com a mesma intenção, e as duas alertaram:

– Não se aproxime; pelo amor de Deus, não se aproxime!

Mas ela não compreendeu por que deveria manter distância. "As outras estão ali", pensou ela, "pois eu também deveria estar", e correu até elas; mas assim que tocou sua irmã, ficou presa a ela. Então, elas precisaram passar a noite com o ganso.

Na manhã seguinte, Palerma colocou o ganso debaixo do braço sem se importar com as três garotas que estavam presas à ave. Elas foram obrigadas a segui-lo para lá e para cá, aonde quer que suas pernas o levassem.

No meio dos campos, o padre os encontrou e, quando viu aquele cortejo, disse:

– Que vergonha, garotas imprestáveis, por que estão atravessando os campos atrás desse jovem? Acham isso decente?

Ao falar isso, ele pegou a mão da irmã mais jovem para puxá-la, mas assim que a tocou, também ficou preso e foi obrigado a acompanhá-los.

Pouco depois, um sacristão apareceu e viu o padre, correndo atrás de três garotas. Ele ficou pasmo com aquela cena e gritou:

– Oi! Reverendíssimo, aonde vai com tanta pressa? Não se esqueça de que temos um batizado hoje!

E correu atrás do padre para puxá-lo pela manga, mas também acabou preso.

Enquanto os cinco seguiam trotando atrás do rapaz, dois lavradores apareceram, carregando suas enxadas. O padre os chamou e pediu que libertassem ele e o sacristão. Porém, mal haviam tocado no sacristão quando também ficaram presos e agora eles eram em sete correndo atrás de Palerma e do ganso.

Pouco depois, eles chegaram a uma cidade onde o rei tinha uma filha tão séria que ninguém conseguia fazê-la rir. Então, ele decretou que aquele que conseguisse fazê-la rir, poderia se casar com ela. Quando Palerma ficou sabendo disso, foi com seu ganso e todo o cortejo até a filha do rei e, assim que ela viu as sete pessoas correndo aos tropeços, começou a rir bem alto, como se nunca fosse parar. Assim, Palerma pediu para se casar com ela, mas o rei não gostou do futuro genro e inventou todas as desculpas possíveis. Disse que, primeiro, ele deveria encontrar um homem que conseguisse tomar todo o vinho estocado em um porão. Palerma pensou no homenzinho grisalho, que certamente o ajudaria; então, retornou à floresta e, no mesmo local onde ele havia cortado a árvore, encontrou um homem sentado, com uma expressão tremendamente pesarosa. Palerma lhe perguntou o que estava deixando seu coração tão amargurado e ele respondeu:

– Tenho uma sede imensa e não consigo apaziguá-la. Água, não suporto; acabei de entornar um barril de vinho, mas, para mim, é como soltar uma gota sobre uma pedra quente!

Palerma levou o rapaz ao porão do rei e o homem se esbaldou nos enormes barris, bebendo e bebendo até seu ventre doer, e antes que o Sol nascesse, todos os barris haviam sido esvaziados. Então, Palerma novamente reclamou sua noiva, mas o rei sentia-se incomodado que um rapaz tão feio, que todos chamavam de Palerma, desposasse sua filha e impôs uma nova condição: primeiro, ele deveria encontrar um homem que conseguisse comer uma montanha inteira de pão. Palerma não pensou por muito tempo, foi direto para a floresta, onde, no mesmo local, encontrou um homem sentado, apertando a própria cinta e fazendo uma careta horrorosa. O homem disse:

– Já comi uma fornada inteira de pães, mas de que adianta quando se tem tanta fome quanto eu? Meu estômago continua vazio e preciso apertar a cinta cada vez mais para que não acabe morrendo de fome.

Palerma ficou contente com aquilo e disse:

– Levante-se e venha comigo; você comerá até se satisfazer.

Ele levou o homem até o local, no palácio do rei, onde toda a farinha do reino era estocada e mandou assarem uma montanha enorme de pães. O homem da floresta começou a comer e, ao final de um dia, toda a montanha havia desaparecido. Palerma foi, pela terceira vez, reclamar sua princesa, mas o rei, novamente, encontrou uma saída e requisitou um navio que pudesse navegar na água e na terra.

– Assim que voltar navegando tal navio – garantiu ele –, poderá desposar minha filha.

Palerma foi direto para a floresta e lá encontrou o homenzinho grisalho a quem ele havia dado sua broa e sua cerveja. Quando ouviu o que Palerma queria, ele disse:

– Como você me deu de comer e beber, eu lhe darei o navio e só o faço porque você foi bondoso comigo.

Então, ele deu a Palerma um navio que podia navegar na água e na terra. Depois, quando o rei viu aquilo, não pôde mais impedir que ele se casasse com sua filha. O casamento foi celebrado e, depois da morte do rei, Palerma herdou o reino e viveu feliz por muito tempo com sua esposa.

A Água da Vida

Em um país muito, muito distante, governava um rei que tinha três filhos. Certo dia, esse rei ficou muito doente, tão doente que ninguém pensou que ele sobreviveria. Seus filhos ficaram muito entristecidos com a enfermidade do pai e, enquanto estavam caminhando juntos, lamentando seu pesar pelo jardim do palácio, um velhinho se aproximou deles e perguntou qual era o problema. Eles lhe contaram que seu pai estava muito adoecido e que receavam que nada pudesse salvá-lo.

– Eu sei o que salvaria – disse o velhinho. – A Água da Vida. Se ele conseguisse tomar um gole, ficaria bem novamente; mas ela é extremamente difícil de conseguir.

Então, o filho mais velho disse:

– Eu logo a encontrarei.

E foi até o rei adoecido e suplicou que ele o deixasse partir em busca da Água da Vida, visto que era a única coisa que poderia salvá-lo.

– Não – respondeu o rei. – Prefiro morrer a lhe colocar diante dos tamanhos perigos que certamente encontrará nessa jornada.

Mas ele insistiu tanto que o rei o deixou ir e o príncipe pensou consigo mesmo: “Se eu trouxer a água para meu pai, ele me tornará o único herdeiro de seu reino”.

Então, ele partiu e, quando já havia viajado por um tempo, chegou a um vale profundo, rodeado por rochas e árvores, e enquanto olhava ao seu redor, avistou um anãozinho feioso parado acima dele, em uma das rochas, com um chapéu comprido de ponta arredondada e uma capa escarlate. O anão gritou para ele:

– Príncipe, aonde vai com tanta pressa?

– De que lhe importa, seu diabrete feioso? – respondeu o príncipe arrogantemente, seguindo adiante.

Então, o anão se enraiveceu com o comportamento do príncipe e lançou um feitiço de azar sobre ele, de modo que, à medida que ele seguia em frente, as trilhas da montanha iam ficando cada vez mais estreitas, a ponto de ficarem tão afuniladas que ele não conseguia passar. Quando pensou em dar meia-volta com o cavalo, ouviu uma gargalhada ecoando ao seu redor e descobriu que a trilha havia se fechado atrás dele, deixando-o encurralado. Ele tentou, então, descer do cavalo e seguir a pé, mas, novamente, a gargalhada ressoou em seus ouvidos e ele se percebeu incapaz de se mover e, assim, ficou imobilizado.

Enquanto isso, o velho rei vivia na esperança diária do retorno de seu primogênito, até que, por fim, o filho do meio lhe disse:

– Pai, partirei em busca da Água da Vida.

Ele fez isso pois pensava consigo mesmo: "Meu irmão certamente está morto e o reino será todo meu se eu encontrar a água". O rei, em um primeiro momento, não estava nem um pouco disposto a deixá-lo ir, mas acabou cedendo. Então, o rapaz partiu e seguiu a mesma estrada que seu irmão tinha pegado. Ele encontrou o mesmo elfo, que o parou no mesmo ponto das montanhas, e perguntou, como da outra vez:

– Príncipe, príncipe, aonde vai com tanta pressa?

– Cuide da sua vida, enxerido! – respondeu o príncipe acidamente, e seguiu adiante.

Mas o anão lhe lançou o mesmo feitiço que havia lançado sobre o irmão mais velho e ele foi obrigado a permanecer no coração das montanhas. É assim que acabam as pessoas tolas e orgulhosas, que se julgam acima de todos os outros e são orgulhosas demais para pedir ou aceitar conselhos.

Quando o segundo príncipe já havia partido há bastante tempo, foi a vez do filho mais novo anunciar que iria sair em busca da Água da Vida, confiando que logo conseguiria recuperar a saúde de seu pai. Então, ele partiu e o anão também o encontrou no mesmo local no vale, em meio às montanhas, e perguntou:

– Príncipe, aonde vai com tanta pressa?

E o príncipe respondeu:

– Estou em busca da Água da Vida, pois meu pai está enfermo e provavelmente morrerá. Pode me ajudar? Por favor, seja gentil e me auxilie se puder!

– Sabe onde se pode encontrá-la? – indagou o anão.

– Não – respondeu o príncipe –, não sei. Peço que me diga se souber.

– Como você falou comigo com amabilidade e é sábio o suficiente para buscar por aconselhamento, eu lhe contarei aonde ir e como. A água que procura nasce em uma fonte de um castelo encantado e, para que consiga chegar lá em segurança, eu lhe darei uma varinha de ferro e três pedaços de pão. Bata no portão de ferro três vezes com a varinha e ele se abrirá. Dois leões famintos estarão deitados do lado de dentro aguardando sua presa, mas se jogar o pão, eles o deixarão passar. Então vá depressa até a fonte e colete um pouco de Água da Vida antes que o relógio marque doze horas, pois se demorar mais, o portão se fechara e você ficará trancado lá dentro para sempre.

O príncipe agradeceu seu pequeno amigo da capa escarlate pela gentil ajuda, pegou a varinha e o pão e seguiu viajando por terra e mar, até chegar ao fim de sua jornada e encontrar tudo como o anão havia informado. O portão se abriu assim que ele deu a terceira batida com a varinha e, depois que os leões se acalmaram, ele atravessou o castelo até chegar a um lindo salão, onde havia vários cavaleiros sentados em uma espécie de transe; o príncipe tirou seus anéis e os colocou em seus próprios dedos. Em outro salão, ele viu, sobre uma mesa, uma espada e um pedaço de pão que também pegou. Mais adiante, ele chegou a um salão onde uma linda jovem estava sentada em um sofá. Ela o recepcionou alegremente e disse que se ele a libertasse do feitiço que a aprisionava, o reino seria dele se retornasse em um ano e se casasse com ela. Depois, ela lhe disse que a fonte da Água da Vida ficava nos jardins do palácio, sugeriu que ele se apressasse e fosse buscar o que queria antes que o relógio marcasse doze horas.

O jovem continuou andando e, caminhando pelos lindos jardins, chegou a uma sombra deliciosa, onde havia um sofá; e ele pensou consigo mesmo que, como estava cansado, descansaria ali por um tempo, e ficou observando a beleza de seus arredores. Então, ele se deitou e pegou no sono sem perceber, de modo que só acordou quando o relógio estava marcando um quarto para as doze. Então, ele se levantou do sofá em um pulo, terrivelmente assustado, correu até a fonte, encheu um frasco que estava por ali com a água e correu para conseguir sair a tempo. Bem quando ele estava passando pelo portão de ferro, o relógio marcou doze horas e o portão se fechou tão rapidamente que lhe arrancou uma espora.

Quando viu que estava em segurança, o príncipe ficou radiante ao pensar que conseguira pegar a Água da Vida, e enquanto estava viajando de volta para casa, passou pelo anãozinho, que, ao ver a espada e o pão que ele pegara, disse:

– Você conquistou um belo prêmio; com a espada, pode dizimar exércitos inteiros e o pão nunca te faltará.

Então, o príncipe pensou consigo mesmo: "Não posso voltar para casa, para meu pai, sem meus irmãos", então ele disse:

– Meu caro amigo, não sabe me dizer onde estariam meus dois irmãos que partiram em busca da Água da Vida antes de mim e nunca mais voltaram?

– Eu os aprisionei nas montanhas com um feitiço – respondeu o anão –, porque foram orgulhosos e mal-educados, e recusaram-se a pedir aconselhamento.

O príncipe insistiu tanto que o anão, afinal, os libertou, embora com relutância, dizendo:

– Tome cuidado com eles, pois têm corações cruéis.

O irmão mais novo, no entanto, estava extremamente exultante por vê-los e contou-lhes tudo o que lhe tinha acontecido, como encontrara a Água da Vida, enchido um frasco, e como havia libertado de um feitiço uma linda princesa, que o esperaria por um ano, e então se casaria com ele e lhe daria o reino.

Então, os três partiram juntos e, no caminho para casa, chegaram a um país que estava devastado pela guerra e pela fome, e receava-se que todos fossem morrer com a escassez. Porém, o príncipe deu de seu pão para o rei da região e todo o reino se alimentou dele. Ele também emprestou ao rei sua incrível espada e ele aniquilou o exército inimigo e, assim, o reino tornou a viver em paz e com abundância. Da mesma forma, ele ajudou dois outros países pelos quais eles passaram em seu caminho.

Quando chegaram ao mar, entraram em um navio e, durante sua travessia, os dois irmãos mais velhos disseram um para o outro:

– Nosso irmão pegou a água que não conseguimos encontrar; portanto, nosso pai nos rejeitará e dará a ele todo o reino que é nosso por direito.

Eles foram, então, consumidos pela inveja e pela vingança, e traçaram um plano para arruiná-lo. Assim, os dois esperaram até o jovem estar dormindo profundamente, tiraram a Água da Vida do frasco, colocando-a em outro recipiente, e o encheram com água do mar.

Quando chegaram ao fim de sua jornada, o filho mais novo levou o frasco para o pai adoentado, para que ele pudesse beber da água e ser curado. Entretanto, a amarga água do mar mal havia tocado sua boca e ele ficou ainda pior do que estava, logo os dois filhos mais velhos se manifestaram, culpando o mais novo pelo que eles, em realidade, tinham feito e alegaram que ele queria envenenar o pai e que eles é que haviam encontrado a Água da Vida, levando-a até o rei. Assim que começou a beber o líquido entregue a ele, o monarca sentiu a enfermidade se dissipar de seu corpo e ficou forte e saudável como em seus dias de juventude. Os irmãos mais velhos foram até o mais jovem, riram dele e disseram:

– Ora, irmão, você encontrou a Água da Vida, não é mesmo? Teve o trabalho, mas nós teremos a recompensa. Conte-nos: com toda a sua astúcia, por que não conseguiu manter os olhos abertos? No ano que vem, um de nós roubará sua linda princesa, se não tomar cuidado. Melhor não dizer nada ao nosso pai, pois ele não acredita em uma palavra do que você diz e, se contar qualquer história, acabará perdendo a vida. Fique calado, portanto, e permitiremos que viva.

O velho rei continuou furioso com seu caçula, pois pensava que ele realmente pretendia tirar-lhe a vida, então reuniu sua corte e perguntou o que deveria ser feito. Todos concordaram que o jovem deveria ser condenado à morte. O príncipe não fazia ideia do que estava se desenrolando, até que, um dia, o chefe dos caçadores do rei saiu para caçar com ele e, quando estavam sozinhos na floresta, o caçador trazia uma expressão tão pesarosa que o príncipe perguntou:

– Meu amigo, o que está passando?

– Não posso e não ouso lhe contar – respondeu ele.

Mas o príncipe insistiu muito e afirmou:

– Apenas me conte o que é e não pense que ficarei zangado, pois o perdoarei.

– Ai de mim! – exclamou o caçador. – O rei ordenou que eu o mate.

O príncipe se surpreendeu com aquilo e disse:

– Deixe-me viver e eu trocarei de roupa com você; pode levar meu casaco real para mostrar a meu pai e me dê seu casaco simplório.

– Com todo o prazer – concordou o caçador. – Tenho certeza de que ficarei feliz em salvar sua vida, pois não teria conseguido matar você.

Então, ele pegou o casaco do príncipe, deu a ele seu casaco simplório e foi embora pela floresta.

Algum tempo depois, três grandes embaixadas chegaram à corte do velho rei com presentes valiosos de ouro e pedras preciosas para seu filho mais novo. Eram os três reis a quem o rapaz havia emprestado a espada e o pão para salvá-los de seu inimigo e alimentar sua gente. Aquilo tocou o coração do rei e ele pensou que talvez seu filho fosse inocente, e disse à sua corte:

– Quem dera meu filho ainda estivesse vivo! Como me entristece tê-lo matado!

– Ele ainda vive – contou o caçador. – E fico contente por ter me apiedado dele e deixado que fosse embora em paz, trazendo para vossa majestade apenas o casaco real dele.

O rei ficou exultante de alegria e anunciou para todo o reino que, se seu filho retornasse para a corte, ele o perdoaria.

Nesse ínterim, a princesa estava ansiosa aguardando pelo retorno de seu salvador e mandou abrir uma estrada de ouro cintilante até seu palácio. Disse a todos os cortesãos que o homem que aparecesse a cavalo e cavalgasse pela estrada direto até o portão era seu verdadeiro amado e eles deveriam deixá-lo passar; mas quem quer que cavalgasse ao lado da estrada certamente não era o príncipe certo, e eles deveriam enxotá-lo prontamente.

Pouco tempo depois, o irmão mais velho pensou que deveria se apressar em procurar a princesa, disse aos cortesãos que era ele quem a havia libertado, que deveria desposá-la e ficar com seu reino. Quando ele chegou diante do palácio e viu a estrada de ouro, parou para admirá-la e pensou consigo mesmo: "É uma pena cavalgar em uma estrada tão bonita"; então, desviou-se dela e cavalgou pela lateral direita. Quando chegou ao portão, os guardas, que haviam visto o caminho que ele tinha tomado, disseram-lhe que ele não podia ser quem alegava e deveria voltar para o lugar de onde viera.

O segundo príncipe partiu logo depois na mesma empreitada, e quando chegou à estrada de ouro e seu cavalo colocou a pata sobre ela, ele parou para admirá-la e a achou muito bonita, e disse a si mesmo: "É uma lástima que alguém pisoteie esta estrada!". Então, ele também se desviou e cavalgou pela lateral esquerda. Porém, quando chegou ao portão, os guardas disseram que ele não era o verdadeiro príncipe e que também deveria voltar para o lugar de onde viera, e ele seguiu seu rumo.

Quando, por fim, o ano findara, o terceiro irmão deixou a floresta onde vivia escondido por medo da ira do pai e partiu em busca de sua noiva. Durante toda a jornada, ele não a tirou do pensamento e cavalgou tão depressa que nem sequer notou do que a estrada era feita, apenas seguiu adiante com seu cavalo bem pelo meio dela e, quando chegou ao portão, ele se abriu e a princesa o recebeu com muita alegria, dizendo que ele era seu salvador e, agora, seria seu marido e senhor daquele reino. Quando o regozijo inicial do reencontro passou, a princesa contou ao rapaz que ficara sabendo que seu pai o perdoara e que gostaria que ele voltasse para casa. Então, antes de seu casamento com a princesa, ele foi visitar o pai, levando-a consigo. De volta ao castelo, ele contou tudo ao rei: como seus irmãos o haviam traído e roubado, como ele havia suportado todas aquelas injustiças por amor ao pai. O velho monarca ficou irado e quis punir os filhos cruéis, mas eles conseguiram escapar, entraram em um navio e navegaram para bem longe pelo imenso mar, e para onde foram, ninguém sabia ou se importava.

Afinal, o rei reuniu sua corte e convidou todo o reino para celebrar o casamento de seu filho com a princesa. E assim todos, jovens e velhos, nobres e súditos, ricos e pobres, atenderam prontamente ao chamado, dentre eles, o simpático anão, com seu chapéu comprido de topo arredondado e uma nova capa escarlate.

E o casamento foi celebrado e os sinos ressoaram.
E todas as boas pessoas bailaram e também cantaram,
E até o raiar do dia beberam e festejaram.

Os doze caçadores

Era uma vez um príncipe que tinha uma noiva que amava muito. Um dia, quando ele estava com ela, sentindo-se muito feliz, recebeu notícias de que seu pai jazia doente em seu leito de morte e desejava vê-lo uma última vez antes de seu fim. Então, o homem disse à sua amada:

– Preciso ir e deixá-la aqui. Eu lhe darei um anel como minha recordação. Quando eu for rei, retornarei para buscá-la.

Então, ele partiu e, quando chegou ao castelo de seu pai, encontrou-o terrivelmente enfermo e prestes a morrer. O rei lhe disse:

– Querido filho, eu queria vê-lo uma última vez antes de morrer, prometa-me que se casarás com aquela que escolhi.

E deu a ele o nome da filha de um rei com quem o jovem deveria se casar. O rapaz estava tão perturbado que não pensou no que estava fazendo e respondeu:

– Sim, querido pai, seu desejo será cumprido.

E, então, o rei fechou os olhos e morreu.

Quando, afinal, o jovem foi proclamado rei e o período de luto havia terminado, ele foi obrigado a cumprir a promessa que fizera ao pai e pediu a mão da filha do rei, que já estava prometida a ele, em casamento. Sua primeira noiva ficou sabendo da notícia e se enfadou tanto com a falsa fidelidade dele que quase morreu. Então, seu pai lhe disse:

– Amada filha, por que está tão triste? Você pode ter o que quiser.

Ela pensou por um momento e respondeu:

– Querido pai, desejo onze moças, exatamente como eu de rosto, corpo e tamanho.

O pai disse:

– Se for possível, seu desejo será realizado.

Assim, ele iniciou uma busca por todo o seu reino, até encontrar onze jovens idênticas à sua filha de rosto, corpo e tamanho.

Quando elas foram até a filha do rei, a princesa havia mandado fazer doze trajes de caçador, todos iguais. As onze moças tiveram de colocar as roupas e ela própria vestiu a décima segunda. A princesa se despediu do pai e partiu com elas rumo à corte de seu antigo noivo, que ela tanto amava. Então, ela perguntou ao novo rei se ele não precisava de caçadores e se aceitaria todos eles em sua corte. O rei olhou para ela e não a reconheceu, mas como eram todos jovens muito bem-apessoados, concordou e disse que os empregaria de boa vontade. Assim, elas se tornaram os doze caçadores do rei.

O monarca, no entanto, tinha um leão magnífico, que sabia de todos os segredos e coisas ocultas. Aconteceu que, certa noite, o animal perguntou ao rei:

– Pensa que você tem doze caçadores?

– Sim – respondeu o rei –, são doze caçadores.

O leão continuou:

– Está enganado, são doze moças.

O rei respondeu:

– Não pode ser verdade! Como poderá provar?

– Oh, basta espalhar algumas ervilhas na antessala – respondeu o leão –, e logo você verá. Homens têm o passo firme e quando caminham por sobre as ervilhas, nenhuma delas se move; mas mulheres tropeçam, escorregam e arrastam os pés, e as ervilhas se esparramam.

O rei ficou satisfeito com o conselho e mandou que as ervilhas fossem espalhadas.

Um dos criados do rei, no entanto, simpatizava com os caçadores, e quando ficou sabendo que seriam postos à prova, foi até eles e contou tudo, dizendo:

– O leão quer fazer o rei acreditar que vocês são mulheres.

Então, a princesa o agradeceu e disse às suas garotas:

– Demonstrem força e pisem com firmeza sobre as ervilhas.

Na manhã seguinte, quando rei mandou chamar os doze caçadores e eles entraram na antessala onde as ervilhas estavam esparramadas, pisaram com tanta firmeza nelas, caminharam com tanta confiança e vigor que nenhuma se moveu ou rolou para longe. Então, elas saíram novamente e o rei disse ao leão:

– Você mentiu para mim, eles caminham como homens.

O leão respondeu:

– Elas foram informadas de que seriam postas à prova e caminharam com mais força. Mande trazer doze rocas para a antessala e verá que elas se encantarão como um homem jamais se encantaria.

O rei gostou do conselho e mandou colocarem as rocas na antessala.

Mas o criado, que era afeiçoado aos caçadores, foi até eles e revelou todo o plano. Então, quando elas ficaram sozinhas, a princesa instruiu às suas onze garotas:

– Demonstrem controle e não olhem para as rocas.

Na manhã seguinte, quando o rei mandou chamar os doze caçadores, eles passaram pela antessala sem olhar uma única vez para as rocas. Então, o rei disse novamente ao leão:

– Você me ludibriou, são homens, pois nem sequer olharam para as rocas.

O leão respondeu:

– Elas se contiveram.

O rei, no entanto, não acreditava mais no leão.

Os doze caçadores sempre seguiam o rei nas caçadas e seu apreço por eles crescia a cada dia. Aconteceu que, um dia, quando eles estavam caçando, foram informados de que a esposa do rei estava chegando. Quando a verdadeira noiva ouviu a notícia, seu coração doeu tanto que quase se partiu e ela caiu desmaiada no chão. O rei pensou que algo havia acontecido com seu caro caçador e querendo ajudá-lo, tirou sua luva. Então, ele viu o anel que tinha dado à sua primeira noiva, olhou em seu rosto e a reconheceu. No mesmo momento, seu coração se compadeceu tanto que ele a beijou e, quando ela abriu os olhos, ele disse:

– Você é minha e eu sou seu, e ninguém no mundo pode mudar isso.

O rei, então, mandou uma mensagem para a esposa, pedindo que retornasse a seu reino, pois ele já tinha uma esposa e quando alguém acaba de encontrar uma chave antiga, não tem necessidade de uma nova. Assim, o casamento foi celebrado e o leão recobrou seu crédito, visto que tinha, afinal, dito a verdade.

O REI DA MONTANHA DOURADA

Era uma vez um mercador, que tinha um único filho, um menino tão jovem que mal conseguia caminhar sozinho. Ele possuía dois navios ricamente carregados que estavam viajando pelos mares e nos quais havia embarcado toda a sua fortuna na esperança de conseguir grandes lucros, mas recebeu notícias de que ambos tinham desaparecido. Assim, de um homem rico, ele subitamente se tornou tão pobre que não possuía mais nada além de um pedacinho de terra, onde costumava fazer caminhadas à noite para apaziguar a mente de todos os seus problemas.

Um dia, enquanto estava vagueando distraidamente, pensando, sem muito alento, na situação em que costumava viver, na que vivia agora e provavelmente continuaria vivendo, repentinamente surgiu à sua frente um anãozinho preto com o rosto todo enrugado.

– Diga-me, amigo, por que está tão cabisbaixo? – perguntou o homenzinho.

– Se me pudesse fazer algum bem, eu lhe contaria de bom grado.

– Quem sabe não posso? – respondeu ele. – Conte-me o que lhe aflige e talvez descobrirá que posso te ser útil.

Então, o mercador contou a ele sobre como toda a sua fortuna agora jazia no fundo do mar e como ele não tinha mais nada além de um pedacinho de terra.

– Oh, não se preocupe com isso – disse o anão. – Apenas prometa trazer para mim, daqui a doze anos, a primeira coisa que encontrar quando chegar em casa e eu proverei tanto quanto desejares.

O mercador achou que aquele não era um pedido tão grandioso; que, muito provavelmente, seria seu cachorro, seu gato, ou algo do tipo, mas se esqueceu de seu menininho, Heinel, então concordou com a proposta e firmou o compromisso de cumprir o que lhe fora pedido.

Mas quando se aproximou de casa, o garoto ficou tão feliz em vê-lo que engatinhou para trás dele e agarrou suas pernas, erguendo o rostinho risonho para olhar para ele. Então, o homem se apavorou e começou a tremer de medo e horror, pois percebeu o que havia se comprometido a fazer, mas como não encontrara ouro algum, ele se consolou, pensando que tudo não passava de uma brincadeira que o anão fizera com ele e que, de toda forma, quando o dinheiro aparecesse, ele veria o portador e simplesmente não pagaria.

Aproximadamente um mês depois, ele subiu as escadas até um velho depósito para procurar algum ferro velho que pudesse vender para levantar um pouco de dinheiro, e em vez do ferro, encontrou uma grande pilha de ouro no chão. Ao ver aquilo, o homem ficou radiante e, esquecendo-se novamente do filho, voltou a comerciar e se tornou ainda mais rico do que antes.

Nesse ínterim, Heinel cresceu, e quando o prazo de doze anos estava chegando ao fim, o mercador se lembrou de sua promessa e ficou muito triste e pensativo, de modo que a preocupação e o pesar eram visíveis em seu rosto. Um dia, o garoto lhe perguntou qual era o problema, mas o homem não quis contar. No fim das contas, ele contou que o tinha vendido, sem saber o que estava fazendo, a um anãozinho preto e feioso, e que quando o prazo de doze anos chegasse ao fim, ele precisaria honrar sua palavra. Então, Heinel disse:

– Pai, não se perturbe muito com isso; eu hei de dar um jeito no homenzinho.

Quando chegou o dia, o pai e o filho foram juntos até o local combinado e o menino desenhou um círculo no chão, posicionando ele próprio e o pai no centro. O anãozinho preto logo apareceu e deu várias voltas em torno do círculo, mas não conseguiu encontrar uma forma de entrar, e também não podia saltar por cima dele. Por fim, o garoto disse:

– Tem algo a nos dizer, meu amigo? Ou o que queres?

Acontece que Heinel havia feito amizade com uma boa fada, que era afeiçoada a ele e tinha lhe contado o que fazer, pois sabia o que o destino tinha guardado para ele.

– Trouxe o que me prometera? – perguntou o anão ao mercador.

O homem permaneceu calado, mas Heinel tornou a falar:

– O que você quer aqui?

O anão respondeu:

– Vim para falar com seu pai, não com você.

– Você trapaceou e enganou meu pai – alegou o garoto. – Livre-o do acordo imediatamente.

– Olho por olho – respondeu o anão. – O que é correto é correto. Dei meu dinheiro ao seu pai e ele o gastou; então seja honesto e deixe-me ter aquilo pelo que paguei.

– Precisa ter meu consentimento primeiro – disse Heinel. – Então, por favor, entre aqui para conversarmos.

O anãozinho sorriu, mostrando os dentes, como que dizendo que ficaria muito feliz em entrar no círculo, se pudesse. Finalmente, após uma longa conversa, eles chegaram a um acordo. Heinel concordou que o pai deveria cedê-lo, como o anão requeria; por outro lado, como a fada havia contado a Heinel o que o destino lhe tinha reservado se ele seguisse seu próprio caminho, o menino escolheu não partir com o homenzinho corcunda que parecia extremamente ansioso por sua companhia.

Então, para que a questão fosse solucionada com uma espécie de empate, ficou decidido que Heinel seria colocado em um barco que estava à beira do mar perto dali; que o pai o empurraria para a água com as próprias mãos; e que, portanto, o garoto seria deixado à deriva e à mercê da sorte ou do azar do vento e do tempo. Então, o rapaz se despediu do pai e entrou no barco, mas não tinha ido muito longe quando uma onda o atingiu e um lado afundou na água, de modo que o mercador pensou que o pobre Heinel havia perecido, e voltou para casa cheio de pesar, enquanto o anão seguiu seu rumo pensando que, de alguma forma, tinha conseguido sua vingança.

O barco, no entanto, não afundara, pois a boa fada estava zelando por seu amigo, que logo emergiu novamente e seguiu adiante são e salvo. O jovem permaneceu sentado dentro do barco em segurança até, por fim, atracar na praia de uma região desconhecida. Quando saltou na areia, viu diante de si um castelo lindo, porém, vazio e sombrio por dentro, pois estava enfeitiçado.

– Aqui – disse para si mesmo –, devo encontrar o prêmio sobre o qual a fada me falou.

Então, ele vasculhou todo o palácio até finalmente encontrar uma serpente branca, que estava deitada enrolada em uma almofada em um dos cômodos. Acontece que a tal serpente branca era uma princesa encantada e ela ficou muito contente ao vê-lo, e disse:

– Vieste para finalmente me libertar? Por doze longos anos eu esperei que a fada o trouxesse, como me prometera, pois só você é capaz de me salvar. Esta noite, doze homens de rosto preto e vestidos com armaduras de correntes virão. Eles perguntarão por que está aqui, mas não os responda e permita que façam o que bem entenderem. Eles podem bater, açoitar, beliscar, espetar ou torturar; suporte tudo, não diga uma palavra sequer e, às doze horas, eles devem ir embora. Na segunda noite, outros doze virão, e na terceira, vinte e quatro, que chegarão a decepar a sua cabeça; mas às doze horas da terceira noite, o poder deles desaparecerá. Depois, eu estarei livre e levarei a Água da Vida até você e o lavarei com ela, trazendo-o de volta à vida.

E tudo aconteceu conforme ela tinha dito; Heinel suportou tudo e não disse uma palavra sequer, e, na terceira noite, a princesa veio e pulou em seu pescoço e beijou-o. A alegria e a euforia se espalharam pelo castelo, o casamento foi celebrado e ele foi coroado rei da Montanha Dourada.

Eles viviam muito felizes e a rainha teve um bebê. E, assim, oito anos se passaram até o rei pensar em seu pai e começar a ansiar por vê-lo novamente, mas a rainha era contra sua viagem, e disse:

– Tenho certeza de que desgraças nos acontecerão se você for.

Heinel, no entanto, não a deixou em paz até ela concordar. No dia de sua partida, ela lhe deu um anel dos desejos e disse:

– Leve este anel e coloque em seu dedo; ele lhe trará o que você quiser. Apenas prometa que nunca o usará para me levar até a casa de seu pai.

Ele disse que faria o que ela pedira, colocou o anel no dedo e desejou estar próximo da cidade onde o pai vivia.

Heinel se viu nos portões da cidade em um instante, mas os guardas não permitiram que ele entrasse, pois estava vestido com roupas muito estranhas. Então, ele subiu em uma colina próxima, onde vivia um pastor de ovelhas, e pegou emprestado uma velha bata, podendo entrar despercebido na cidade. Quando chegou à casa do pai, ele disse que era seu filho, mas o mercante não acreditou, alegando que tivera um filho, seu pobre Heinel, que sabia estar morto há muito tempo e, como ele estava vestido como um mero e pobre pastor de ovelhas, ele se recusou sequer a lhe dar algo para comer. O rei, no entanto, continuou insistindo que era seu filho e disse:

– Não existe alguma marca de nascença pela qual reconheceriam que sou realmente seu filho?

– Sim – respondeu sua mãe. – Nosso Heinel tinha uma marca parecida com uma framboesa no braço direito.

Então, ele mostrou-lhes a marca e eles souberem que tudo o que ele dissera era verdade.

Em seguida, ele contou a eles que agora era rei da Montanha Dourada, que havia se casado com uma princesa e tinha um filho de sete anos de idade. Mas o mercador disse:

– Isso jamais poderia ser verdade, que espécie de rei viajaria por aí vestindo uma bata de pastor de ovelhas?

Heinel ficou irritado e, esquecendo-se de sua promessa, girou o anel e desejou por sua rainha e seu filho. Em um instante, eles estavam diante dele, mas a rainha apenas chorava e disse que ele havia desonrado sua palavra e logo o azar recairia sobre eles. Ele fez tudo o que pôde para consolá-la e, por fim, a rainha pareceu apaziguada; mas a verdade é que não estava e pensava apenas em como deveria puni-lo.

Um dia, ele a levou para caminhar além dos limites da cidade, e mostrou-lhe o local onde o barco fora empurrado para o mar aberto para ser deixado à deriva. Então, ele se sentou e disse:

– Estou muito cansado; sente-se ao meu lado, repousarei a cabeça em seu colo e dormirei um pouco.

Assim que ele havia adormecido, no entanto, a rainha arrancou o anel de seu dedo e fugiu sorrateiramente, desejando estar novamente em seu reino com seu filho. Então, quando Heinel acordou, viu-se sozinho e percebeu que o anel não estava mais em seu dedo.

– Jamais posso retornar à casa de meu pai – disse ele –, eles diriam que sou um feiticeiro. Partirei em uma jornada pelo mundo até chegar novamente ao meu reino.

Com essas palavras, ele partiu e caminhou até chegar a uma colina, onde três gigantes estavam dividindo os bens de seu pai e quando o viram passar, gritaram:

– Homens pequenos têm astúcia; vamos pedir que ele divida os bens entre nós.

Entre os itens havia uma espada que cortava a cabeça do inimigo sempre que seu detentor dizia a palavra "degola!"; uma capa que tornava seu usuário invisível ou o transformava no que ele quisesse; e um par de botas que levava quem as estivesse usando para onde quer que a pessoa desejasse. Heinel disse que eles deviam, primeiro, deixá-lo provar esses objetos maravilhosos, para que ele pudesse avaliar o valor de cada um. Primeiro, eles lhe deram a capa, e ele desejou ser transformado em uma mosca e, em um instante, havia virado uma mosca.

– A capa é muito boa – avaliou ele. – Agora, dê-me a espada.

– Não – disseram eles –, a menos que prometa não dizer "degola!", pois se o fizeres, seremos todos homens mortos.

Eles lhe deram a espada, com a condição de que ele a testasse em uma árvore. Em seguida, ele também pediu pelas botas e assim que detinha todos os três itens, desejou estar na Montanha Dourada e lá chegou em um piscar de olhos. Assim, os gigantes foram deixados para trás, sem bens para dividir ou pelos quais brigar.

Quando Heinel se aproximou do castelo, ouviu uma música alegre e as pessoas ao seu redor lhe contaram que a rainha estava prestes a desposar outro marido. Então, ele vestiu a capa, atravessou o salão do castelo e se postou ao lado da rainha, onde ninguém podia vê-lo. Porém, quando qualquer coisa era colocada em seu prato, ele tomava e comia, e quando uma taça de vinho lhe era dada, ele a pegava e bebia e, assim, embora os criados continuassem lhe dando comida e bebida, seu prato e sua taça viviam vazios.

No entanto, o medo e o remorso a assolaram e ela foi sozinha para seu quarto, onde se sentou e começou a chorar, e Heinel a seguiu.

– Ai de mim! – lamentou ela. – Eu não fui libertada uma vez? Por que, então, esse feitiço ainda parece recair sobre mim?

– Você é falsa e volúvel! – disse ele. – Alguém, de fato, veio para salvá-la, e agora ele está perto novamente, mas você apenas o usou! Ele merecia tal tratamento?

Ele saiu do quarto e dispensou todos, dizendo que o casamento estava desfeito, pois ele havia retornado ao reino. Mas o príncipe, os nobres e outros conselheiros zombaram dele. Heinel, no entanto, recusou-se a entrar em uma discussão e apenas perguntou se eles iriam embora em paz ou não. Então, eles se lançaram sobre Heinel e tentaram capturá-lo, mas o rei sacou sua espada.

– Degola! – gritou ele.

Com isso, as cabeças de todos os traidores caíram no chão e Heinel se tornou novamente o rei da Montanha Dourada.

Doutor Sabe-Tudo

Era uma vez um pobre camponês chamado Aratu, que levou em uma carroça puxada por dois bois um carregamento de madeira para a cidade e o vendeu a um doutor por duas moedas de prata. Quando o dinheiro estava sendo contado para ele, o doutor por acaso estava sentado à mesa e, quando o camponês viu como sua refeição era farta, seu coração desejou ter tudo aquilo também e ele pensou que aceitaria prontamente ser doutor. Ele permaneceu ali por mais um tempo e, por fim, perguntou se ele também poderia ser doutor ou não.

– Oh, sim – respondeu o doutor. – Isso é facilmente resolvível.

– O que preciso fazer? – indagou o camponês.

– Primeiramente, precisa comprar um abecedário, daquele que traz um galo na folha de rosto; em segundo lugar, venda sua carroça e seus bois e compre umas roupas e tudo mais o que a medicina exigir; terceiro, mande pintar uma placa com os dizeres: "Sou o Doutor Sabe-Tudo" e pregue-a acima da porta da sua casa.

O camponês fez tudo conforme havia sido instruído. Quando já estava atendendo há algum tempo, embora não muito, um nobre rico e poderoso teve parte de seu dinheiro roubado. Ele ficou sabendo do Doutor Sabe-Tudo, que vivia no vilarejo tal e deveria saber o que tinha acontecido com o dinheiro dele. Então, o nobre mandou atrelar os cavalos à sua carruagem, foi até o vilarejo e perguntou a Aratu se ele era o

Doutor Sabe-Tudo. Ele respondeu que sim, então o nobre pediu que ele o acompanhasse para recuperarem o dinheiro roubado.

– Oh, sim, mas Grete, minha esposa, também precisa vir.

O nobre não objetou e permitiu que ambos se acomodassem na carruagem e, assim, todos partiram juntos. Quando eles chegaram ao castelo do nobre, a mesa estava posta e disseram a Aratu que se sentasse e comesse.

– Sim, mas minha esposa, Grete, também – respondeu ele, sentando-se à mesa com ela.

Quando o primeiro criado trouxe uma iguaria, o camponês cutucou a esposa e disse:

– Grete, esse é o primeiro.

Ele se referia ao primeiro prato, mas o criado pensou que ele estava falando do "primeiro ladrão", e como ele, de fato, o era, ficou apavorado e disse a seu companheiro, do lado de fora do salão:

– O doutor sabe de tudo, nós acabaremos mal, ele disse que sou o primeiro.

O segundo criado não queria entrar no salão, mas foi forçado, e quando ele entrou com o prato, o camponês cutucou a esposa e disse:

– Grete, esse é o segundo.

O criado ficou igualmente alarmado e se retirou o mais rápido que conseguiu. Com o terceiro, não foi diferente, pois o camponês novamente disse:

– Grete, esse é o terceiro.

O quarto precisou levar um prato que estava coberto e o nobre pediu ao doutor que exibisse sua habilidade e adivinhasse o que havia debaixo da tampa. Era, no fim das contas, caranguejo. O doutor olhou para o prato, não fazia ideia do que dizer, e então exclamou:

– Oh, pobre Aratu!

Ao ouvir aquilo, o nobre gritou:

– É isso! Ele sabe! Também deve saber quem está com meu dinheiro!

Os criados, então, ficaram tremendamente inquietos e fizeram um sinal para o doutor, indicando que queriam que ele saísse com eles por um instante. Quando ele saiu, os quatro lhe confessaram que haviam roubado o dinheiro e disseram que estavam dispostos a restituí-lo e também a dar a ele uma boa quantia se ele não os denunciasse, pois se o fizesse, eles seriam condenados à forca. Eles o levaram até o local onde o dinheiro estava escondido. O doutor, afinal, ficou satisfeito e retornou ao salão, sentou-se à mesa e anunciou:

– Milorde, agora eu pesquisarei em meu livro onde o ouro está escondido.

O quinto criado, no entanto, escondeu-se atrás do fogão para descobrir se o doutor sabia de mais alguma coisa. O doutor, por sua vez, que permanecia sentado, abriu seu abecedário e folheou-o, procurando pelo galo. Como não o encontrou de imediato, exclamou:

– Sei que está aí, então é melhor aparecer!

O rapaz que estava escondido atrás do fogão achou que o doutor estivesse falando dele e saiu correndo, apavorado, gritando:

– Esse homem sabe tudo!

Então, o Doutor Sabe-Tudo mostrou ao nobre onde o dinheiro estava, mas não contou a ele quem o tinha roubado, por fim, recebeu dinheiro como recompensa dos dois lados e se tornou um homem reconhecido.

Os sete corvos

Havia, certa vez, um homem que tinha sete filhos e uma filha caçula. Embora a menininha fosse muito bonita, era tão fraca e pequena que ninguém achava que conseguiria sobreviver, então decidiram que ela deveria ser batizada imediatamente.

Assim, o pai mandou um dos filhos correr até a fonte para pegar um pouco de água, mas os outros seis foram atrás dele. Todos queriam ser o primeiro a pegar a água e estavam com tanta pressa que deixaram todas as jarras caírem no poço. Então, ficaram olhando estupidamente um para o outro sem saber o que fazer, pois nenhum deles ousava voltar para casa. Nesse ínterim, o pai ficou inquieto, pois não sabia dizer o que tinha feito os jovens se demorarem tanto.

– Certamente – ponderou ele –, todos os sete devem ter se distraído com alguma brincadeira.

Como esperou mais um bom tempo e eles não voltaram, o homem ficou irado e desejou que eles se transformassem em corvos. Ele mal tinha dito essas palavras, quando ouviu um grasnido acima de sua cabeça, ergueu os olhos, viu sete corvos pretos como carvão, voando em círculos. Por mais arrependido que estivesse de ver seu desejo realizado, ele não sabia o que fazer para desfazê-lo e consolou-se da forma que pôde com a perda dos sete filhos com sua filhinha, que logo ficou mais forte e, a cada dia que passava, ficava mais linda.

Por muito tempo, a garota não soube que um dia tivera qualquer irmão, pois seus pais tomavam o cuidado de não falar sobre eles na frente dela, mas, um dia, por acaso, ela ouviu as pessoas falarem sobre o assunto.

– Sim – diziam –, ela é realmente linda, mas é uma pena que seja responsável pelo infortúnio dos irmãos.

Ela ficou muito triste, foi conversar com seus pais e perguntou se tinha irmãos e o que havia acontecido com eles. Os pais não se atreveram a continuar escondendo a verdade dela, mas disseram que aquela era a vontade dos Céus e que seu nascimento havia sido uma causa inocente para o acontecido. A garotinha, porém, lamentava profundamente a situação dia após dia e sentia-se obrigada a fazer tudo o que pudesse para trazer seus irmãos de volta. Assim, ela não descansou nem sossegou até, um dia, fugir de casa e partir mundo afora para encontrar seus irmãos, onde quer que estivessem e libertá-los, independentemente do que lhe custasse.

Ela não levou nada consigo além de um anelzinho que seus pais haviam lhe dado; um pedaço de pão, para o caso de ficar com fome; uma pequena jarra de água, para o caso de ficar com sede; e um banquinho para descansar, caso ficasse cansada. Assim, ela seguiu adiante e viajou até o fim do mundo; então, foi ter com o Sol, mas o Sol era muito quente e inflamado; ela fugiu rapidamente e foi conversar com a Lua, mas ela era muito fria e gélida, e disse:

– Sinto cheiro de carne e sangue vindo em minha direção!

Então, ela fugiu correndo e foi ter com as estrelas, que foram amigáveis e gentis com ela, e cada estrela estava sentada em seu próprio banquinho. Quando a estrela-d'alva emergiu, deu à menina um pedacinho de madeira, e disse:

– Se não tiver esse pedacinho de madeira, não conseguirá abrir o castelo que fica na montanha de vidro, onde vivem seus irmãos.

A garotinha pegou o pedaço de madeira, enrolou-o em um pano e seguiu em frente até chegar à montanha de vidro e encontrar a porta trancada. Então, ela procurou o pedacinho de madeira, mas quando desembrulhou o pano, não estava lá, e ela percebeu que havia perdido o presente das bondosas estrelas. O que poderia ser feito? Ela queria salvar seus irmãos, mas não tinha a chave do castelo da montanha de vidro; então, a fiel irmã tirou uma faca do bolso e cortou fora seu dedinho, que era exatamente do tamanho do pedaço de madeira que ela tinha perdido, e o colocou na porta, que se abriu.

Quando entrou, um anãozinho veio até ela e disse:

– O que está procurando?

– Procuro meus irmãos, os sete corvos – respondeu ela.

Então, o anão disse:

– Meus mestres não estão em casa, mas se quiser esperar até que retornem, por favor, entre.

O anão estava preparando o jantar dos corvos e trouxe a comida em sete pratinhos, a bebida em sete tacinhas e os colocou sobre a mesa. A garotinha comeu um pouquinho de cada prato e bebeu um pouquinho de cada taça, mas deixou o anel que havia levado cair dentro da última.

De repente, ela ouviu grasnidos e batidas de asas no ar e o anão anunciou:

– Aí vêm os meus mestres.

Quando eles entraram, queriam comer e beber, e procuraram por seus pratos e taças. Então, todos disseram, um após o outro:

– Quem comeu do meu prato? E quem andou bebendo da minha taça?

– Crá! Crá! Eu não me engano,
Por aqui passaram lábios humanos.

Quando o sétimo corvo esvaziou sua taça e encontrou o anel, olhou para ele e soube que era de seu pai e de sua mãe e disse:

– Quem dera tivesse sido nossa irmãzinha, pois, então, estaríamos livres!

Quando a garotinha ouviu isso (pois havia ficado, esse tempo todo, atrás da porta, escutando), ela entrou correndo no salão e, em um instante, todos os corvos reassumiram sua forma natural, e todos se abraçaram e se beijaram, depois foram para casa na maior alegria.

O casamento da dona Raposa
Primeira história

Era uma vez um velho raposo de nove caudas, que acreditava que sua esposa não lhe era fiel e queria colocá-la à prova. Então, ele se deitou debaixo do banco, sem mover um músculo sequer e fingiu-se de morto. A dona Raposa foi até seu quarto e trancou-se lá dentro, enquanto sua criada, a senhorita Gata, cozinhava sentada perto do fogão. Quando foi anunciado que o velho raposo havia morrido, os pretendentes começaram a aparecer. A criada ouviu alguém parado à porta da casa, batendo. Ela foi até lá e a abriu. Era um jovem raposo, que disse:

– O que está fazendo, senhorita Gata?
Está dormindo ou está desperta?

Ela respondeu:

– Não estou dormindo, estou acordada,
Quer saber com o que ando ocupada?
Cerveja com manteiga estou a misturar,
Aceita ser meu convidado para jantar?

– Não, obrigado, senhorita – respondeu o raposo. – O que a dona Raposa está fazendo?

A criada respondeu.

– Está sentada em seu quarto,
Entristecida em seu luto,
A chorar em busca de conforto,
Pois o velho sr. Raposo está morto.

– Diz a ela, senhorita, que um jovem raposo está aqui e gostaria de cortejá-la.

– É claro, jovem senhor.

A gata sobe as escadas rangentes, nhoc, nhoc.

À porta ela bate, toc, toc.

– Está aí dentro, minha senhora?

– Oh, sim, minha gatinha – respondeu sonora.

– Um pretendente está a esperar.

– Como ele é? Pode me falar?

Ele tem nove caudas como o falecido Sr. Raposo?

– Oh, não – respondeu a gata. – Apenas uma.

– Então eu não o aceitarei.

A senhorita Gata desceu as escadas e mandou o pretendente embora. Pouco depois, outra batida foi ouvida e outro raposo que queria cortejar a dona Raposa estava à porta. Esse tinha duas caudas, mas não teve mais sorte que o primeiro. Depois dele, outros vieram, cada um com uma cauda a mais que o anterior, mas todos foram rejeitados, até que o último tinha nove caudas, como o velho sr. Raposo. Quando a viúva ficou sabendo disso, respondeu com alegria à gata:

– Abre todas as portas e janelas agora,

E leva o velho sr. Raposo para fora.

E quando o casamento estava sendo celebrado, o velho sr. Raposo se mexeu debaixo do banco, surrou toda a corja e tocou todos eles e a dona Raposa para fora de casa.

Segunda história

Quando o velho sr. Raposo faleceu, um lobo apareceu como pretendente e bateu à porta, e a gata que trabalhava para a dona Raposa abriu para ele. O lobo a cumprimentou e disse:

– Bom dia, Gata da Carochinha,

Como pode estar sozinha?

O que faz em sua cozinha?

A gata respondeu:

– De leite estou fazendo um bolo adocicado,

Quer comer e ser meu convidado?

– Não, obrigado, senhorita Gata – respondeu o lobo. – A dona Raposa está em casa?

A gata respondeu:

– Está sentada em seu quarto,
Entristecida em seu luto.
O brilho dos olhos ela perdeu,
Pois o velho sr. Raposo faleceu.

O lobo respondeu:

– Se ela estiver precisada de um marido agora
Pode pedir que aqui desça sem demora?
A gata sobe as escadas apressada,
Para lá e para cá balançando sua cauda,
Até chegar à porta esperada.
Ela bate à porta, sempre atenciosa:
– Está aí, Dona Raposa?
Se estiver precisada de um marido agora
Pode, então, descer sem demora?

A Dona Raposa respondeu:

– O cavalheiro calça meias vermelhas e tem um focinho pontudo?

– Não – respondeu a gata.

– Então não serve para mim.

Depois que o lobo foi embora, vieram um cachorro, um cervo, um coelho, um urso, um leão e todos os bichos da floresta, um após o outro. Mas alguma das boas qualidades que o velho sr. Raposo tinha sempre lhes faltavam e a gata continuou a dispensar os pretendentes. Por fim, veio um jovem raposo e a dona Raposa novamente perguntou:

– O cavalheiro calça meias vermelhas e tem um focinho pontudo?

– Sim – respondeu a gata.

– Então deixe-o subir – respondeu a dona Raposa, ordenando que a criada preparasse o banquete do casamento.

– Limpe o salão, que fique bem varrido,
É hora de se livrar de meu antigo marido!
Pois para casa ele trouxe muitos gordos ratos,
Mas com a esposa, sempre fora um ingrato,
E os roedores iam direto para seu papo.

Então, foi celebrado o casamento com o jovem Sr. Raposo, com muita alegria e dança, e se eles ainda não foram embora, ainda estão dançando.

A salada

Certa vez, um jovem e alegre caçador estava atravessando a floresta apressadamente quando uma velhinha se aproximou dele e disse:

– Bom dia, bom dia! Você parece bastante faceiro, mas estou com fome e sede. Por favor, me dê algo para comer.

O caçador se apiedou dela, colocou a mão no bolso e deu o que tinha. Então, ele quis seguir seu caminho, mas ela o deteve e disse:

– Ouça, meu amigo, o que vou lhe dizer. Eu o recompensarei por sua bondade; siga seu caminho e, daqui em breve, chegará a uma árvore onde verá nove pássaros sentados em uma capa. Atire no meio deles e um cairá morto. A capa também cairá; pegue-a, é uma capa dos desejos e quando a vestir, poderá ir a qualquer lugar onde desejar estar. Abra o pássaro morto, arranque seu coração e guarde-o, então você encontrará uma pepita de ouro debaixo do seu travesseiro toda manhã quando se levantar. É o coração do pássaro que lhe trará essa boa fortuna.

O caçador a agradeceu e pensou consigo mesmo: "Se tudo isso realmente acontecer, será muito bom para mim". Quando ele havia caminhado uns cem passos, ouviu gritos e pios nos galhos acima de sua cabeça, então olhou para cima e viu um bando de pássaros puxando uma capa com seus bicos e suas patas; gritando, brigando e bicando-se mutuamente, como se desejassem ficar com a peça.

– Bem – disse o caçador –, isso é maravilhoso. Está acontecendo exatamente como a velha previu.

Então, ele atirou no meio dos pássaros, de modo que as penas saíram voando por todos os lados. O bando voou para longe, mas um desabou morto, juntamente com a capa. O caçador fez o que a velha havia instruído, abriu o pássaro, arrancou o coração e levou a capa consigo para casa.

Na manhã seguinte, quando ele acordou e ergueu o travesseiro, ali estava a pepita de ouro, brilhando; o mesmo aconteceu no dia seguinte e em todos os outros dias, assim que ele se levantava. O homem juntou uma grande quantia de ouro e, afinal, pensou consigo mesmo: "Que uso tenho para todo esse ouro dentro da minha própria casa? Sairei pelo mundo me aventurando".

Então, ele se despediu dos amigos, pendurou sua trouxa e seu arco nas costas e partiu. Aconteceu que, um dia, a estrada que estava seguindo levava a uma floresta densa, no final da qual havia um grande castelo em um prado verdejante e em uma das janelas era possível ver uma senhora com uma linda jovem ao seu lado, observando o mundo lá fora. Essa senhora era uma bruxa, que disse à jovem:

– Está vindo da floresta um rapaz que traz consigo um prêmio maravilhoso; devemos tirá-lo dele, minha criança, pois será de mais valia para nós do que para ele. O rapaz tem o coração de um pássaro que lhe garante uma pepita de ouro debaixo do travesseiro todas as manhãs.

Nesse meio-tempo, o caçador se aproximou do castelo, olhou para a donzela e disse para si mesmo:

– Estou viajando há tanto tempo que gostaria de entrar neste castelo e descansar, pois tenho dinheiro o suficiente para pagar pelo que eu quiser.

Porém, o real motivo era que ele queria ver a bela jovem mais de perto. Ele entrou no palácio e foi recebido calorosamente. Não demorou muito até estar tão apaixonado que não pensava em mais nada além de olhar nos olhos da moça e fazer tudo o que ela desejasse. Então, a velha disse à garota:

– Agora é a hora de roubar o coração do pássaro.

Assim a garota fez, o homem nunca mais encontrou ouro debaixo de seu travesseiro, pois agora as pepitas nasciam debaixo do travesseiro da moça e a bruxa as recolhia todas as manhãs. Ele estava tão apaixonado, contudo, que nunca nem sentiu falta.

– Bem – disse a velha bruxa –, já temos o coração do pássaro, mas ainda não temos a capa dos desejos, e também precisamos dela.

– Deixemos que ele fique com ela – ponderou a jovem. – Ele já perdeu sua fortuna.

Mas a bruxa ficou muito zangada e disse:

– Uma capa dessas é algo muito raro e maravilhoso; eu preciso dela e a terei!

Então, a jovem fez o que a velha lhe pediu e ficou sentada à janela, olhando para o mundo com uma expressão tão pesarosa, que fez o caçador perguntar:

– Por que está tão triste?

– Ai de mim, meu caro senhor! Lá adiante jaz a rocha granítica onde nascem todos os diamantes mais caros e eu gostaria tanto de vê-la que sempre que penso nisso, não consigo evitar me sentir pesarosa, pois quem conseguiria chegar lá? Apenas os pássaros e as moscas, mas não os homens.

– Se é só esse o motivo da sua tristeza – disse o caçador –, eu a levarei lá com a maior boa vontade do mundo.

Então, ele a colocou debaixo de sua capa e no instante em que desejou estar na rocha granítica, eles estavam lá. Os diamantes brilhavam tanto por todos os lados, que eles ficaram maravilhados e pegaram o mais belo. Mas a velha bruxa fez o caçador sentir um sono tremendo e ele disse à jovem:

– Vamos nos sentar e descansar um pouco; estou tão cansado que não consigo mais ficar em pé.

Então, eles se sentaram, o homem repousou a cabeça no colo da moça e adormeceu. Enquanto ele dormia, ela tirou a capa de seus ombros, vestiu-a, pegou os diamantes e desejou novamente estar em casa.

Quando acordou e descobriu que sua donzela o havia enganado e deixado sozinho na montanha selvagem, ele disse:

– Ai de mim! Quanta desonestidade há no mundo!

E lá permaneceu sentado, consumido pelo medo e pela dor, sem saber o que fazer. Acontece que a montanha pertencia a uns gigantes ferozes que nela viviam, e quando o caçador viu três deles caminhando por ali, pensou consigo mesmo: “Só conseguirei me salvar se fingir que estou dormindo". Então, ele se deitou como se estivesse dormindo profundamente. Quando os gigantes se aproximaram dele, o primeiro o empurrou com o pé e disse:

– Que verme é esse deitado aí no chão, todo encolhido?

– Pise nele e mate-o – sugeriu o segundo.

– Não vale a pena – ponderou o terceiro. – Deixemos que viva, ele subirá ainda mais na montanha e alguma nuvem virá e o levará embora.

E foram embora. Mas o caçador tinha ouvido tudo o que eles disseram e assim que não estavam mais à vista, ele subiu até o topo da montanha e, após pouco tempo, uma nuvem oscilante apareceu, apanhou-o em um redemoinho e o carregou por um tempo, até se acomodar sobre uma horta e ele caiu suavemente no chão em meio às verduras.

O caçador olhou em volta e disse:

– Gostaria de ter algo para comer, senão ficarei pior que antes, pois não vejo maçãs, nem peras, nem nenhum tipo de fruta; nada além de verduras.

Por fim, ele pensou consigo mesmo: "Posso comer uma salada que me refrescará e me dará força". Então, ele escolheu uma bela cabeça de repolho e começou a comer, mas mal havia engolido duas mordidas quando sentiu seu corpo mudar e percebeu, apavorado, que havia sido transformado em um burro. No entanto, como ainda estava com muita fome e o repolho era muito saboroso, ele continuou comendo até mudar para outro tipo de verdura, e mal a tinha colocado na boca quando sentiu seu corpo mudar outra vez, e logo percebeu que tivera a sorte de reassumir sua antiga forma.

Então, ele se deitou e dormiu um pouco para aliviar o cansaço. Quando acordou na manhã seguinte, colheu uma cabeça da verdura ruim e uma da verdura boa, pensando consigo mesmo: "Isso me ajudará a recuperar minha fortuna e permitirá que eu ensine uma lição a algumas pessoas por traição". Assim, ele partiu para encontrar o castelo de seus amigos e, depois de perambular por alguns dias, por sorte, ele encontrou. Então, ele pintou todo o rosto de marrom, de modo que nem sua própria mãe o reconheceria, entrou no castelo e pediu por abrigo.

– Estou tão cansado – disse ele –, que não consigo seguir adiante.

– Camponês – disse a bruxa –, quem é você? E o que faz?

– Sou um mensageiro enviado pelo rei para encontrar a melhor verdura que existe na Terra. Tive a sorte de encontrá-la e a trouxe comigo, mas o calor do sol é tão escaldante que começou a murchar e não sei se posso levá-la adiante.

Quando a bruxa e a jovem o ouviram falar dessa bela verdura, ficaram ávidas por prová-la e disseram:

– Caro camponês, permita que provemos.

– É claro – respondeu ele. – Tenho duas cabeças comigo e lhes darei uma.

Então, ele abriu sua trouxa e deu a elas a verdura ruim. A própria bruxa a levou até a cozinha para que fosse temperada e, quando estava pronta, não conseguiu esperar até ser posta à mesa. Pegou algumas folhas imediatamente e as colocou na boca. Mas ela mal as tinha engolido quando perdeu a própria forma e saiu correndo e zurrando pelo quintal na forma de um burro. A criada, por sua vez, entrou na cozinha e, ao ver a salada pronta, pretendia levá-la para a mesa, mas, no caminho, assim como a velha, também sentiu o desejo de prová-la e comeu algumas folhas. Assim, ela também foi transformada em um burro e saiu correndo atrás do outro animal, deixando o prato com a salada cair no chão. O suposto mensageiro permaneceu, esse tempo todo, sentado com a bela jovem e, como ninguém apareceu com a salada e ela ansiava por comê-la, ela disse:

– Não sei onde a salada pode estar.

Então o homem pensou que algo devia ter acontecido e disse:

– Vou à cozinha averiguar.

Quando ele entrou, viu os dois burros correndo pelo quintal e a salada esparramada pelo chão.

– Certo! – exclamou ele. – Aquelas duas tiveram o que mereciam.

Então, ele juntou o restante das folhas, colocou-as no prato e levou até a jovem, dizendo:

– Eu mesmo trouxe a salada para você, para que não precise esperar ainda mais. Ela comeu e, assim como as outras, saiu correndo para o quintal, zurrando.

Depois, o caçador lavou o rosto e foi até o quintal para que elas o reconhecessem.

– Agora pagarão por sua traição – disse ele, amarrando as três com uma corda e levando-as consigo até chegar a um moinho e bater à janela.

– O que foi? – perguntou o moleiro.

– Tenho três animais cansados aqui – respondeu o homem. – Se ficar com eles, der comida e abrigo, e os tratar como eu instruir, eu lhe pagarei o que pedir.

– Com muito gosto – respondeu o moleiro. – Mas como devo tratá-los?

O caçador disse:

– Dê chibatadas no mais velho três vezes ao dia e feno, uma vez; dê no segundo (que era a criada) chibatadas uma vez ao dia e feno, três vezes; e dê ao mais novo (que era a bela donzela) feno três vezes ao dia e nenhuma chibatada (pois ele não conseguia suportar a ideia de que ela fosse açoitada).

Depois disso, ele voltou ao castelo, onde encontrou tudo o que queria.

Alguns dias depois, o moleiro veio até ele e contou que o burro mais velho havia morrido.

– Os outros dois – continuou ele – estão vivos e comem, mas estão tão entristecidos que não devem durar muito.

O caçador se apiedou delas e disse ao moleiro que as trouxesse de volta para ele. Quando elas chegaram, ele lhes deu um pouco da verdura boa para comer. A bela donzela caiu de joelhos diante dele e disse:

– Oh, amado caçador! Perdoe-me pelo mal que lhe causei; minha mãe me forçou, foi contra a minha vontade, pois sempre o amei muito. Sua capa dos desejos está no armário e, quanto ao coração do pássaro, eu o darei a você.

Mas o homem disse:

– Fique com ele, pois não fará diferença, visto que pretendo fazer de você minha esposa.

Então, eles se casaram e viveram juntos e felizes até morrerem.

A história do jovem que saiu de casa para aprender o que era o medo

Um certo pai tinha dois filhos; o mais velho era inteligente e sensato, e podia fazer de tudo, mas o mais novo era bronco e não conseguia nem aprender nem entender coisa alguma, e quando as pessoas o viam, diziam:

– Aí está um sujeito que ainda trará problemas ao seu pai!

Quando algo precisava ser feito, sempre o mais velho que era obrigado a fazê-lo; mas quando seu pai lhe ordenava que buscasse algo quando já era tarde ou durante a noite, e o caminho atravessava o cemitério da igreja ou qualquer outro lugar sombrio, ele respondia:

– Ah, não, pai, eu não vou lá, esse caminho me causa arrepios!

Isso porque ele tinha medo, ou quando, em volta da fogueira, à noite, contavam-se histórias que davam calafrios, os ouvintes, às vezes, diziam:

– Ah, essa história nos faz tremer!

Mas o mais jovem se sentava em um canto e ouvia com os demais, e não conseguia imaginar o que eles queriam dizer com isso. "Eles estão sempre dizendo: 'Essa história me causa arrepios, essa história me faz tremer!', mas ela não me faz tremer", pensava. "Essa também deve ser uma arte sobre a qual eu não entendo nada".

Aconteceu que, um dia, seu pai lhe disse:

– Você aí no canto, ouça-me com atenção: está crescendo e se tornando forte, e também deve aprender algo que possa ser seu ganha-pão. Veja como trabalha seu irmão, enquanto você não vale o que come.

– Bem, pai – respondeu ele –, estou disposto a aprender alguma coisa; na verdade, caso fosse possível, eu gostaria de aprender a tremer. Eu não consigo entender isso ainda.

Ao ouvir isso, o irmão mais velho sorriu e pensou:

– Oh, céus, que bronco esse meu irmão! Ele nunca servirá para nada! Aquele que quer ser uma foice deve se curvar diante do mundo.

O pai suspirou e respondeu:

– Você logo aprenderá o que é ter medo, mas não ganhará seu sustento com isso.

Pouco depois, o sacristão veio à casa para uma visita e o pai lamentou seu problema, contando-lhe como seu filho mais novo era tão lento que não sabia e não aprendia nada.

– Acredita que quando perguntei como ele iria ganhar seu sustento, o que ele mais queria era aprender a tremer?

– Se isso for tudo – respondeu o sacristão –, ele pode aprender comigo. – Deixe-o comigo que, em pouco tempo, eu vou poli-lo.

O pai ficou feliz com a ideia, pois pensou:

– Essa experiência vai ensinar alguma coisa a esse menino.

O sacristão, então, levou-o para casa e sua tarefa seria tocar o sino da igreja. Depois de um ou dois dias, o sacristão o acordou à meia-noite e ordenou que ele se levantasse, subisse na torre da igreja e tocasse o sino. "Em breve, você deve aprender a ter medo", pensou ele e, secretamente, foi lá antes do garoto. Quando o menino estava no topo da torre, prestes a pegar na corda, viu uma figura branca parada na escada em frente ao sino.

– Quem está aí? – gritou ele, mas a figura não respondeu, não se mexeu nem se virou. – Responda – exclamou o menino –, ou vá embora, você não tem o que fazer aqui à noite!

O sacristão, no entanto, permaneceu em pé, imóvel, de modo que o menino pudesse pensar que ele era um fantasma. O garoto gritou pela segunda vez:

– O que você quer aqui? Diga se é um sujeito honesto ou vou lhe jogar escada abaixo!

O sacristão pensou: "Ele não pode ser tão malvado quanto prega", não emitiu nenhum som e ficou parado como se fosse feito de pedra. Então, o menino o chamou pela terceira vez, mas como também não teve efeito, ele correu contra o sacristão e empurrou o suposto fantasma escada abaixo, fazendo com que ele caísse dez degraus e permanecesse deitado em um canto. Então, ele tocou o sino, foi para casa e, sem dizer uma só palavra, foi para a cama e adormeceu. A esposa do sacristão esperou muito tempo pelo marido, mas ele não voltava. Finalmente, ela ficou preocupada, acordou o menino e perguntou:

– Você sabe onde está meu marido? Ele subiu na torre antes de você.

– Não, eu não sei – respondeu o menino. – Mas alguém estava parado ao lado do sino, do outro lado da escada, e como ele não me respondeu nem foi embora, eu achei que fosse alguém com más intenções, então o derrubei das escadas. Você pode ir até lá e ver se era ele. Eu lamentaria muito se fosse.

A mulher saiu correndo e encontrou o marido, que estava deitado gemendo no canto e havia quebrado a perna.

Ela o carregou para baixo e, em seguida, aos berros, correu até o pai do menino:

– Seu filho – exclamou ela –, foi a causa de um grande infortúnio! Ele jogou meu marido da escada e ele quebrou a perna. Pegue aquele moleque que não serve para nada e leve-o para longe da nossa casa.

O pai ficou apavorado, correu para lá e repreendeu o menino:

– Que truques malvados são esses? – disse ele. – O diabo deve tê-los colocado em sua cabeça.

– Pai – respondeu ele –, ouça-me. Eu sou inocente. Ele estava de pé, ali, à noite, como alguém que quer fazer o mal. Eu não sabia quem era e pedi-lhe três vezes para falar algo ou ir embora.

– Ah – disse o pai –, você não me traz nada além de infelicidade. Saia da minha frente. Eu nunca mais quero ver você.

– Sim, pai, de bom grado. Espere apenas até que seja dia, então eu vou partir e aprender a tremer, e conseguirei, de alguma forma, dominar uma arte que me sustentará.

– Aprenda o que quiser – disse o pai –, não faz diferença para mim. Aqui estão cinquenta moedas de prata para você. Pegue-as e vá para o vasto mundo, e não diga a ninguém de onde você vem nem quem é seu pai, pois tenho motivo para ter vergonha de você.

– Sim, pai, será como você quer. Se não deseja nada mais além disso, eu farei sua vontade.

Quando o dia amanheceu, o menino colocou as cinquenta moedas no bolso e partiu pela grande estrada, sempre repetindo para si mesmo:

– Se ao menos eu soubesse tremer! Se ao menos eu soubesse tremer!

Então, um homem que havia ouvido a conversa que o jovem tivera consigo mesmo se aproximou e, quando eles chegaram ao ponto em que conseguiam ver a forca do vilarejo, o homem disse ao jovem:

– Olha, ali está a árvore onde sete homens se casaram com a filha do cordoeiro e agora eles estão aprendendo a voar. Sente-se embaixo dela, espere até a noite chegar e logo você aprenderá a ter medo.

– Se isso é tudo que se requer – respondeu o jovem –, é fácil de fazer; mas se eu aprender a tremer tão rápido assim, você terá minhas cinquenta moedas. Basta me procurar no início da manhã.

Então, o jovem foi até a forca, sentou-se debaixo dela e esperou a noite chegar. Como estava com frio, ele acendeu uma fogueira, mas à meia-noite o vento soprava tão forte que, apesar do fogo, ele não conseguia se aquecer. Quando o vento fez os homens enforcados baterem uns contra os outros e eles se moveram para trás e para frente, o rapaz pensou: "Se você tem calafrios aqui embaixo, perto do fogo, aqueles lá em cima devem estar congelando e sofrendo!". E como sentia pena deles, ele pegou a escada e subiu, soltou um após o outro, e colocou os sete no chão. Em seguida, ele alimentou o fogo, soprou e colocou todos em volta da fogueira para se aquecerem. Porém, eles ficaram ali sentados e não se mexeram e o fogo acabou pegando em suas roupas. Então, ele disse:

– Tomem cuidado ou vou pendurar todos vocês de novo.

Os homens mortos, no entanto, não ouviram, mas continuaram em silêncio e deixaram seus trapos queimarem. Com isso, o jovem ficou furioso e disse:

– Se não tomarem cuidado, não poderei ajudar. Não vou me queimar com vocês!

Então, ele os pendurou novamente, um de cada vez. Em seguida, sentou-se perto do fogo e adormeceu. Na manhã seguinte, o homem veio até ele e quis ter as cinquenta pratas, e disse:

– Bem, agora você sabe o que é tremer?

– Não – respondeu ele –, como é que eu poderia saber? Aqueles sujeitos lá em cima não abriram a boca e eram tão burros que deixaram os poucos trapos velhos que estavam vestindo serem queimados.

Então, o homem viu que não conseguiria as cinquenta moedas naquele dia e foi embora dizendo:

– Um rapaz como esse nunca tinha cruzado o meu caminho antes.

O jovem também seguiu seu caminho e, mais uma vez, começou a murmurar para si mesmo:

– Se ao menos eu soubesse tremer! Se ao menos eu soubesse tremer!

Um carroceiro que vinha atrás dele o ouviu e perguntou:

– Quem é você?

– Não sei – respondeu o jovem.

Então, o carroceiro perguntou:

– De onde você vem?

– Eu não sei.

– Quem é seu pai?

– Isso eu não posso lhe dizer.

– O que é que você fica murmurando entre os dentes?

– Ah – respondeu o jovem –, eu gostaria muito de conseguir ter medo, mas ninguém consegue me ensinar como.

– Chega de sua tagarelice tola – disse o carroceiro. – Vamos, venha comigo, eu vou arranjar um lugar para você.

O jovem foi com o carroceiro e, à noite, eles chegaram a uma hospedaria onde desejavam passar a noite. Então, na entrada da sala de estar, o jovem novamente disse bem alto:

– Se ao menos eu soubesse tremer! Se ao menos eu soubesse tremer!

O proprietário, ao ouvir isso, riu e disse:

– Se esse é o seu desejo, deve haver uma boa oportunidade aqui para você aprender.

– Ah, cale-se – disse a proprietária. – Muitas pessoas curiosas já perderam a vida. Seria uma pena se olhos tão lindos como esses nunca mais voltassem a ver a luz do dia.

Mas o jovem disse:

– Por mais difícil que seja, eu vou aprender. É por essa razão que tenho viajado.

Ele não deu descanso ao proprietário até que este, por fim, lhe contou que não muito longe dali havia um castelo assombrado onde qualquer um poderia muito facilmente aprender a ter medo se ficasse lá por pelo menos três noites. O rei havia prometido que aquele que se aventurasse teria sua filha como esposa e ela era a moça mais linda da região. Além disso, no castelo, havia grandes tesouros, protegidos por espíritos malignos e, se esses tesouros fossem libertados, tornariam um homem pobre bastante rico. Muitos homens já haviam entrado no castelo, mas nenhum deles jamais havia saído. Então, na manhã seguinte, o jovem foi até o rei e disse:

– Caso seja permitido, estou disposto a passar três noites no castelo assombrado.

O rei olhou para ele e, como o jovem lhe agradou, ele disse:

– Você pode pedir três coisas para levar para dentro do castelo, mas devem ser coisas sem vida.

O rapaz respondeu:

– Então, eu peço lenha para fazer fogo, um torno giratório e uma tábua com uma faca.

O rei mandou levar todos os itens para o castelo durante o dia. Quando a noite estava se aproximando, o jovem subiu e fez uma fogueira em uma das salas, colocou a tábua e a faca uma ao lado da outra e sentou-se junto ao torno.

– Ah, se ao menos eu soubesse tremer! – disse ele. – Mas também não é aqui que vou aprender.

Por volta da meia-noite, ele estava prestes a reavivar o fogo quando, enquanto assoprava a brasa, algo de repente gritou de um canto:

– Au! Miau! Nós estamos com muito frio!

– Tolos! – gritou ele. – Por que estão chorando? Se estiverem com frio, venham, sentem-se perto do fogo e se aqueçam.

Ao ouvir tal resposta, dois grandes gatos pretos se aproximaram com um tremendo salto e se sentaram um de cada lado dele, fitando-o de modo selvagem com seus olhos faiscantes. Depois de alguns minutos, quando já estavam aquecidos, eles disseram:

– Companheiro, vamos jogar cartas?

– Por que não? – ele respondeu. – Mas, antes, mostrem-me suas patas.

Então, eles abriram as garras.

– Oh – disse ele –, que longas unhas vocês têm! Esperem, primeiro eu preciso cortá-las para vocês.

Nisso, ele os agarrou pelo pescoço, colocou-os na tábua de cortar e amarrou suas patas.

– Eu olhei para seus dedos – disse ele –, e minha vontade de jogar cartas desapareceu – e lhes desferiu um golpe mortal e os jogou na água.

Mas assim que ele se livrou desses dois e estava prestes a se sentar novamente perto do fogo, de todos os cantos e buracos apareceram gatos e cachorros pretos com correntes em brasa, e mais e mais deles foram surgindo até que o jovem não conseguia mais se mexer. Eles gritavam terrivelmente e chegaram até a fogueira, despedaçaram-na e tentaram apagá-la. O rapaz os observou por um tempo em silêncio, mas, por fim, quando estavam indo longe demais, ele pegou sua faca e gritou:

– Fora daqui, vermes!

E começou a cortá-los. Alguns fugiram; os outros, ele matou e jogou no tanque de peixes. Quando voltou para a fogueira, ele abanou as brasas novamente e se aqueceu. Assim que se sentou, seus olhos já não se mantinham mais abertos e ele sentiu um desejo de dormir. Então, ele olhou em volta e viu uma grande cama no canto.

– É disso que eu preciso – disse ele deitando-se nela.

Quando ele estava prestes a fechar os olhos, no entanto, a cama começou a se mover por conta própria e saiu passeando por todo o castelo.

– Tudo bem – disse ele –, mas vá mais rápido.

Então, a cama passou a avançar como se seis cavalos a estivessem puxando para cima e para baixo, passando por portas e escadas, mas abruptamente virou de cabeça para baixo e se deitou sobre ele como uma montanha. Então, o jovem jogou colchas e travesseiros para o ar, saiu e disse:

– Agora, quem quiser pode conduzir.

E deitou-se próximo à fogueira e dormiu até o raiar do dia. Pela manhã, o rei, ao chegar e vê-lo deitado no chão, pensou que os espíritos malignos o haviam atacado e que ele estava morto. Então, ele disse:

– Afinal, é uma pena, para um homem tão bonito.

O jovem ouviu, levantou-se e disse:

– Isso ainda não aconteceu.

O rei ficou espantado, mas muito contente e perguntou como ele havia se saído.

– Extremamente bem – respondeu ele. – Uma noite já passou, as outras duas passarão da mesma forma.

Então, ele foi até o estalajadeiro, que arregalou os olhos, e disse:

– Nunca imaginei que o veria vivo novamente! Já aprendeu a ter medo?

– Não – disse ele. – É tudo em vão. Se ao menos alguém me ensinasse!

Na segunda noite, ele subiu novamente no velho castelo, sentou-se perto do fogo e, mais uma vez, começou com seu antigo mantra:

– Se ao menos eu soubesse tremer!

Quando a meia-noite chegou, um alvoroço e barulho de tropeços foram ouvidos. No início, era baixo, mas foi ficando cada vez mais alto. Depois de um instante de silêncio, ouviu-se um grito alto e longo e metade de um homem desceu pela chaminé e caiu diante dele.

– Olá! – gritou ele. – Outra metade pertence a este corpo. Isso não é suficiente!

Então, o alvoroço começou novamente, ouviram-se rugidos e uivos, e a outra metade também caiu pela chaminé.

– Espere – disse ele. – Vou apenas atiçar o fogo um pouco para ti.

Depois de fazê-lo, ele olhou em volta novamente e as duas partes estavam unidas, e um homem medonho estava sentado em seu lugar.

– Isso não faz parte do nosso trato – disse o jovem. – O banco é meu.

O homem tentou afastá-lo, mas o jovem não permitiu e o empurrou com todas as suas forças, voltando a se sentar em seu lugar. Então, outros homens caíram, um após o outro; eles trouxeram nove pernas de homens mortos e dois crânios, e os organizaram e começaram a jogar boliche com eles. O jovem também queria jogar e disse:

– Escutem, posso jogar com vocês?

– Sim, se tiver dinheiro.

– Tenho dinheiro suficiente – respondeu ele. – Mas suas bolas não são bem redondas.

Então, ele pegou os crânios, colocou-os no torno e girou até que estivessem redondos.

– Aqui, agora vão rolar melhor! – disse ele.

– Viva! Agora nós vamos nos divertir!

O rapaz jogou com eles e perdeu um pouco de dinheiro, mas quando deu meia-noite, tudo desapareceu de vista. Ele, então, se deitou e adormeceu tranquilamente. Na manhã seguinte, o rei veio lhe fazer perguntas.

– Como se saiu dessa vez? – perguntou ele.

– Eu joguei boliche – ele respondeu. –, e perdi algumas moedinhas.

– Então você ainda não sentiu medo?

– O quê? – exclamou ele. – Eu me diverti muito! Se ao menos eu soubesse o que é tremer!

Na terceira noite, ele se sentou novamente em seu banco e disse muito triste:

– Se ao menos eu soubesse tremer!

Quando ficou tarde, seis homens altos entraram trazendo um caixão. Então, ele disse:

– Ha, ha, esse certamente é meu priminho, que morreu há apenas alguns dias. – E ele fez um sinal com o dedo e gritou: – Venha, priminho, venha!

Eles colocaram o caixão no chão, mas o rapaz foi até ele e tirou a tampa, e lá estava um defunto. Ele tocou seu rosto, mas ele estava frio como gelo.

– Espere – disse ele. – Vou lhe aquecer um pouco.

Ele foi até o fogo, esquentou a própria mão e a colocou no rosto do defunto, mas ele continuou frio. Então, ele o tirou para fora do caixão, sentou-se perto da fogueira, o deitou em seu colo e esfregou seus braços, de modo que o sangue pudesse circular novamente. Como isso também de nada adiantou, ele pensou: “Quando duas pessoas se deitam juntas na cama, elas aquecem uma à outra”, e então ele levou o cadáver para a cama, cobriu-o e se deitou ao seu lado.

Após alguns instantes, o defunto também ficou quente e começou a se mexer. Então, o jovem disse:

– Viu, priminho, eu o aqueci ou não?

O defunto, no entanto, levantou-se e gritou:

– Agora eu vou estrangular você.

– O quê?! – exclamou ele. – E assim que me agradece? Você vai é entrar no seu caixão novamente.

Então, ele pegou o cadáver, jogou-o dentro do caixão e fechou a tampa. Os seis homens, então, retornaram e levaram o caixão embora novamente.

– Eu não consigo aprender a tremer – disse ele. – Nunca aprenderei enquanto eu viver.

Depois, entrou um homem que era mais alto do que todos os outros e tinha uma aparência terrível. Mas ele era velho e tinha uma longa barba branca.

– Desgraçado! – gritou ele. – Logo aprenderá o que é tremer, pois você morrerá.

– Não tão rápido – respondeu o jovem. – Se estou para morrer, tenho que dar a minha opinião sobre isso.

– Logo eu o agarrarei – disse o demônio.

– Acalme-se, acalme-se; não conte vantagem antes do tempo. Sou tão forte quanto você, talvez até mais.

– Veremos – disse o velho. – Se você for mais forte, eu o deixarei partir; venha, vamos ver.

Então, ele o guiou por passagens escuras até a oficina de um ferreiro, pegou um machado e, com um golpe, enterrou uma bigorna no chão.

– Posso fazer melhor do que isso – disse o jovem, encaminhando-se para a outra bigorna.

O velho se aproximou e quis olhar, com sua barba branca suspensa no ar. Então, o jovem pegou o machado e partiu a bigorna com um só golpe, prendendo a barba do velho.

– Agora você está em minhas mãos – disse o jovem. – Agora é a sua vez de morrer.

Então, ele pegou uma barra de ferro e bateu no velho até ele começar a gemer e suplicar que ele parasse, prometendo dar-lhe grandes riquezas. O jovem largou o machado e o soltou. O velho o conduziu de volta ao castelo e, num porão, mostrou-lhe três baús cheios de ouro.

– Destes três – explicou ele –, uma parte é para os pobres; outra, para o rei; e a terceira parte, para você.

Nesse meio tempo, deu meia-noite e o espírito desapareceu, e o jovem ficou no escuro.

– Eu hei de ser capaz de sair deste lugar – disse ele e, apalpando em volta, encontrou o caminho para o quarto, e ali dormiu ao lado de sua fogueira.

Na manhã seguinte, o rei chegou e disse:

– Agora você deve ter aprendido o que é ter medo.

– Não – respondeu ele. – Como é que eu poderia? Meu finado primo esteve aqui, e um homem barbudo veio e me mostrou uma grande quantia de dinheiro lá embaixo, mas ninguém me disse o que é ter medo.

– Então – disse o rei –, você salvou o castelo e deve se casar com minha filha.

– Tudo isso é muito bom –disse ele. – Mas eu ainda não sei o que é tremer!

Então, todo o ouro foi levado para o vilarejo e celebrou-se o casamento; mas por mais que o jovem rei amasse muito sua esposa, e por mais feliz que ele estivesse, ele ainda dizia sempre:

– Se ao menos eu soubesse tremer... Se ao menos eu soubesse tremer...

E isso acabou por enfurecê-la. Sua criada disse:

– Eu vou encontrar uma forma; ele logo aprenderá a tremer.

Ela foi até o córrego que passava pelo jardim e pediu que trouxessem um balde cheio de peixes para ela. À noite, quando o jovem rei estivesse dormindo, sua esposa deveria tirar as roupas dele e jogar todo o conteúdo do balde, cheio de água fria e peixinhos, sobre ele, para que eles se esparramassem sobre seu corpo. Então, o rapaz acordou e gritou:

– Oh, o que me faz tremer tanto? O que me faz tremer tanto, querida esposa? Ah! Agora eu sei o que é tremer!

O rei Barba Horrenda

Um grande rei, de um reino muito distante do Leste, tinha uma filha que era muito bela, mas tão orgulhosa, arrogante e prepotente que nenhum dos príncipes que apareciam para pedi-la em casamento era bom o suficiente para ela, e a princesa apenas caçoava dos moços.

Certa vez, o rei deu um grande banquete e convidou todos os pretendentes de sua filha, e todos se sentaram em uma fileira, classificados por seu escalão: reis, príncipes, duques, condes, viscondes, barões e cavaleiros. Então, a princesa chegou e passou por todos eles, sempre com algum comentário desdenhoso para fazer sobre cada um. O primeiro era muito gordo:

– Ele é redondo como uma barrica – disse ela.

O seguinte era muito alto.

– Parece um mastro! – exclamou ela.

O terceiro era muito baixo:

– Que nanico! – reclamou ela.

O quarto era muito pálido e ela o chamou de "cara de parede". O quinto era vermelho demais, então ela o chamou de "pimentão". O sexto não era ereto o bastante, então ela o comparou a uma vara verde que precisava ser posta para secar no forno de um padeiro. E assim ela seguiu fazendo troça com cada um deles, mas riu mais do que de todos quando chegou a um bondoso rei que ali estava.

– Olhe para ele – disse a princesa. – Sua barba parece um esfregão velho, ele se chamará "Barba Horrenda".

Então, o rei foi apelidado de "Barba Horrenda".

Porém, o velho rei ficou muito zangado ao ver a maneira como sua filha se comportava e como tratava mal todos os seus convidados, e então jurou que, estivesse disposta ou não, ela se casaria com o primeiro homem, fosse príncipe ou mendigo, que passasse pela porta.

Dois dias depois, apareceu um violinista viajante, que começou a tocar sob a janela e pedir por uns trocados, e quando o rei o ouviu tocar, disse:

– Deixe-o entrar.

Então os criados levaram para dentro do castelo um rapaz imundo que, depois de cantar diante do rei e da princesa, pediu uma moeda. O rei, então, disse:

– Você cantou tão bem que lhe darei a mão da minha filha em casamento.

A princesa suplicou e implorou, mas o rei disse:

– Jurei dar sua mão ao primeiro homem que aqui aparecesse e honrarei minha palavra.

Então, palavras e lágrimas foram em vão, mandaram chamar o padre e a princesa acabou casada com o violinista. Quando o casamento havia sido celebrado, o rei disse:

– Agora se prepare para partir, pois não deve permanecer aqui, deve seguir com seu marido.

Então, o violinista seguiu seu caminho e a levou consigo, e eles logo chegaram a um bosque.

– Diga-me – pediu a princesa –, de quem é este bosque?

– Pertence ao Rei Barba Horrenda – respondeu o homem –, se tivesse casado com ele, tudo isto seria seu.

– Ah! Que pobre azarada eu sou! – lamentou ela em um suspiro. – Quem dera tivesse me casado com o Rei Barba Horrenda!

Logo depois, eles chegaram a uns belos prados.

– De quem são esses lindos prados verdejantes? – perguntou ela.

– Pertencem ao Rei Barba Horrenda; se tivesse casado com ele, tudo isto seria seu.

– Ah! Que pobre azarada eu sou! – exclamou ela. – Quem dera tivesse me casado com o Rei Barba Horrenda!

Então, eles chegaram a uma grande cidade.

– De quem é esta nobre cidade? – quis saber ela.

– Pertence ao Rei Barba Horrenda; se tivesse casado com ele, seria toda sua.

– Ah! Que desafortunada sou! – lamentou ela em um suspiro. – Por que não me casei com o Rei Barba Horrenda?

– Isso não me diz respeito – disse o violonista. – Por que deveria querer outro marido? Não sou bom o suficiente para você?

Por fim, eles chegaram a uma pequena cabana.

– Que lugar miserável! – exclamou ela. – A quem pertence esta pocilga imunda?

Então, o violinista respondeu:

– Esta é a nossa casa, onde viveremos.

– Onde estão os seus criados? – quis saber ela.

– Por que haveríamos de querer criados? – disse ele. – Deve fazer sozinha tudo o que precisa ser feito. Agora, acenda o fogo, coloque água para ferver e prepare meu jantar, pois estou muito cansado.

Mas a princesa não sabia coisa alguma de acender fogo ou cozinhar e o violinista foi obrigado a ajudá-la. Depois que haviam feito uma refeição bastante modesta, eles foram para a cama, mas o violinista a despertou bem cedo pela manhã para limpar a casa. Assim eles viveram por dois dias e, quando haviam comido tudo o que tinha na cabana, o homem disse:

– Esposa, não podemos continuar assim, gastando dinheiro sem ganhar coisa alguma. Precisa aprender a tramar cestos.

Então, ele saiu, cortou uns salgueiros e trouxe a lenha para casa, e a princesa começou a tramar, mas o trabalho deixava seus dedos muito doloridos.

– Estou vendo que esse trabalho não vingará – ponderou o violinista. – Tente fiar, talvez se saia melhor.

Ela sentou-se à roca e tentou fiar, mas os fios cortaram seus dedos delicados até o sangue começar a escorrer;

– Ora essa – reclamou o violinista –, você não serve para nada, não pode fazer trabalho algum. Que belo negócio arrumei! Tentarei, contudo, comercializar panelas e vasilhas, você pode tentar vendê-las no mercado.

– Ai de mim! – lamentou a princesa. – Se qualquer pessoa da corte de meu pai passar e me vir trabalhando no mercado, rirá muito de mim!

Mas seu marido não se importava com isso e disse que ela precisava trabalhar, se não quisesse morrer de fome. No início, o negócio começou bem, pois muitas pessoas, ao ver uma mulher tão bonita, iam comprar seus produtos e pagavam o valor sem nem sequer pensar em levar a mercadoria. Eles viveram assim pelo tempo que as mercadorias duraram, então o violinista comprou um novo lote de produtos e a princesa se instalou no canto do mercado, mas um soldado bêbado que estava passando por ali galgou com o cavalo na direção de sua barraca e quebrou todos os produtos em mil pedacinhos. Então, ela começou a chorar e não sabia o que fazer:

– Oh, o que será de mim? – disse ela. – O que meu marido dirá?

Então, ela correu para casa e contou tudo a ele.

– Quem poderia imaginar que você seria tão tola a ponto de instalar uma barraca de produtos de cerâmica no canto do mercado, onde todos passam? Mas chega de choro, vejo que não é apta para esse tipo de trabalho, então estive no palácio do rei e perguntei se eles não precisavam de uma ajudante na cozinha, e eles disseram que a aceitarão, e lá você terá comida em abundância.

Assim, a princesa se tornou uma ajudante de cozinha, e ajudava a cozinheira a fazer todo o trabalho mais nojento, mas tinha permissão para levar para casa um pouco da carne que sobrava e, com isso, eles sobreviviam.

Ela não estava lá há muito tempo quando o filho mais velho do rei passou em um cortejo, pois estava indo se casar, e ela foi até uma das janelas espiar. Tudo estava pronto e toda a nata da corte estava presente. Então, ela amargurou o orgulho e a soberba que a haviam rebaixado a tal situação. E os criados lhe deram um pouco das suculentas carnes, que ela colocou no cesto para levar para casa.

Subitamente, quando ela estava saindo, o filho do rei entrou com suas roupas douradas e, quando viu aquela mulher linda à porta, pegou-a pela mão e disse que ela deveria ser sua parceira de dança, mas a princesa tremeu de medo, pois viu que se tratava do Rei Barba Horrenda, que estava caçoando dela. No entanto, ele a segurou com firmeza e a puxou, e a tampa do cesto caiu, de modo que todas as carnes caíram e se esparramaram pelo chão. Então, todos riram e debocharam dela, e a garota ficou tão envergonhada que desejou estar enterrada bem fundo na terra. Ela correu até a porta para escapar, mas, nos degraus, o Rei Barba Horrenda a deteve, levou-a de volta e disse:

– Não tenha medo de mim! Sou o violinista que vivia com você na cabana. Eu a trouxe para cá porque realmente amo você. Também sou o soldado que destruiu sua barraca no mercado. Fiz tudo isso apenas para lhe curar de seu orgulho tolo e mostrar a estupidez de seu mau comportamento para comigo. Agora, tudo já passou: você aprendeu uma lição e está na hora de realizarmos nosso banquete de casamento.

Então, os escudeiros vieram e trouxeram os mais belos trajes para ele, e seu pai e toda a sua corte já estavam presentes e a receberam de braços abertos. A alegria estava estampada em todos os rostos e em todos os corações. O banquete foi grandioso; eles dançaram e cantaram; todos estavam contentes; e só me resta lamentar por você e eu não termos estado nessa festa.

João de Ferro

Era uma vez um rei que tinha uma grande floresta perto de seu palácio repleta de animais selvagens das mais variadas espécies. Um dia, ele mandou um caçador para capturar uma corça, mas o homem não voltou.

– Talvez tenha sofrido algum acidente – ponderou o rei.

No dia seguinte, ele mandou mais dois caçadores para procurá-lo, mas eles também não retornaram. No terceiro dia, ele mandou todos os seus caçadores e disse:

– Vasculhem a floresta inteira e não desistam até encontrar os três.

Mas, de todos os que foram, nenhum voltou para casa e nenhum tornou a ser visto. Daquele dia em diante, ninguém mais se aventurava a ir à floresta, que acabou relegada à quietude e à solidão, e nada saía de lá, salvo alguma águia ou gavião que a estivesse sobrevoando. Assim foi por muitos anos, até que um caçador desconhecido apresentou-se para o rei, dizendo que estava em busca de uma aventura, e se ofereceu parar entrar na perigosa floresta. O rei, no entanto, não queria dar seu consentimento e disse:

– Não é seguro lá, receio que teria o mesmo destino que os outros e jamais sairia.

Mas o caçador respondeu.

– Milorde, eu me aventurarei por minha conta e risco, pois desconheço o medo.

Então, o caçador partiu com seu cachorro floresta adentro. Não demorou muito para o cachorro avistar uma presa no caminho e querer persegui-la, mas o animal mal tinha dado dois passos quando se deparou com um lago profundo e não pôde seguir adiante. Então, um braço desnudo saiu da água, pegou o cachorro e o levou para dentro do lago. Quando o caçador viu o que aconteceu, retornou e levou consigo mais três homens munidos de baldes para remover a água do lago. Quando eles conseguiram ver o fundo, avistaram um homem selvagem, cujo corpo era marrom como ferro enferrujado e cujos cabelos escorriam pelo seu rosto até os joelhos. Eles o amarraram e levaram para o castelo. Houve um grande rebuliço em torno do selvagem, mas o rei o havia colocado em uma jaula de ferro em seu quintal e proibiu que a porta fosse aberta, sob pena de morte, e a própria rainha deveria guardar a chave consigo. E daquele dia em diante, todos podiam entrar novamente na floresta em segurança.

O rei tinha um filho de oito anos de idade que, um dia, estava brincando no quintal e, enquanto brincava, sua bola dourada caiu dentro da jaula. O garoto correu até ela e disse:

– Dê-me minha bola.

– Não até que abra a porta para mim – respondeu o homem.

– Não – disse o garoto. – Não farei isso; o rei proibiu.

E correu para longe.

No dia seguinte, ele retornou à jaula e pediu por sua bola; o selvagem disse:

– Abra minha porta.

Mas o garoto se recusou.

No terceiro dia, o rei havia saído para caçar e o menino foi mais uma vez até o selvagem e disse:

– Não posso abrir a porta, mesmo que quisesse, pois não tenho a chave.

Então, o selvagem disse:

– Está debaixo do travesseiro de sua mãe, pode pegar lá.

O garoto, que queria ter sua bola de volta, esqueceu-se de todo o mundo e pegou a chave. A porta se abriu com dificuldade, e o menino espremeu os dedos nela. Quando estava aberta, o selvagem saiu, deu a ele a bola dourada e fugiu apressadamente. O garoto ficou com medo e gritou:

– Oh, selvagem, não vá embora, senão eu apanharei!

O selvagem se virou, pegou o menino, colocou-o sobre o ombro e partiu apressadamente para a floresta. Quando o rei chegou em casa, viu a jaula vazia e perguntou à rainha o que tinha acontecido. Ela não sabia de coisa alguma e foi procurar a chave, mas ela havia desaparecido. A rainha chamou pelo garoto, mas ninguém respondeu. O rei enviou pessoas para procurá-lo nos campos, mas ninguém conseguiu encontrá-lo. Então, o rei pôde supor com facilidade o que tinha acontecido e a tristeza assolou a corte real.

Quando o selvagem chegou novamente à floresta sombria, desceu o garoto e disse para ele:

– Nunca mais verá seu pai ou sua mãe novamente, mas ficará comigo, pois você me libertou e tenho compaixão. Se fizer tudo o que eu mandar, viverá bem. Tenho tesouros e ouro o suficiente e mais do que qualquer outra pessoa no mundo.

Ele fez uma cama de musgo para o garoto, na qual ele se deitou e dormiu, e, na manhã seguinte, o selvagem o levou até um poço, e disse:

– Veja, o poço de ouro é claro e límpido como cristal. Você se sentará ao lado dele e cuidará para que nada caia aí dentro; caso contrário, ficará poluído. Eu virei todas as noites para ver se está obedecendo minha ordem.

O garoto se acomodou na beirada do poço e frequentemente via um peixinho dourado ou uma serpente dourada passar por ali, e tomava cuidado para que nada caísse. Enquanto estava cumprindo sua tarefa, seu dedo começou a doer tanto que ele involuntariamente o colocou na água. Ele o tirou rapidamente, mas viu que ficou bastante dourado e não importava o quanto se esforçasse para limpá-lo, foi tudo em vão. À noite, João de Ferro voltou, olhou para o garoto e perguntou:

– O que aconteceu aqui?

– Nada, nada – respondeu ele, escondendo o dedo atrás das costas, para que o homem não o visse. Mas o selvagem falou:

– Você enfiou o dedo na água. Desta vez, deixarei passar, mas tome cuidado para não deixar que nada toque a água novamente.

Quando o Sol nasceu, o garoto já estava novamente sentado ao lado do poço, observando-o. Seu dedo doeu novamente e ele o passou pela cabeça, e então um infeliz fio de cabelo caiu no poço. Ele o tirou rapidamente, mas já estava bastante dourado. João de Ferro veio e já sabia o que tinha acontecido.

– Você deixou um fio de cabelo cair no poço – anunciou ele. – Eu permitirei que cuide dele mais uma vez, mas se isso acontecer uma terceira vez, o poço estará poluído e você não poderá mais ficar comigo.

No terceiro dia, o garoto sentou-se ao lado do poço e não mexeu o dedo, por mais que estivesse doendo. Mas o tempo passava devagar para ele e o menino foi observar o reflexo do próprio rosto na superfície da água. Ele se aproximou cada vez mais, tentando olhar bem dentro de seus próprios olhos e, então, seus longos cabelos escorregaram pelos ombros e caíram na água. Ele se levantou rapidamente, mas todos os cabelos de sua cabeça já estavam dourados e brilhavam como o sol. Pode imaginar como o garoto ficou apavorado! Ele pegou seu lenço e o amarrou na cabeça para que o selvagem não visse seus cabelos. Mas quando ele chegou, já sabia de tudo e disse:

– Tire o lenço.

Então, os cabelos dourados escorreram da cabeça, e por mais que o garoto tentasse se desculpar, de nada adiantou.

– Você não passou pelo teste e não pode mais ficar aqui. Saia pelo mundo e você aprenderá o que é a pobreza. Mas como não tem um coração ruim e eu o quero bem, ainda lhe concederei uma coisa: se estiver em qualquer dificuldade, venha para a floresta e grite "João de Ferro", e então eu virei em seu auxílio. Meu poder é grande, maior do que você imagina, e tenho ouro e prata em abundância.

Então, o filho do rei deixou a floresta e caminhou por trilhas exploradas e inexploradas, sempre em frente, até, por fim, chegar a uma grande cidade. Lá, ele procurou por trabalho, mas não conseguiu encontrar, pois não havia nada que soubesse fazer. Por fim, ele foi até o palácio e perguntou se eles o acolheriam. As pessoas da corte não faziam ideia do que fazer com o garoto, mas gostaram dele e disseram-lhe que podia ficar. No fim das contas, o cozinheiro o pôs para trabalhar consigo e disse que ele poderia carregar madeira e água, e juntar as cinzas. Certa vez, aconteceu que não havia mais ninguém por perto e o cozinheiro havia mandado que ele levasse a comida até a mesa real, mas como ele não gostava que vissem seus cabelos dourados, permaneceu de chapéu. O rei, que nunca tinha presenciado tamanho desaforo antes, disse:

– Quando se apresentar à mesa real, precisa tirar o chapéu.

Ele respondeu:

– Ah, milorde, não posso. Tenho feridas na cabeça.

Então, o rei chamou o cozinheiro e o reprendeu, perguntando como ele podia empregar um garoto daqueles na cozinha, e disse que ele deveria mandá-lo embora imediatamente. O cozinheiro, no entanto, se apiedou do garoto e o trocou pelo ajudante do jardineiro.

O menino passou, então, a ter de plantar e regar o jardim, cavando e revirando a terra, suportando o vento e o mau tempo. Certa vez, no verão, quando ele estava trabalhando sozinho no jardim, o dia estava tão quente que ele tirou o chapéu para que o vento o refrescasse. Quando o sol bateu em seus cabelos, brilhou e refletiu de tal modo que os raios chegaram ao quarto da filha do rei e ela se levantou para ver o que poderia ser. Então, ela viu o menino e gritou:

– Garoto, traga-me um ramalhete de flores.

Ele colocou o chapéu de volta apressadamente, colheu algumas flores silvestres e as juntou. Quando estava subindo as escadas com elas, o jardineiro o encontrou e disse:

– Como pode levar para a princesa um ramalhete de flores tão comuns? Volte, rápido, e monte outro, e pegue as flores mais bonitas e mais raras.

– Oh, não – respondeu o menino. – As silvestres têm mais aroma e a agradarão mais.

Quando ele entrou no quarto, a princesa disse:

– Tire seu chapéu, não é decente que fique de chapéu na minha presença.

Novamente, ele alegou:

– Não posso, tenho feridas na cabeça.

A princesa, no entanto, pegou o chapéu dele e o arrancou, e então seus cabelos dourados escorreram pelos ombros, e eram esplêndidos aos olhos. Ele quis sair correndo, mas ela o segurou pelo braço e lhe deu um punhado de moedas. Então, ele deixou o quarto, mas não se importava nem um pouco com as moedas e as entregou ao jardineiro, dizendo:

– Dê de presente aos seus filhos, eles podem brincar com elas.

No dia seguinte, a princesa o chamou novamente, pedindo que ele lhe levasse um ramalhete de flores do campo. Quando ele entrou no quarto, ela imediatamente arrancou seu chapéu, e queria roubá-lo dele, mas o garoto o segurou com firmeza com as duas mãos. Ela novamente lhe deu um punhado de moedas, mas ele não ficou com elas e as deu para o jardineiro como brinquedos para seus filhos. No terceiro dia, as coisas correram da mesma forma: ela não conseguiu tirar o chapéu das mãos dele e ele não aceitava o dinheiro dela.

Pouco tempo depois, o país foi invadido por conta da guerra. O rei convocou seu povo, mas não sabia se conseguiria ou não fazer frente ao inimigo, que era mais forte e tinha um exército poderoso. Então, o ajudante do jardineiro disse:

– Já sou adulto e também irei para a guerra, basta me dar um cavalo.

Os outros riram e disseram:

– Vá buscar você mesmo quando tivermos partido, nós deixaremos um na estrebaria para você.

Quando eles haviam partido, o garoto foi até a estrebaria e guiou o cavalo para fora dela. O animal era coxo e não parava de mancar. Mesmo assim, ele montou e partiu rumo à floresta sombria. Quando chegou nos limites da floresta, gritou "João de Ferro" três vezes tão alto que ecoou pelas árvores. Então, o selvagem apareceu imediatamente e perguntou:

– O que deseja?

– Quero um corcel sadio, pois estou indo para a guerra.

– Você terá ainda mais do que pede.

Então, o selvagem entrou novamente na floresta e não demorou muito até um estribeiro aparecer puxando um cavalo que bufava pelas narinas e mal podia ser contido, e, atrás ele, vinha uma grande tropa de soldados, totalmente equipados com armaduras de ferro e cujas espadas brilhavam sob o sol. O jovem entregou seu cavalo coxo ao estribeiro, montou o outro e partiu, liderando os soldados. Quando se aproximaram do campo de batalha, boa parte da tropa do rei já havia sucumbido e o restante estava prestes a se render. Então, o jovem galopou até lá com seus soldados de ferro, atirou-se sobre o inimigo como um furacão e trucidou todos os que se opuseram a ele. Os inimigos começaram a fugir, mas o jovem os perseguiu e não parou até não haver mais nem um único homem. Em vez de retornar ao palácio, entretanto, ele conduziu a tropa de volta para a floresta e convocou João de Ferro.

– O que deseja? – indagou o selvagem.

– Tome sua montaria e sua tropa de volta e me devolva meu cavalo coxo.

Tudo o que ele pediu foi atendido, e logo ele estava cavalgando novamente no cavalo coxo. Quando o rei retornou ao seu castelo, sua filha foi encontrá-lo e parabenizá-lo pela vitória.

– Não fui eu o responsável pela vitória.

A princesa queria saber quem era o estranho cavaleiro, mas o rei não sabia e disse:

– Ele seguiu o inimigo e eu não o vi mais.

A princesa perguntou ao jardineiro por onde seu ajudante andava, mas ele sorriu e disse:

– Ele acabou de chegar em casa montado em um cavalo coxo, e os outros estavam fazendo caçoando dele, gritando: "Aí vem nosso três-pernas de volta!". Eles também perguntaram: "Debaixo de qual cerca você ficou dormindo esse tempo todo?". E ele respondeu: "Me saí melhor que todos e a batalha teria acabado mal se não fosse por mim". E então ele foi ainda mais ridicularizado.

O rei disse para sua filha:

– Eu darei um grande banquete que deverá durar três dias, e você deverá lançar uma maçã dourada. Talvez o cavaleiro desconhecido se apresente.

Quando o banquete foi anunciado, o jovem foi até a floresta e convocou João de Ferro.

– O que deseja? – perguntou ele.

– Conseguir pegar a maçã dourada da filha do rei.

– É como se já a tivesse – respondeu João de Ferro. – Também terá uma armadura vermelha para a ocasião e montarás um cavalo marrom robusto.

Quando chegou o dia, o jovem galopou até o local, posicionou-se entre os cavaleiros e não foi reconhecido por ninguém. A filha do rei se apresentou, jogou uma maçã dourada para os cavaleiros e ele foi o único a pegá-la, indo embora em seu cavalo logo em seguida.

No segundo dia, João de Ferro o equipou como um cavaleiro branco, e lhe deu um cavalo branco. Novamente, ele foi o único a pegar a maçã e não se demorou nem mais um instante, apenas montou seu cavalo e foi embora com ela.

O rei se zangou e disse:

– Isso não é permitido; ele deve se apresentar a mim e me dizer seu nome.

Então, ele deu a ordem de que se o cavaleiro que havia pegado as maçãs fugisse novamente, eles deveriam persegui-lo e, se ele não voltasse voluntariamente, eles deveriam matá-lo.

No terceiro dia, ele recebeu de João de Ferro uma armadura preta e um cavalo preto, e novamente pegou a maçã. Mas quando estava indo embora, os homens do rei o perseguiram, e um deles chegou tão perto que feriu a perna do jovem com a ponta da espada. O jovem, no entanto, escapou deles, mas seu cavalo saltava com tanto vigor que o elmo caiu de sua cabeça e eles puderam ver seus cabelos dourados. Quando retornaram ao castelo, eles reportaram isso ao rei.

No dia seguinte, a princesa perguntou ao jardineiro onde seu ajudante estava.

– Está trabalhando no jardim. Aquele garoto estranho também estava no festival, voltou para casa somente ontem à noite, e também mostrou aos meus filhos três maçãs douradas que ele conquistou.

O rei o convocou, e ele apareceu novamente com seu chapéu na cabeça. Mas a filha do rei foi até ele e o arrancou e, então, seus cabelos dourados caíram pelos ombros, e ele era tão bonito que todos ficaram maravilhados.

– Você é o cavaleiro que veio todas as noites ao festival, cada dia trajando uma cor, e que pegou as três maçãs de ouro? – indagou o rei.

– Sim – respondeu ele –, e aqui estão as três maçãs. – Ele tirou as maçãs do bolso e as devolveu ao rei. – Se quiser mais provas, posso mostrar a ferida que um de teus homens me causou enquanto me perseguiam. Mas também sou o cavaleiro que o ajudou a conquistar a vitória sobre seus inimigos.

– Se consegue executar tais façanhas, você não é um mero ajudante de jardineiro. Conte-me, quem é seu pai?

– Meu pai é um rei poderoso e tenho ouro de sobra.

– Sei bem – disse o rei –, que devo a você um agradecimento. Há algo que eu possa fazer para agradá-lo?

– Sim – respondeu o rapaz –, há, sim. Dê-me a mão de sua filha.

A moça riu e disse:

– Ele não é dado a muitas cerimônias, mas eu já havia visto, pelos cabelos dourados, que ele não era um mero ajudante de jardineiro.

E, então, ela foi até ele e o beijou.

O pai e a mãe do rapaz foram a casamento e estavam radiantes, pois já haviam perdido qualquer esperança de ver seu querido filho novamente. E enquanto estavam sentados à mesa do banquete, a música subitamente parou, as portas se abriram e um rei imponente entrou, com uma grande comitiva. Ele foi até o jovem, abraçou-o e disse:

– Sou João de Ferro, e estava, por conta de um feitiço, vivendo como um selvagem, mas você me libertou. Todos os tesouros que possuo serão seus.

PELE DE BICHO

Era uma vez um rei cuja rainha tinha cabelos de ouro puro, e era tão linda que não havia beleza igual em toda a face da Terra. Mas essa linda rainha adoeceu e, quando ela sentiu que seu fim estava próximo, ela chamou o rei e disse:

– Prometa-me que nunca mais se casará novamente, a menos que encontre uma mulher tão bonita quanto eu e que tenha cabelos dourados como os meus.

Assim que o rei, em meio à sua tristeza, prometeu que faria tudo o que ela havia pedido, a rainha fechou os olhos e morreu. Mas não havia consolo para o rei e, por um bom tempo, ele nem sequer pensou em se casar com outra mulher. Um dia, no entanto, seu conselheiro lhe disse:

– Não pode continuar assim, o rei precisa se casar novamente, para que tenhamos uma rainha.

Então, os mensageiros foram enviados para todos os cantos para procurar por uma mulher tão bonita quanto a falecida rainha. Mas não havia nenhuma princesa tão bela em todo o mundo; e se houvesse, mesmo assim, não haveria uma com cabelos dourados. Então, os mensageiros voltaram para casa e todo seu esforço fora em vão.

Acontece que o rei tinha uma filha, que era tão bonita quanto sua mãe e tinha os mesmos cabelos dourados. E quando ela cresceu, o rei olhou par ela e viu que era idêntica à sua falecida rainha. Então, disse aos seus cortesãos:

– Não posso me casar com a minha filha? Ela é idêntica à minha falecida esposa. A menos que eu a despose, não encontrarei outra noiva em todo o mundo, e vocês dizem que deve haver uma rainha.

Quando os cortesãos ouviram isso, ficaram chocados e disseram:

– Deus nos livre, um pai se casar com sua filha! Nada de bom pode derivar de um pecado dessa magnitude.

E a princesa também ficou chocada, mas esperava que o rei logo desistisse daquela ideia, então disse a ele:

– Antes de me casar com qualquer pessoa, preciso ter três vestidos: um deve ser de ouro, como o Sol; outro deve ser de prata cintilante, como a Lua; e o terceiro deve ser resplandecente como as estrelas. Além disso, quero um manto de mil tipos de pele diferentes, de modo que cada animal do reino tenha parte de si nessa peça.

E, assim, ela achou que seu pai não pensaria mais no assunto. Mas o rei mandou os homens mais habilidosos do reino confeccionarem os três vestidos: um dourado, como o Sol; um prateado, como a Lua; e um terceiro cintilante, como as estrelas; e seus caçadores foram instruídos a caçar todos os animais que havia no reino e a arrancar a melhor parte de suas peles; e, assim, um manto de mil peles foi feito.

Quando tudo estava pronto, o rei enviou todas as peças para a filha, mas ela se levantou durante a madrugada, quando todos estavam dormindo, e pegou três de suas joias, um anel de ouro, um colar de ouro e um broche de ouro, e colocou os três vestidos, do Sol, da Lua, e das estrelas, dentro de uma casca de noz, enrolou-se no manto e pintou o rosto e as mãos com fuligem. Então, ela colocou sua sorte nas mãos dos Céus e fugiu, e viajou a noite toda até, por fim, chegar a um grande bosque. Como estava muito cansada, sentou-se no tronco oco de uma árvore e logo pegou no sono, e ali dormiu até meio-dia.

Acontece que o rei a quem aquele bosque pertencia estava caçando nele; seus cachorros chegaram até a árvore e começaram a farejar e a correr em torno dela e a latir:

– Prestem atenção! – disse o rei aos caçadores. – E vejam que tipo de animal se esconde ali!

Os caçadores foram até a árvore e, quando retornaram, disseram:

– Um animal incrível se esconde na árvore oca. Sua pele parece ser feita de mil peles diferentes, mas ele jaz ali, dormindo profundamente.

– Vejam – instruiu o rei –, se conseguem capturá-lo vivo, e nós o levaremos conosco.

Então, os caçadores o pegaram; e a donzela acordou e ficou tremendamente assustada, e disse:

– Sou uma pobre criança, que não tem nem pai nem mãe; tenham piedade de mim e me levem com vocês.

Então, eles disseram:

– Sim, senhorita Pele de Bicho, servirá para a cozinha; poderá varrer as cinzas e esse tipo de coisa.

Então, eles a colocaram na carruagem e a levaram para o palácio do rei. Lá, eles lhe mostraram um cantinho debaixo das escadas, onde nem um único raiozinho de sol entrava, e disseram:

– Pele de Bicho, pode dormir aqui.

E ela foi mandada para a cozinha e obrigada a pegar lenha e água, a acender o fogo, depenar o frango, catar ervas, peneirar as cinzas e fazer todo o trabalho pesado.

Assim, Pele de Bicho viveu por um bom tempo, cheia de pesar. "Ah, linda princesa!", pensava ela, "o que será de você?". Mas aconteceu que, um dia, um banquete seria realizado no castelo do rei, então ela disse ao cozinheiro:

– Posso subir um pouquinho e espiar o que está acontecendo? Tomarei cuidado e ficarei atrás da porta.

E o cozinheiro respondeu:

– Sim, pode ir, mas retorne em meia hora, para varrer as cinzas.

Então, ela pegou sua lamparina, entrou em seu cubículo, tirou a pele e lavou o rosto e as mãos, de modo que sua beleza radiou como o sol por trás das nuvens. Em seguida, ela abriu a casca de noz, pegou o vestido que brilhava como o Sol e foi ao banquete. Todos abriram espaço para ela passar e pensaram que não poderia ser menos que uma princesa. O rei foi até ela, ofereceu-lhe a mão, dançou com ela e pensou consigo mesmo: "Nunca vi ninguém com metade dessa beleza."

Quando a dança chegou ao fim, ela fez uma reverência e, quando o rei olhou ao seu redor para procurá-la, ela havia sumido e ninguém sabia para onde fora. Os guardas que ficavam no portão do castelo foram chamados, mas eles não tinham visto ninguém. A verdade era que ela precisou correr para seu cubículo, tirou o vestido, sujou o rosto e as mãos, colocou a capa de pele, e era Pele de Bicho novamente. Quando ela entrou na cozinha para trabalhar e começou a varrer as cinzas, o cozinheiro disse:

– Deixe isso para amanhã e esquente a sopa do rei; eu gostaria de subir para dar uma espiada agora, mas tome cuidado para não deixar nenhum pelo cair, senão correrá o risco de nunca mais comer de novo.

Assim que o cozinheiro se foi, Pele de Bicho esquentou a sopa do rei e torrou uma fatia de pão, da melhor forma que pôde, e, quando estava tudo pronto, ela foi procurar seu anelzinho de ouro em seu cubículo e o colocou no prato da sopa. Quando a dança terminou, o rei ordenou que lhe trouxessem sua sopa, e o prato o agradou tanto que ele pensou nunca ter comido algo tão bom antes. No fundo da tigela, ele viu o anel de ouro, e como não conseguia entender como aquilo havia ido parar ali, mandou chamar o cozinheiro. O cozinheiro ficou apavorado por ter sido convocado e disse para Pele de Bicho:

– Você deve ter deixado cair um pelo na sopa; se for esse o caso, levará uma bela surra.

Então, ele se apresentou ao rei que lhe perguntou quem tinha feito a sopa:

– Eu – respondeu o cozinheiro.

Mas o rei disse:

– Isso não é verdade; estava melhor do que você conseguiria fazer.

Então, o cozinheiro respondeu:

– Para falar a verdade, não fui eu que fiz, foi Pele de Bicho.

– Então peça para Pele de Bicho subir aqui – instruiu o rei.

Quando ela chegou, o monarca perguntou:

– Quem é você?

– Sou uma pobre garota – respondeu ela –, que perdeu o pai e a mãe.

– Como você veio parar no meu palácio? – quis saber ele.

– Não sirvo para nada, apenas para ser ajudante de cozinha e para que arremessem botas e sapatos em minha cabeça.

– Como você conseguiu o anel que estava na sopa? – indagou o rei.

Como ela disse não saber nada a respeito do anel, o rei a mandou de volta para seus afazeres.

Depois de um tempo, houve outro banquete, e Pele de Bicho pediu ao cozinheiro que lhe deixasse subir para espiar, como na vez anterior.

– Pode ir – disse ele –, mas volte em meia hora, e prepare aquela sopa de que o rei tanto gosta.

Então, ela correu até seu cubículo, lavou-se rapidamente, pegou o vestido que era prateado como a Lua e o colocou; e quando entrou no salão, parecendo a filha de um rei, o monarca foi até ela e regozijou-se ao vê-la novamente, e quando a música começou, dançou com ela. Quando a dança terminou, ela conseguiu escapulir tão sorrateiramente que o rei não viu para onde ela tinha ido; mas ela correu para seu cubículo, transformou-se em Pele de Bicho novamente e foi até a cozinha para preparar a sopa. Enquanto o cozinheiro estava no andar superior, ela pegou o colar de ouro e o largou na sopa, que, então, foi levada ao rei, que a comeu e apreciou tanto quanto na vez anterior. Então, ele mandou chamar o cozinheiro, que foi, mais uma vez, obrigado a contar que Pele de Bicho é quem tinha preparado a sopa. Pele de Bicho foi novamente chamada, mas continuou dizendo a ele que só servia para que arremessassem botas e sapatos em sua cabeça.

Mas quando o rei mandou preparar um terceiro banquete, aconteceu exatamente como nas outras vezes.

– Você deve ser uma bruxa, Pele de Bicho – disse o cozinheiro –, pois sempre coloca algo na sua sopa, de modo que agrada ao rei mais do que a minha.

No entanto, ele a deixou subir para espiar, como nas outras vezes. A moça colocou o vestido que brilhava como as estrelas e entrou no salão de baile, e o rei dançou com ela e pensou que ela nunca tinha estado tão linda antes. Então enquanto dançava com a moça, ele colocou um anel de ouro em seu dedo sem que ela visse, e ordenou que a música durasse bastante tempo. Quando chegou ao fim, ele queria tê-la segurado pela mão, mas ela escapuliu e correu com tanta pressa pelo meio da multidão que ele a perdeu de vista; e ela correu o mais rápido que conseguia até seu cubículo debaixo das escadas. Dessa vez, ela tinha se ausentado por tempo demais e passado de meia hora, então não teve tempo para tirar seu belo vestido, e apenas jogou o manto de pele por cima dele, e, em meio à pressa, não se pintou direito, esquecendo-se de um dos dedos.

Então, ela correu até a cozinha e preparou a sopa do rei, e assim que o cozinheiro se ausentou, ela colocou o broche de ouro dentro do prato. Quando o rei o esvaziou, mandou chamar Pele de Bicho mais uma vez e logo viu o dedo branco e o anel que havia colocado nele enquanto eles dançavam. Então, pegou a mão dela e a segurou, e quando a moça tentou se soltar e fugir, o manto de pele escorregou e o vestido de estrelas apareceu, reluzindo.

O rei pegou o manto e o arrancou, e seus cabelos dourados e seu belo corpo puderam ser vistos, e ela não podia mais se esconder; então, limpou a fuligem e as cinzas de seu rosto e mostrou ser a mais linda princesa da face da Terra. Assim, o rei disse:

– Você é minha amada noiva e nunca mais nos separaremos.

E o banquete do casamento foi celebrado, e foi um dia tão alegre como nunca se tinha ouvido falar naquele país – nem, para falar a verdade, em qualquer outro.

Branca de Neve e Rosa Vermelha

Era uma vez uma pobre viúva que vivia em uma cabana solitária. Diante da cabana, tinha um jardim, onde havia duas roseiras, uma das quais dava rosas brancas e a outra, rosas vermelhas. Ela tinha duas filhas que eram como as roseiras, uma se chamava Branca de Neve e a outra, Rosa Vermelha. Elas eram as crianças mais bondosas e felizes, mais trabalhadeiras e alegres que existiam do mundo, mas Branca de Neve era mais quieta e delicada que a irmã. Rosa Vermelha preferia correr pelos prados e campos, colhendo flores e capturando borboletas, mas Branca de Neve ficava em casa com a mãe e a ajudava com o serviço de casa ou lia para ela quando não havia nada a ser feito.

As duas meninas eram tão afeiçoadas uma à outra que sempre davam as mãos quando saíam juntas e quando Branca de Neve dizia:

– Uma nunca abandonará a outra.

Rosa Vermelha respondia:

– Pelo resto de nossas vidas.

E sua mãe acrescentava:

– O que uma tem deve dividir com a outra.

Elas costumavam correr pela floresta sozinhas e catar frutas vermelhas, e nenhum animal lhes fazia mal algum ou se aproximavam delas sem o menor temor. A pequena lebre comia folhas de repolho de suas mãos, a corça pastava ao seu lado, o cervo saltitava alegremente perto delas e os pássaros sentavam-se nos galhos e cantavam todas as canções que sabiam.

Nenhum infortúnio lhes acontecia; se elas ficassem até muito tarde na floresta e a noite caísse, deitavam-se perto uma da outra sobre o musgo e dormiam até amanhecer, e sua mãe sabia disso e não se preocupava.

Um dia, quando haviam passado a noite no bosque e o dia estava nascendo, elas viram uma linda criança, com um vestido branco reluzente, sentada perto de sua cama. O menino se levantou e olhou para elas de modo bastante amável, mas não disse coisa alguma e entrou na floresta. Quando elas olharam em volta, perceberam que estavam dormindo bem perto de um precipício, e que certamente teriam desabado na escuridão se tivessem se deslocado mais alguns passos. E sua mãe lhes disse que aquele deveria ser o anjo que cuida das boas crianças.

Branca de Neve e Rosa Vermelha mantinham a cabana de sua mãe tão organizada que era um prazer entrar nela. No verão, Rosa Vermelha cuidava da casa e, todas as manhãs, colocava um ramalhete de flores ao lado da cama de sua mãe antes de ela acordar, no qual sempre havia uma rosa de cada roseira. No inverno, Banca de Neve acendia o fogo e colocava a chaleira no fogão. A chaleira era de cobre e brilhava como ouro, de tanto que era polida. À noite, enquanto os flocos de neve caíam, a mãe dizia:

– Vai, Branca de Neve, trancar a porta.

E então elas se sentavam ao redor da lareira e a mãe colocava seus óculos e lia para elas uma história de um livro enorme, e as duas garotas ouviam enquanto fiavam. Perto delas, um cordeirinho ficava deitado e, atrás, empoleirava-se uma pombinha branca, com a cabeça escondida entre as asas.

Uma noite, enquanto estavam todos acomodados confortavelmente, alguém bateu à porta, como se quisesse entrar. A mãe disse:

– Rápido, Rosa Vermelha, abra a porta, deve ser um viajante em busca de abrigo.

Rosa Vermelha foi até a porta e a abriu, pensando se tratar de um homem em necessidade, mas não era. Foi um urso que enfiou sua cabeça preta enorme para dentro da porta.

Rosa Vermelha gritou e saltou para trás, o cordeiro baliu, a pombinha bateu as asas e Branca de Neve se escondeu atrás da cama da mãe. Mas o urso começou a falar:

– Não se assustem, não lhes farei mal! Estou congelando e só queria me esquentar um pouco ao lado de vocês.

– Pobre urso – disse a mãe. – Deite-se perto do fogo, só cuide para não queimar sua pele. Branca de Neve, Rosa Vermelha, podem sair, o urso não lhes fará mal, ele veio em paz.

Então, ambas retornaram e, aos pouquinhos, o cordeiro e a pombinha se aproximaram, e perderam o medo dele. O urso disse:

– Aqui, crianças, tirem um pouco da neve do meu pelo.

Então, elas pegaram uma vassoura e limparam as costas do urso, e ele se esticou diante do fogo, soltando um grunhido contente e satisfeito. Não demorou muito para eles ficarem todos muito à vontade e começarem a brincar com sua visita desajeitada. Elas puxavam seus pelos com as mãos, colocavam os pés em suas costas e o rolavam, ou pegavam uma varinha de nogueira e batiam nele, e quando ele grunhia, elas riam. Mas o urso levava tudo na brincadeira, e apenas quando elas eram brutas demais, dizia:

– Não me matem, crianças,
Rosa Vermelha, Branca de Neve,
Querem que seu amigo pereça em breve?

Quando chegou a hora de ir para a cama e todos se recolheram, a mãe disse ao urso:

– Pode se deitar ali, perto da lareira e então ficará abrigado do frio e do mau tempo.

Assim que amanheceu, as duas meninas o soltaram e ele saiu trotando pela neve floresta adentro.

Desse dia em diante, o urso vinha todas as noites, no mesmo horário, deitava-se diante da lareira e deixava as meninas brincarem com ele tanto quanto quisessem; e todos se acostumaram tanto com ele que as portas nunca mais ficavam trancadas até seu amigo peludo chegar.

Quando a primavera chegou e tudo estava verde lá fora, o urso disse a Branca de Neve:

– Agora, preciso ir e não posso retornar durante todo o verão.

– Aonde você vai então, querido urso? – quis saber Branca de Neve.

– Preciso ir à floresta proteger meus tesouros dos anões perversos. No inverno, quando a terra está congelada e dura, eles são obrigados a ficar lá embaixo e não conseguem chegar à superfície, mas agora que o Sol aqueceu a terra, eles sobem até aqui e se espalham para espreitar e roubar, e depois que eles pegam algo e levam para suas tocas, muito dificilmente esse objeto verá a luz do dia novamente.

Branca de Neve ficou bastante tristonha com a despedida do urso e, enquanto destrancava a porta e ele saía apressadamente, esfolou-se no trinco e um pedacinho de sua pele foi arrancada, e Branca de Neve teve a impressão de ter visto o brilho do ouro, mas não teve certeza. O urso foi embora rapidamente, e logo sumiu de vista por trás das árvores.

Pouco tempo depois, a mãe mandou as duas filhas para a floresta para pegar lenha. Lá, elas encontraram uma grande árvore que havia tombado e, perto do tronco, algo pulava para trás e para frente na grama, mas elas não conseguiram distinguir o que era. Quando se aproximaram, viram um anão com um rosto velho e murcho e uma barba branca muito longa. A ponta da barba estava presa em uma fenda da árvore, e o homenzinho estava saltando de um lado para outro como um cachorro preso a uma corda, e não sabia o que fazer.

Ele olhou furioso para as meninas com seus pungentes olhos vermelhos e gritou:

– O que estão fazendo paradas aí? Não podem vir aqui me ajudar?

– O que está aprontando, homenzinho? – perguntou Rosa Vermelha.

– Sua estúpida intrometida! – respondeu o anão. – Eu ia cortar a árvore em pedacinhos bem pequenos para ter um pouco de lenha para cozinhar. A pequena quantia de comida que nossa gente costuma comer é instantaneamente queimada quando usamos pedaços grandes de madeira; nós não comemos tanto quanto vocês, pessoas grosseiras e vorazes. Eu tinha acabado de introduzir minha cunha com sucesso e tudo estava correndo como eu planejava, mas a maldita cunha era lisa demais e, de repente, saltou da árvore, que se fechou tão depressa que não consegui afastar minha linda barba branca, de modo que agora está presa e não consigo puxá-la. E vocês, criaturas tolas e desbotadas, ainda riem? Ugh! Como são odiosas!

As meninas se esforçaram ao máximo, mas não conseguiram desprender a barba.

– Vou buscar ajuda – disse Rosa Vermelha.

– Sua tonta! – ralhou o anão. – Por que precisaria buscar alguém? Já são pessoas demais para mim; não consegue pensar em nada melhor?

– Não seja impaciente – disse Branca de Neve. – Eu o ajudarei.

Então, ela tirou a tesoura do bolso e cortou a ponta da barba do anão.

Assim que o anão sentiu que estava livre, catou um saco cheio de ouro que estava no chão entre as raízes da árvore e grunhiu para si mesmo:

– Garotas malcriadas, onde já se viu cortar um pedaço da minha bela barba? Hão de ter muito azar!

Então, ele colocou o saco nas costas e partiu sem olhar uma única vez para as meninas.

Algum tempo depois, Branca de Neve e Rosa Vermelha foram capturar uns peixes. Quando estavam perto do riacho, viram algo como um grande gafanhoto saltando na direção da água, como se fosse pular dentro dela. Elas correram até ele e descobriram que se tratava de ninguém menos que o anão.

– Aonde você vai? – perguntou Rosa Vermelha. – Certamente não vai entrar na água?

– Não sou estúpido! – gritou o anão. – Não vê que esse peixe maldito quer que me puxar para dentro do riacho?

O homenzinho estava sentado ali pescando e, por azar, o vento havia emaranhado sua barba com a linha da vara; um instante depois, um grande peixe mordera a isca e a fraca criatura não tinha força para se desvencilhar; o peixe, então, estava em vantagem e continuava puxando o anão em sua direção. Ele se segurava ao mato e ao junco, mas de pouco adiantava, pois ele era forçado a acompanhar os movimentos do peixe, e estava correndo sério risco de ser arrastado para a água.

As meninas chegaram bem a tempo, seguraram o anão e tentaram libertar sua barba da linha, mas foi em vão, barba e linha estavam muito entremeadas. Não havia nada a se fazer senão sacar novamente a tesoura e cortar a barba, de modo que mais um pedacinho foi perdido. Quando o anão viu o que elas tinham feito, berrou:

– Acham que desfigurar o rosto de um homem é uma atitude decente, suas brutas? Cortar a ponta não havia sido suficiente? Agora cortaram a parte mais bonita da minha barba! Não posso aparecer assim na frente dos outros anões. Quem dera tivessem desaparecido da face da Terra!

Aconteceu que, pouco tempo depois, a mãe mandou as duas meninas para a cidade para comprar agulhas, linha, rendas e fitas. No meio do caminho havia um pântano ladeado por rochas imensas. Ali, elas repararam em um grande pássaro planando no ar, voando em círculos acima delas; a ave foi voando cada vez mais baixo até, por fim, pousar em uma rocha não muito longe delas. Imediatamente, elas ouviram um grito estridente. Quando correram até o local, ficaram apavoradas ao ver que a águia tinha capturado seu velho conhecido, o anão, e estava prestes a levá-lo embora.

As meninas, muito compadecidas, seguraram o homenzinho no mesmo instante e o puxaram por tanto tempo que, por fim, a águia soltou sua presa. Assim que havia se recuperado do susto, o anão gritou, com todas as suas forças:

– Não podiam ter tido mais cuidado? Puxaram meu casaco marrom com tanta força que agora está todo rasgado e cheio de furos, suas criaturas destrambelhadas!

Então, ele pegou um saco cheio de pedras preciosas e desapareceu sob uma rocha, escondendo-se em sua toca. As meninas, que, a essa altura, já estavam acostumadas com a ingratidão dele, seguiram seu caminho e cumpriram sua tarefa.

Quando estavam passando pelo pântano novamente, no caminho para casa, elas surpreenderam o anão, que havia esvaziado seu saco de pedras preciosas em uma clareira, pensando que ninguém passaria por ali naquela hora. O sol do fim de tarde reluzia nas pedras preciosas; elas brilhavam e cintilavam com todas as cores possíveis, tão lindamente que as meninas ficaram imóveis, olhando para elas.

– Por que estão paradas aí desse jeito? – gritou o anão e seu rosto sujo de fuligem ficou vermelho de raiva feito um pimentão.

Ele ainda estava praguejando quando um rugido alto foi ouvido, e um urso preto saiu da floresta e veio trotando em sua direção. O anão pulou de medo, mas não conseguiu entrar em sua toca, pois o urso já estava próximo. Totalmente apavorado, o homenzinho suplicou:

– Caro sr. Urso, poupe-me, eu lhe darei todos os meus tesouros; vê aquelas lindas gemas ali no chão? Preserve minha vida; o que há de querer com um ser pequenininho como eu? Eu mal preencheria o buraquinho do seu dente. Leve essas duas garotas cruéis, elas renderão um belo petisco para você, pois são gordas como jovens codornas. Pelo amor de Deus, devore-as!

O urso não se comoveu com as palavras dele, apenas o golpeou uma única vez com a pata e o anão não mais se moveu.

As meninas haviam corrido para longe, mas o urso gritou:

– Branca de Neve, Rosa Vermelha, não tenham medo; esperem, irei com vocês.

Então, elas reconheceram sua voz e esperaram; quando o urso se aproximou, sua pele caiu e em seu lugar havia um belo homem, vestido de ouro.

– Sou o filho de um rei – contou ele –, e estava enfeitiçado por aquele anão perverso, que roubara meus tesouros. Tive de rodar toda a floresta como um urso selvagem até ser libertado com a morte dele. Agora, ele teve o castigo que merecia.

Branca de Neve se casou com ele e Rosa Vermelha, com seu irmão, e eles dividiram entre si o incrível tesouro que o anão havia juntado em sua toca. A velha mãe viveu feliz e em paz com suas filhas por muitos anos. Ela levou as duas roseiras consigo, e plantou-as diante de sua janela, e todos os anos, elas davam as rosas mais lindas do mundo, brancas e vermelhas.